Nachtland

Zum Buch
Will Striker und Billy Keene, zwei Cherokee-Indianer, sehen einen Mann vom Himmel fallen, und neben der Leiche finden sie noch etwas anderes: einen Koffer voller Geld. Die beiden Indianer zögern nicht. Wie ein Wink des Schicksals erscheint ihnen diese himmlische Gabe: Endlich können sie ihrem Leben eine neue Wendung geben, endlich können sie nach Wasser bohren und ihre Ranches wieder zum Blühen bringen. Doch schon bald tauchen zwei Killer auf der Bildfläche auf – und Odessa Whitehawk, eine wunderschöne Frau, die sich offenbar Hals über Kopf in Billy verliebt. Billys Großvater, der alte Indianer Siquani, beobachtet das Ganze mit Argwohn. Denn er vermag die Stimmen der Geister zu hören und weiß daher um die Gefahren, in denen seine beiden Stammesbrüder schweben.

Zum Autor
Louis Owens ist halb irischer, halb indianischer Abstammung. Er lehrt an der Universität von New Mexico und lebt in Tijeras, New Mexico.

LOUIS OWENS

NACHTLAND

Roman

Mystery

AUS DEM AMERIKANISCHEN
VON HEINZ ZWACK

Econ & List Taschenbuch Verlag

Veröffentlicht im Econ & List Taschenbuch Verlag

Der Econ & List Taschenbuch Verlag
ist ein Unternehmen der Econ & List Verlagsgesellschaft, München

Deutsche Erstausgabe

First published by Dutton, an imprint of Dutton Signet,
a division of Penguin Books USA Inc.
Titel des amerikanischen Originals: Nightland
Aus dem Amerikanischen übersetzt von: Heinz Zwack
Umschlagkonzept: Büro Meyer & Schmidt, München – Jorge Schmidt
Umschlagrealisation: Init GmbH, Bielefeld
Titelabbildung: ZEFA, Düsseldorf
Lektorat: RR
Gesetzt aus der Sabon, Linotype
Satz: Josefine Urban – KompetenzCenter, Düsseldorf
Druck und Bindearbeiten: Ebner Ulm
Printed in Germany
ISBN 3-612-27550-X

Dieses Buch ist meiner Tante Betty gewidmet, die mir zur rechten Zeit die richtigen Fragen gestellt hat, und meiner Mutter und all jenen Cherokee-Baileys, die ihr Leben und Geschichten gegeben haben.

Eins

Auf den ersten Blick sah es aus wie ein schwarzer Bussard, der vor dem westlichen Horizont die Flügel angelegt hatte und auf ihn herabstieß. Aber dann drehte die Gestalt sich zur Seite, und Billy Keene erkannte, daß es ein Mann war, die schwarze Silhouette eines Mannes, der mit ausgebreiteten Armen vom Himmel herabfiel. Das weite, mit blaugrauen Gewitterwolken überhäufte Rund des Himmels von New Mexico hielt die dunkle Gestalt fest, so daß es wirkte, als würde der Mann reglos zwischen Himmel und Erde schweben. Dann löste sich ein Gegenstand von dem Körper und trieb wie ein Blatt auf den Bergkamm zu. Billy erblickte die abgestorbene Spitze des Wacholderbaums im gleichen Augenblick, in dem der Körper auf sie traf und von ihr aufgespießt wurde, ein silberner Schaft, der sich durch den Bauch und Rücken bohrte, so daß der Mann einen Augenblick lang um sich schlug und dann schlaff dahing. Eine Schlangenzunge stieß tief in die Berge hinein, Feuer, das vom Himmel zur Erde und wieder zurücksprang.

Billy starrte den Körper minutenlang an, die Flinte locker in seiner rechten Hand. Unter ihm, direkt hinter dem vorspringenden Wacholderbaum, dehnte sich endlos die Ebene von San Agustin, stieg im blauen Norden zu den Bear Mountains und den Gallinas und den Datils an, deren Kämme in den Wolken ertranken. Vor der dunkler werdenden Ebene konnte er die siebenundzwanzig mächtigen weißen Satelittenschüsseln des Very Large Array sehen. Gerade jetzt begannen die zweieinhalb Tonnen schweren Antennen gleichzeitig und geradezu schmerzhaft langsam ihre konkaven Gesichter in seine Richtung zu drehen.

Der Baum mit der aufgespießten Leiche hob sich schwarz vom umliegenden Land ab. Die unteren Äste waren wie nackte, verdrehte Knochen nach oben gereckt, als wollten sie den Mann Himmel und Wolken darbieten. Blut floß durch Risse in dem alten Holz und färbte die Spitze in der Mitte dunkel. Hinter der ersten Wolkenschicht blitzte es plötzlich. Ein kurzes Aufblinken, so als würde ein Schalter schnell ein- und wieder ausgeschaltet, und dann folgte das Grollen des Donners, tief in der Kehle des Himmels.

Billy schürzte die Lippen und pfiff zwei schrille Töne ähnlich dem Ruf eines Falken. Er stützte den Kolben der Flinte auf seine Stiefelspitze und betrachtete die Leiche. Nach ein paar Augenblicken pfiff er noch einmal. In den Vorbergen der Magdalenas bellte ein Kojote.

»Will!« schrie er. »Verdammt noch mal, Will!«

Die Antwort erklang dicht hinter ihm, kaum mehr als ein Flüstern. »Ist schon gut, Billy. Ich bin hier.«

Billy fuhr herum und sah den großen Mann an, der aus dem Gebüsch aus Pinien und Wacholderzypressen hinter ihm gekommen war. Sie waren beide gleich groß, aber der andere war viel kräftiger gebaut, und seine Bewegungen wirkten langsam und bedächtig. Beide trugen fleckige sandfarbene Cowboyhüte, ausgefranste, verblichene Levisjacken und Blue Jeans, deren Saum über die Absätze ihrer Cowboystiefel fiel. Schmale Schattenstreifen liefen wie Messerklingen von Billys schmalen grünen Augen in sein glattrasiertes Gesicht hinunter, und eine Wange zeigte eine zickzackförmige Narbe, die vielleicht einen Zoll lang war.

»Heilige Mutter Gottes.« Will Striker schob sich den Hut in den Nacken, legte sich die flache Hand über die Stirn und sah den Baum an. In der anderen Hand hielt er einen Karabiner mit Zielfernrohr, dessen Lauf auf die trockene und felsige Erde gerichtet war.

»Hast du ihn fallen sehen?« fragte Billy.

Will schüttelte den Kopf. »Ich habe gar nichts gesehen.« Im Westen schnitt ein Streifen Sonne so schmal wie ein Draht quer über den Wolkenansatz und verwandelte die Kiefern auf dem Kamm der Magdalenas in schwarze Pfeile, die zum Himmel zeigten.

»Er war plötzlich dort oben«, sagte Billy. »Als ob der Schöpfer ihn selbst heruntergeworfen hätte.«

»Du hast kein Flugzeug gesehen?«

»Du meinst, daß er aus einem Flugzeug gefallen ist?«

Will blickte zum nördlichen Horizont. Unten auf der Ebene hatten sich die Satellitenschüsseln weitergedreht. Er dachte an die Antilopen, die jetzt im Schatten der Teleskope grasen würden. »Bei den Wolken hätte man wahrscheinlich ein Flugzeug nicht gesehen«, sagte er. »Und ebensowenig gehört, bei all dem Donner.«

»Du sagst, er ist aus einem Flugzeug gefallen.« Billy runzelte die Stirn und musterte seinen Freund.

»Oder man hat ihn rausgeworfen. Wir sollten wohl besser dem Sheriff Bescheid sagen.«

»Das wird etwas«, sagte Billy, »das alles Nate erklären.«

»Allmächtiger Herrgott.« Will sah die Leiche an und blickte dann wieder auf den Boden.

Billy lief langsam den Hang hinauf und betrat den gedrungenen Wald aus Wacholder und Pinien durch eine der vielen breiten Lichtungen. »Da ist noch etwas anderes heruntergefallen«, rief er Will über die Schulter zu.

»Was denn?« Als Will sich anschickte, ihm zu folgen, drang ein Lichtstrahl durch die Wolken unmittelbar über ihnen, und ein tiefes Poltern ließ den Himmel erzittern. Und gleich darauf, wie um zu antworten, erschütterte ein Donnerschlag den westlichen Horizont.

Bill blieb stehen und sah sich um. »Ich weiß nicht«, rief er. »Jedenfalls ist etwas heruntergeschwebt. Ein rechteckiges Ding.«

Will bewegte sich nach links, schlug einen anderen Weg zwischen den niedrigen, verkrüppelten Bäumen ein und entdeckte plötzlich einen Wacholder, der so aussah, als ob ein Riese draufgetreten wäre. Der süße Duft des zerdrückten Wacholderholzes erfüllte die Luft, der Stamm des buschigen Baumes sah so aus, als wäre er in sich zusammengebrochen, als wären die brüchigen, knorrigen Äste zerdrückt worden. In der Mitte des Kreises war ein graues Rechteck zu erkennen.

»Ich glaube, ich habe es gefunden«, schrie Will. Er bahnte sich einen Weg durch die herumliegenden Äste und zerrte einen großen, merkwürdig aussehenden Gegenstand heraus, der zum Teil mit zerfetztem weißem Stoff bedeckt war, an dem ein Gewirr von Gurten hing.

»Was glaubst du, war das?« fragte Billy, der plötzlich neben ihm auftauchte.

Will kniete schwerfällig nieder und drehte den Gegenstand in den Händen, ehe er schließlich nach dem Messer griff, das er in einer Scheide an der Hüfte trug. Regentropfen prasselten auf seinen Handrücken, als er die Gurte abschnitt und dann den zerfetzten Fallschirm zur Seite warf. Er lauschte und spürte weitere dicke Tropfen, die seinen Hut trafen, und dann schien über seinem Kopf der Himmel zu bersten. Ebenso schnell wie er es gehört hatte, war das Geräusch wieder verklungen und hinterließ ein Gefühl, als ob jemand verwundet worden wäre.

Billy kauerte sich nieder und musterte ihren Fund. »Isolierband«, sagte er, während er Will dabei zusah, wie er die Messerspitze darunter schob und das Isolierband zerschnitt. Das graue Klebeband löste sich, und dann konnte man eine harte Styroporfläche erkennen.

Will zog sein Messer ein zweites Mal um das Rechteck herum und steckte es dann wieder in die Scheide. Mit beiden Händen riß er die dicke, schützende Hülle ab und richtete sich auf, in jeder Hand ein großes Rechteck aus Isolierband und Styropor.

»Das arme Schwein muß ausgeglitten sein, als er das da herausgeworfen hat«, sagte er und deutete mit einer Kopfbewegung den Hügel hinunter.

»Das ist ein Koffer«, erwiderte Billy. Er trat näher, ließ ein schweres Jagdmesser aufschnappen und rammte es nacheinander unter die beiden Schließen des Alukoffers. Als er beide Schließen aufgehebelt hatte, steckte er das Messer wieder ein und hob den Deckel.

»O verdammt.«

»Was ist denn?« Will kauerte sich neben Billy nieder. Der nahm ein kleines Bündel aus dem Koffer, hielt es dicht vor sein Gesicht und reichte es Will.

Will drehte das Bündel in der Hand herum, musterte beide Seiten und strich dann mit dem Finger über die Ränder. Schließlich sagte er: »Das sind bestimmt hundert Zwanziger, Billy.«

»Und dieses Bündel hier sind Fünfziger.« Billy reichte Will ein zweites Bündel Geldscheine und tastete sich dann durch die Stapel von Geldscheinen in dem Koffer.

Will ließ beide Bündel fallen und stand auf.

»Das sind ja Tausende«, sagte Billy und blickte auf den Koffer hinab, auf den ein paar verirrte Regentropfen gefallen waren.

»Verdammt viele Tausende«, antwortete Will. »Eine verdammte Menge.«

»Meinst du, es ist Falschgeld?« Immer noch kniend griff sich Billy ein Päckchen und musterte es genau. Er griff in seine Jackentasche und zog eine Schachtel Streichhölzer heraus. Er legte das Geld hin, riß ein Streichholz an und hielt es dicht an das Bündel Geldscheine.

»Also, für mich sieht das verdammt echt aus, Will.«

»Ich denke, wir haben dem Sheriff einiges zu erzählen.

Und Jace wird bestimmt sagen, wir hätten die Finger von dem Beweismaterial lassen sollen.« Will hob seine Flinte auf, zog ein großes buntes Taschentuch aus der Hüfttasche und fing an, die Waffe abzuwischen.

Billy stand langsam auf und schob den Hut auf dem Kopf zurecht, ohne dabei den Blick von dem immer noch offenen Koffer zu wenden. »Warte mal«, sagte er. »Denk mal nach, Will. Wir sind hier draußen auf der Jagd. Und da fällt ein Koffer voll Geld aus dem Himmel. Glaubst du, daß das noch einmal passieren wird? Das ist ein Geschenk vom Großen Geist, Will.«

Will stopfte das zusammengeknüllte Taschentuch wieder in seine Tasche und hielt das Gewehr in der Armbeuge. Der schmale Streifen Sonne war hinter den Magdalenas versunken. Der ganze Himmel polterte und dröhnte, ständig zuckten diffuse Blitze über Berge und Ebenen.

Will atmete tief ein und ließ die Luft dann langsam wieder heraus, spürte, wie die Elektrizität an seiner Wirbelsäule hochkroch und sich prickelnd über seinem Rücken verteilte. Er blickte auf und schob sich den Hut dabei ein wenig in den Nacken. »Sieht so aus, als ob der Monsun endlich gekommen ist. Das wird bald mächtig regnen.«

Billy blickte desinteressiert zum Himmel, ehe er sich wieder dem Koffer zuwandte. »Hier regnet es nicht mehr. Aber überleg doch, Will; denke nur eine Minute nach. Mit einem kleinen Teil von dem, was in diesem Koffer ist, könntest du einen neuen Brunnen bohren und wieder Zuchttiere kaufen. Du könntest aufhören, dir für Ruiz den Arsch aufzureißen. Und ich könnte meine Hypothek zurückzahlen und den Leuten von der Bank sagen, daß sie sich ihr Geld in ihren fetten Hintern stecken können. Und vielleicht könnte ich sogar alles wieder aufbauen. Zum Teufel, Will, wir könnten beide wieder eine richtige Ranch haben.«

Will blickte nach unten, wo die Dunkelheit inzwischen

den Baum mit der Leiche eingehüllt hatte. »Das ist schmutziges Geld, für das ein Mann sich einen Baum durch die Gedärme gebohrt hat. Wir wissen beide, wo solches Geld herkommt.«

»Geld weiß nicht, wo es herkommt.« Billy steckte beide Hände in die Taschen seiner Jeans und tippte den Koffer mit der Stiefelspitze an. »Verdammt noch mal, Will, überleg doch. Du hast ja selbst gesagt, das Geld muß aus einem Flugzeug gefallen sein. Ich meine, wo hätte es denn sonst auch herkommen sollen? Und wer in diesem Flugzeug gesessen hat, hat keine Ahnung von diesen Bergen hier. Und wenn doch, dann weiß er ganz sicher nicht, daß zwei Typen wie wir zufällig gerade hier sind. Mitten im Cibola National Forest. Wenn wir nicht die Abkürzung quer durch diese Teleskope dort unten nehmen, ist die nächste Straße zu Fuß zwei Meilen entfernt. Wie zum Teufel soll jemand denn wissen, wo dieses verdammte Ding hingefallen ist oder wer es gefunden hat?«

»Überleg mal, was Grampa Siquani dazu und zu dieser Leiche dort drunten sagen würde. Außerdem treiben Leute nicht so viel Aufwand, bloß um einen Koffer voll Bargeld wegzuwerfen, Billy.«

Sie blickten beide zum Himmel auf, der auf den höchsten Kiefernwipfeln zu balancieren schien. Ein paar Regentropfen fegten über die kleine Lichtung.

»Grampa lebt in einer anderen Welt, Will. Und daß die das so verdammt weit draußen in den Bergen abwerfen, wo sie den ganzen Tag brauchen, um es wiederzukriegen, ergibt doch keinen Sinn.«

Will zuckte die Achseln. »Vielleicht mußten sie es vorzeitig abwerfen. Oder sie haben wegen der Wolken nicht richtig gesehen, wo sie waren. Oder vielleicht haben die sich auch so eine Abkürzung ausgedacht.« Er rieb sich das Kinn. »Wer weiß das schon? Aber wir beide wissen, daß es Drogengeld ist. Die kommen von Mexiko über die Berge heraufgeflogen.« Er blickte nach Süden, als würde er sich die ganze komplizierte Geschichte ausmalen, die zu dem Toten dort unten im Baum geführt hatte.

»Zur Hölle mit ihnen«, sagte Billy. »Die verdienen dieses Geld nicht.«

Will schüttelte erneut den Kopf und atmete dann langsam aus. »Dort unten ist ein Toter. Wir können ihn nicht einfach so zurücklassen.«

Billy schob sich den Hut auf dem Kopf zurecht, er starrte eine Weile auf die Bäume und kaute auf der Innenseite einer Backe herum. Dann drehte er sich um und sah zu Boden, auf die Stelle, wo Wills Stiefelspitzen waren. »Dieses Geld ist von Arschlöchern gekommen und war für Arschlöcher bestimmt. Und wenn wir es dem Sheriff geben, dann kriegen es wieder andere Arschlöcher. Dieselben Arschlöcher von der Regierung, die mir die Ranch wegnehmen wollen, in die meine Familie fünfzig Jahre hineingesteckt hat, dieselben, die dir eines Tages deine wegnehmen werden, wenn du dir kein Wasser beschaffen kannst.«

Er blickte auf und sah Will in die Augen. »Wir können den Kerl auch nicht wieder lebendig machen. Aber was wir können, ist keine Idioten sein. Wenn ich an seiner Stelle wäre, dann würde ich wollen, daß man mich da läßt, wo ich bin.«

»Wenn du an seiner Stelle wärst.«

»Für den Kerl dort macht es keinen Unterschied, was wir tun, Will. Ich wette, dem wäre recht, daß wir das Geld nehmen, damit diese Hurenböcke, die ihn rausgeschmissen haben, nicht hierher kommen und es finden. Ich wette, er beobachtet uns im Augenblick gerade und sagt: ›Tut es doch, verdammt.‹«

Will sah den Koffer an. »Dann glaubst du also jetzt, daß jemand ihn herausgeworfen hat?« Er rückte sich mit Daumen und Zeigefinger die Hutkrempe zurecht und schien den Koffer zu studieren. »Wenn wir einen Funken Verstand im Kopf hätten, würden wir dieses Ding in die Büsche zurückwerfen und schleunigst verduften.« Er ließ die Hutkrempe los und rieb sich mit dem Rücken seiner Faust die Stoppeln an seinem Kinn. Schließlich sagte er: »Aber wir haben noch nie einen Funken Verstand gehabt, also schätze ich, sollten wir zusehen, daß wir schleunigst hier verschwinden, ehe die sich zusammenreimen, wo das Ding heruntergefallen ist.«

Billy grinste. Er zog den Gürtel aus den Schlaufen seiner Jeans, schloß den Koffer, legte den Gürtel darum und blickte dann zu seinem Freund auf. »Du solltest mir besser deinen auch geben.«

Will zog den Gürtel heraus und hielt ihn Billy hin. Ehe er ihn losließ, sagte er: »Erinnerst du dich an Grampa Siquani, als wir noch kleine Jungs waren und über einen Zauber für Sachen geredet haben, die man findet, so wie einen vergrabenen Schatz? Und wie man das Böse fernhält, wenn man etwas mit Hasenkraut einräuchert?«

»Ich kann mich an dieses Zeug nicht erinnern, Will. Grampa Siquani hat uns tausend Geschichten erzählt, und außerdem – sieht das für dich wie ein vergrabener Schatz aus?«

Will ließ den Gürtel los. »Nein, das wohl nicht. Aber wenn wir das tun, stecken wir verdammt tief in der Scheiße«, sagte er.

Billy riß das restliche Isolierband und das Styropor ab und wand dann die zusammengeschnallten Gürtel um den Koffer. Als er fertig war, richtete er sich auf und wischte sich mit dem Jackenärmel die Stirn. »Wir haben unser ganzes Leben lang verdammt tief in der Scheiße gesteckt, und jetzt werden wir verdammt tief in der Scheiße stecken und reich sein. Kannst du mein Gewehr nehmen?« Er deutete mit einer Kopfbewegung auf die Waffe.

Will hob sie auf. »Du sagst, es sei aus dem Westen gekommen?«

»Westen? Jetzt komm mir bloß nicht mit Cherokee-Aberglauben. Den kriege ich schon oft genug von Grampa zu hören.« Bill setzte sich bergab in Bewegung und meinte über die Schulter gewandt: »Komisch eigentlich. Ich war hinter dem größten Bock her, den ich je gesehen habe, sechs oder acht Enden. Und jedesmal, wenn ich das Gewehr gehoben habe, ist das Vieh verschwunden. Gerade, als ob es mich zu der Stelle geführt hätte und dann einfach verschwunden wäre. Und als ich aufblickte, dachte ich zuerst, ich würde einen von diesen Bussarden sehen, die vom Rio Salado herunterfliegen.« Er blieb stehen, drehte sich um und sah seinen Freund an. »Was auch immer wir tun, Will, wir können den Kerl nicht wieder lebendig machen.«

Will sah Billy in die Augen. »Es ist vom Westen gekommen, und du sagst, es hätte wie ein Bussard ausgesehen? Kommt dir das nicht ein wenig komisch vor? Hat Grampa Siquani nicht über solche Dinge mit dir geredet?«

»Heute nacht kann man den Mond nicht sehen«, erwiderte Billy und setzte sich wieder in Bewegung. »Hoffentlich brechen wir uns kein Bein, ehe wir zu dem Landcruiser kommen. Klar habe ich die Geschichten gehört, aber, falls du das noch nicht bemerkt hast, wir leben schon fast im einundzwanzigsten Jahrhundert. Ich halte nicht viel von Aberglauben und Märchen.«

Als sie an dem Baum vorbeikamen, ging Will zu dem verbogenen Stamm und blickte nach oben. Die Leiche war über der Spitze zusammengekrümmt, das Gesicht so zur Seite gedreht, daß es den Baumstamm anstarrte. Will ging um den Baum herum, um besser sehen zu können. In dem schwachen Licht war das Gesicht seltsam weiß und ausgeprägt, fast von innen heraus leuchtend, die Augen schwarz und glänzend, die blauen Lippen zu einem schmalen traurigen

Lächeln verzerrt. Es sah gar nicht wie das Gesicht eines Toten aus. Blut war ihm über das Gesicht gelaufen, und dort, wo das Blut heruntergetropft war, war das lange schwarze Haar zu Spitzen geformt. Die Hände und die knochigen Handgelenke hingen gerade aus weißen Hemdmanschetten und einer schwarzen Anzugjacke, und die Finger waren gespreizt, als wollten sie sich in die Erde krallen. Am Mittelfinger der rechten Hand hatte sich Blut auf einem großen Türkisring gesammelt, so als wäre es aus dem Innern des Steins gedrungen. Will schauderte. Das Gesicht wirkte mit seiner breiten Stirn und Nase und den schmalen Lippen wie das eines Indianers, aber es war weiß.

Als sie zu dem alten Toyota-Landcruiser kamen, den sie in einem Piniengebüsch versteckt hatten, machte Billy die Hecktür auf und schob den Koffer hinein. Dann stiegen sie ein, Billy hinter das Steuer und Will auf der Beifahrerseite, die beiden Gewehre vor sich gegen das Armaturenbrett gelehnt. Billy zog den Choke heraus, drehte den Zündschlüssel, und der alte Motor heulte auf. Dicht vor ihnen zuckte ein Blitz auf die Erde zu. Feuer hing in der Luft, als der Himmel zerriß und dann, wie zwei Holzblöcke, die man gegeneinander schlägt, explodierte. Als der klapprige Landcruiser sich auf dem Waldweg in Bewegung setzte, wurde aus den vereinzelten Regentropfen ein Wolkenbruch, der auf das Dach hämmerte und von der Windschutzscheibe sprang.

»Man sieht immer den zweiten Blitz«, schrie Billy, um damit das Brüllen des Regens zu übertönen, während er den Choke halb hineinschob. »Den, der von der Erde zurück zu den Wolken springt. Den ersten sieht man nie.«

Will sah zu, wie ein dünner Blitzfaden die Silhouette einer ein paar Meilen im Osten liegenden Mesa berührte. »Und das glaubst du?« schrie er zurück.

Vor ihnen senkte sich das Land in ein flaches, mit Buschwerk bestandenes Tal und stieg dann wieder zu einem scharfen Kamm empor. Die Dunkelheit lag wie ein Fluß in der Talsohle und stieg jetzt vor ihren Augen bis zum höchsten Punkt des Kammes auf; der regenschwere Himmel senkte sich dieser Finsternis entgegen und tauchte die ganze Welt in schieferfarbenes Grau.

Billy schaltete die Scheinwerfer ein, deren Lichtbündel sich ein paar Fuß weit in die Dunkelheit hineinbohrten und dann vom Regen zurückgeworfen wurden, so daß sie in beinahe vollkommener Dunkelheit vorankrochen. Von den langsamen Scheibenwischern unbeeinträchtigt, flutete der Regen über die Windschutzscheibe und verzerrte die draußen herrschende Dunkelheit.

»Sieht so aus, als ob wir endlich einmal richtigen Regen bekommen hätten«, sagte Billy.

»Wir sollten uns das wirklich sehr gründlich überlegen«, erwiderte Will. »Ich kann mir vorstellen, daß da jemand verdammt wütend sein wird.«

Billy lenkte den Landcruiser auf den Kammrücken und hielt einen Augenblick an, ließ den Motor im Leerlauf drehen und schob den Choke vollends hinein. Alles vor ihnen war schwarz.

»Ich sehe überhaupt nichts«, meinte Billy. »Aber hier draußen wollen wir ganz bestimmt nicht hängenbleiben. Seit wann hat Will Striker sich eigentlich je darüber den Kopf zerbrochen, ob jemand sauer ist?«

»Seit es sich bei diesem Jemand vermutlich um ein paar Typen mit Maschinengewehren handelt. Du brauchst bloß – «

Ehe er den Satz zu Ende sprechen konnte, explodierte die Luft vor ihnen förmlich in grelles Licht und Donnergrollen. Aus den Wolken ragte eine Maschine vor ihnen auf, eine rundliche Glaskuppel neigte sich ihnen zu, deren helles Inneres vom Regen verzerrt wurde. Die Rotorblätter peitschten die Luft und brachten das Kabinendach des Landcruiser zum Vibrieren.

Billys Fuß rutschte von der Kupplung, als ihr Fahrzeug zur Seite schlitterte und zum Stillstand kam. Dann zerbarst die Windschutzscheibe in einem peitschenden Schauer aus Glasscherben.

In einer fließenden Bewegung packte Will eines der Gewehre und drückte mit der Schulter die Tür auf. Er fiel nach draußen und rollte ein Stück, bis er am dicken Stamm eines Wacholders liegenblieb. Er hatte den ersten Schuß auf den schwebenden Helikopter abgefeuert und repetierte bereits die zweite Patrone in die Kammer, ehe ihm überhaupt bewußt wurde, was er tat. Er konnte die Umrisse eines Mannes sehen, der sich seitlich aus dem Hubschrauber beugte, und hörte die Kugeln, die mit seltsam weich und atemlos klingenden Geräuschen in die schwere Karosserie des Landcruiser schlugen. Er zielte mit seiner Null-Sechser auf den Mann, ignorierte das jetzt völlig nutzlose Zielfernrohr und gab einen Schuß ab, lud sofort nach, während seine Ohren noch dröhnten.

Die dunkle Gestalt mit der Waffe taumelte in den Helikopter hinein, dann zog sich die Maschine ebenso plötzlich, wie sie aufgetaucht war, zurück und war gleich darauf verschwunden, als ob der Sturm sie in den Nachthimmel gesaugt hätte. Ihre Lichter hingen einen Augenblick lang in den Wolken und im Regen und erloschen dann. Und plötzlich schien die Nacht wieder bar aller Geräusche.

Durch den dichten Regen blickte Will auf die Stelle, wo gerade noch der Hubschrauber gewesen war. Seine Nackenhaare sträubten sich, und die Luft um ihn herum wurde drückend. Ein Blitz zuckte über den Himmel, und im fernen Bauch der Wolken gab es eine Explosion. Flammenäste sprangen aus einem dichten Kern und verschwanden, während sie herunterliefen. Und dann war da nur noch der Regen und die schwachen Scheinwerferbündel des Landcruiser, die in die Nacht hineintasteten.

Will wartete ein paar Sekunden und richtete sich dann vorsichtig in kauernde Haltung auf, sein Knie schmerzte.

»Billy«, sagte er leise. »Billy!«

»Hier drüben.«

Die Scheinwerfer des Landcruiser verloschen, und Will bewegte sich auf das Fahrzeug zu.

»Alles klar bei dir?« Billy kniete mit dem anderen Karabiner hinter der offenen Tür.

»Ja«, antwortete Will und ließ sich neben seinem Freund herunter. »Ein paar Kratzer vielleicht.«

»Ich auch.«

»Das war ihre Abkürzung«, sagte Will.

»Du großer Gott.« Billy flüsterte es förmlich. »Habe ich das richtig gesehen?«

Will nickte in der Dunkelheit. »Es muß der Blitz gewesen sein. Vielleicht haben wir mit einem unserer Schüsse einen Benzintank oder etwas Ähnliches getroffen, und dann hat der Blitz eingeschlagen und das Benzin entzündet. Was anderes kann das gar nicht gewesen sein.«

»Sieht so aus, als ob der Helikopter unten beim Array explodiert wäre. Ich frage mich bloß, wie die uns hier gefunden haben?«

Will stand auf. »Gute Frage«, antwortete er. Sie standen beide stumm einen Augenblick lang da und starrten in die Richtung, wo die Explosion stattgefunden hatte.

Und dann sagte Will plötzlich: »Verdammt!«

Er ging zum Heck des Landcruiser, riß die Tür auf, zerrte den Koffer heraus und stellte ihn auf den Boden. Als er die Gürtel aufgeschnallt hatte, klappte er den Koffer auf und fing an, in den Geldscheinpaketen zu wühlen.

»Was machst du denn da? Das Geld wird ja patschnaß.« Billy lehnte sich über seine Schulter und sah ihm zu. »Was soll das?«

»Verdammter Mist!« Will hatte einen kleinen Gegenstand, nicht größer als ein Kartenspiel entdeckt und hob ihn jetzt hoch. »Ein Sender. Ein gottverdammtes Peilgerät.« Er ließ das kleine Kästchen auf den Boden fallen und stellte sich mit dem Absatz darauf, trat noch ein zweites Mal zu.

»Dieses Scheißding peilt keiner mehr an.« Er grub die zerquetschten Überreste aus dem Schlamm und warf sie in weitem Bogen ins Gebüsch. »Verschwinden wir hier. Wir stekken jetzt mitten in dieser Geschichte drin.«

Billy warf den Koffer wieder in den Landcruiser, knallte die Tür zu, trottete dann um den Wagen herum und setzte sich hinters Steuer. Er schob Will ein Gewehr hin. »Ich glaube, ich habe mir deine Knarre geschnappt, als ich herausgesprungen bin«, sagte er. »Du solltest vielleicht beide nachladen.«

»Hoffentlich haben diese Typen nicht jemandem über Funk Bescheid gesagt.« Der Regen peitschte durch den leeren Rahmen der Windschutzscheibe, als Billy die Kupplung kommen ließ, worauf der Wagen sich langsam in Bewegung setzte. »Herrgott«, flüsterte er, »ich sehe überhaupt nichts.«

Als Will die beiden Gewehre wieder geladen hatte, lehnte er sie so an das Armaturenbrett, daß sie durch den Rahmen der Windschutzscheibe nach draußen zeigten. »Hast du Glas in die Augen bekommen?« fragte er.

Er sah, wie Billy den Kopf schüttelte. »Bei mir ist alles okay. Wie sieht es mit dir aus?«

»Nichts.«

»Der Blitz muß diesen Chopper in die Hölle geblasen haben.«

Will sah ein paar Meilen vor ihnen einen feurigen Kandelaber aus den Wolken hervortanzen und zählte instinktiv die Sekunden, bis der Donner über den Himmel herangepoltert kam.

»Wir stecken jetzt in dieser Geschichte drin, Billy. Bis über beide Beine. Mitten drin.«

Der Toyota brach seitlich aus, und Billy steuerte dagegen, bis sie wieder sicher in der ausgefahrenen Spur waren. Die Straße wurde jetzt glatter, und er schaltete in den zweiten Gang.

»Wenn wir nach Hause kommen, müssen wir unsere Gewehre gründlich sauber machen«, sagte Billy. »Wenn die weiter so im Regen stehen, sind die voll mit Wasser.«

Zwanzig Minuten später kamen sie an ein Gatter aus Drahtgeflecht, und Billy hielt an. Als der Landcruiser auf der anderen Seite war, schloß Will das Tor und legte die Schlaufe aus Stacheldraht über den Torpfosten.

Billy lehnte sich aus dem Fenster. »Wie wäre es, wenn du die Radkappen aufschließen würdest, wo du doch schon draußen bist?«

Will schloß die Radkappen des Vierradantriebs auf und kletterte wieder hinein. Als er vor dem Wagen durch die Scheinwerferkegel ging, sah er gespenstisch und drohend aus.

Billy bog auf eine zweispurige Asphaltstraße, und sie nahmen Kurs nach Osten. Das düstere Land beiderseits der Straße teilte sich in ausgefranste schwarze Canyons auf und senkte sich langsam zum Tal des Rio Grande zwanzig Meilen weiter östlich hinunter. Der Regen war weitergezogen, und jetzt kamen nur noch ein paar verwaiste Tropfen durch den leeren Rahmen der Windschutzscheibe.

»Die Apaches haben früher hier Leute überfallen«, sagte Billy. »Geronimo selbst hat sich lange Zeit in diesem Land versteckt. Weißt du, im Gefängnis dort unten in Florida hatte der ein Baseballteam, und das hat das Army-Team vernichtend geschlagen.«

Als Will keine Antwort gab, fuhren sie ein paar Minuten schweigend dahin, nur vom Geräusch des Getriebes und dem Klappern des Landcruiser begleitet. Schließlich meinte Will: »Wir müssen uns diese Geschichte gründlich überlegen, Billy, wenn wir weitermachen wollen.« Während er das sagte, tauchten an einer Straßensteigung vor ihnen Scheinwerfer auf, und dann hörten sie das Geräusch eines im kleinen Gang fahrenden Fahrzeugs. Ein dunkles Rechteck brauste mit quietschenden Reifen und brüllendem Motor an ihnen vorbei.

Billy beobachtete im Rückspiegel, wie die Heckleuchten mit erstaunlicher Geschwindigkeit verschwanden. Als er schließlich den Blick wieder vom Spiegel wandte, sah er, daß Will dem Fahrzeug durch das Rückfenster nachsah.

Der Toyota ächzte, und dann ging das Ächzen in ein metallisches Kreischen über, als Billy das Gaspedal bis zum Boden durchtrat. Sie sprangen über eine Unebenheit in der Straße und wurden unsanft durchgerüttelt. Ein Krachen war zu hören, dann das Kreischen von abgerissenem Metall und gleich darauf ein Klappern.

»Verdammt. Dieser Kotflügel war schon seit zehn Jahren locker«, brüllte Billy in das Brausen des Windes hinein.

Will zog seine bunte Bandanna aus der Hüfttasche und faltete das Tuch zu einem Dreieck zusammen, das er sich über Mund und Nase band. Er zog sich den Hut tief in die Stirn und spähte aus zusammengekniffenen Augen in die Nacht hinaus. »Sieh bloß zu, daß du diese Kiste nicht umwirfst«, rief er durch sein Tuch.

Billy rieb sich mit einer Faust zuerst das eine, dann das andere Auge und sah zu Will hinüber. Als er seine Antwort brüllte, mischten sich seine Worte mit dem Pfeifen des in Orkanstärke durch den Landcruiser blasenden Fahrtwinds. »Du siehst aus, Mr. William Striker« – er holte tief Luft, und seine Stimme wurde lauter, um den Sturm zu übertönen –, »wie ein Mann, der gerade eine Million Dollar gestohlen hat.«

Zwei

Die Ranch war schwarz. Die Scheinwerfer wanderten glitzernd über zwei etwa hundert Fuß voneinander entfernt stehende kleine silberne Wohnwagen und einen Pick-up mit hochgelegten Rädern, ehe Billy vor der windschiefen Silhouette einer Scheune anhielt. Will stieg aus, rollte das Tor zur Seite, Billy fuhr den Landcruiser in die Scheune und stellte den Motor ab.

Will zog das Rolltor wieder zu und tastete nach einem Schalter neben der Tür. Ein Paar an den Deckenbalken befestigte Scheinwerfer strahlten den Landcruiser und den Stapel verfaulender, grauer Heuballen an, vor denen er angehalten hatte. Will sah sich in der vollgestopften Scheune um, betrachtete die sich langsam in ihre Bestandteile auflösende Saatmaschine, die Egge mit ihren langen Zähnen, die brüchig gewordenen Pferdegeschirre und die verrostenden Tröge. Die Schatten schon lange toter und ausrangierter landwirtschaftlicher Geräte tasteten mit spinnenartigen Armen nach Billys am Boden kauernder Gestalt. Der beißende Geruch von Wagenschmiere und Öl mischte sich in den fauligen Geruch von altem Heu. Will fröstelte, er spürte Gespenster in der alten Scheune.

»Wollen mal sehen, wieviel es wirklich ist«, sagte Billy, drehte den Koffer um und kippte die Bündel auf das Heu.

Will verschränkte die Arme und sah zu, wie Billy das Geld in zwei etwa gleiche Stapel teilte.

»Was macht Grampa Siquani? Ich habe kein Licht in seinem Wohnwagen gesehen. Carla muß wohl schlafen, hm?«

Billy blickte auf und sah dann wieder auf das Geld herunter. »Ja. Wahrscheinlich schlafen sie beide. Herrgott im Himmel, sieh dir das an.« Einen Augenblick lang starrte er stumm das Geld an und sagte schließlich: »Hast du ein Blatt Papier?« Ehe Will antworten konnte, zog Billy einen Zettel aus der Hemdtasche, faltete ihn auseinander und riß ihn in zwei Teile. »Hast du einen Bleistift?« fragte er dann.

Als Will den Kopf schüttelte, stand Billy auf, holte einen Bleistift aus dem Landcruiser und brach ihn in der Mitte durch. Er zog sein Jagdmesser, spitzte die eine Hälfte und reichte sie Will.

»Wir sollten das mal zählen«, sagte er. Er griff sich ein Bündel und begann, die Scheine abzuzählen.

Will schob einen Ballen Heu zur Seite und setzte sich so hin, daß seine Hände auf derselben Höhe wie das Geld waren. Er zählte zwei feuchte Bündel aus je hundert Zwanzigern und begann dann die anderen Zwanzigerbündel herauszusortieren, wobei er sich vergewisserte, daß alle gleich dick waren. Als die Zwanziger sauber aufeinandergestapelt waren, zählte er die Fünfziger und dann die Hunderter. Wie er aufblickte, stellte er fest, daß Billy ihn mit einer Miene beobachtete, in der sich Freude und Entsetzen mischten.

»Vierhundertfünfzig«, sagte Will und musterte die Augen seines Freundes.

»Vierhundert«, sagte Billy schließlich. Er streckte die Hand aus und griff mit den Fingern einer Hand nach Wills Schulter, eine vorsichtig tastende Bewegung, gerade als ob er Angst hätte, daß ein elektrischer Funke zwischen ihnen beiden überspringen könnte. »Beinahe eine Million Dollar.«

Will nahm seinen Hut ab und legte ihn auf das Geld. Er knotete mit beiden Hände seine rote Bandanna auf und rieb sich damit über das Gesicht. Dann faltete er das Tuch ordentlich zusammen, stopfte es wieder in seine Hosentasche und fuhr sich anschließend mit den Fingern seiner rechten Hand durchs Haar. Bill beobachtete die Bewegungen seines

Freundes mit einem Ausdruck der Faszination. Ein Lächeln spielte um seine Mundwinkel.

Will setzte sich den Hut wieder auf den Kopf. »Du darfst niemandem etwas davon sagen, Billy. Nicht einmal Grampa Siquani.« Er sah das Geld an, als ob es sich gleich wie eine Schlange zusammenkrümmen und zustoßen würde. »Kein Wort, nicht einmal eine Andeutung.« Regen fegte über die Scheune, tanzte kurz über das Blechdach.

»Diese Typen wissen, was man mit solchem Geld macht«, fuhr Will fort. »Wir nicht.«

»Was redest du da?« Billys Lächeln verblaßte. »Seit wann hast du vergessen, was man mit Bargeld anfängt? Als allererstes zahle ich meine Schulden bei der Bank.«

Will nickte. »Wenn wir anfangen, so mit Bargeld herumzuwerfen, werden die Leute neugierig werden.«

»Zur Hölle mit den Leuten.«

»Recht hast du. Zur Hölle mit allen. Aber überleg doch mal. Da geht ein armes Halbblut, das seit zehn Jahren auf seiner Ranch keine Ziege mehr gehabt hat, mit dreißigtausend Kröten im Sack in eine Bank. ›Ich bin hier, um meine Hypothek abzuzahlen‹, sagt das Halbblut. Ist das wirklich Verfolgungswahn, wenn ich behaupte, daß da innerhalb von vierundzwanzig Stunden das FBI an seine Tür klopft? Aber ist ja in Ordnung. Man kann denen ja sagen, daß ein Mann mit einem Koffer voll Geld vom Himmel gefallen ist. Oh, und übrigens, der Typ hängt immer noch dort draußen. Und dann gibt es da auch die Leute, die sich vielleicht immer noch einbilden, daß dieses Geld ihnen gehört.«

»Die sind tot. Eine solche Explosion kann keiner überleben.«

»Glaubst du wirklich, daß der Mann aus diesem Helikopter gekommen ist?«

Billy sah den leeren Koffer an. »Du hast recht. Den Helikopter hätten wir gehört. Also muß es ein Flugzeug gewesen sein, nicht wahr? Oberhalb der Wolkendecke?«

Will nickte. »Wir wissen nicht, wie viele das sind.«

»Herrgott im Himmel.«

Sie starrten die beiden Geldstapel einen Augenblick lang an. »Die Rauschgifthändler waschen das«, meinte Will schließlich. »Die erfinden irgendein getürktes Geschäft, eine Pizzabude oder so etwas und schleusen das Geld durch dieses Geschäft.«

»Ich dachte, das sei die Mafia. Ich habe das in *Sixty Minutes* gesehen.« Billy starrte die aufgestapelten Geldbündel an.

»Verdammt!« Will schüttelte den Kopf.

»Was?«

Will lächelte sanft. »Wir brauchen kein getürktes Geschäft zu erfinden. Wir haben unsere Ranches.«

Billy rieb sich den Nasenrücken und sah Will aus halbgeschlossenen Augen an. »Und du bist derjenige, der mir immer sagt, ich soll realistisch sein. Glaubst du, jemand würde glauben, daß du und ich plötzlich Geld machen, wo doch keiner von uns beiden seit zwanzig Jahren auch nur einen Dollar Bargeld auf unseren Ranches erwirtschaftet?«

»Es könnte klappen, wenn wir aufpassen. Wenn wir nicht plötzlich habgierig werden. Sagen wir beispielsweise, ich tue so, als würde ich den alten Satellite für fünftausend verkaufen. Ich schreibe einen Kaufvertrag aus, bringe fünf Riesen auf die Bank und verstecke Satellite in der Scheune.«

Billy schüttelte den Kopf. »Der Bulle muß doch schon zwanzig Jahre alt sein. Er ist taub und blind wie eine Fledermaus und hat schon zehn Jahre keinen mehr hochgekriegt. Und davon mal abgesehen, ist er immer schon ein wenig dämlich gewesen. Ich habe doch selbst gesehen, wie deine jungen Kühe diesen alten Knacker herumgeschubst haben und er wie ein Baby gebrüllt hat, daß du kommst und ihn rettest. Mach dir doch nichts vor. Du hast keine Rinderranch.

Du hast ein Altersheim für Kühe.« Billy griff sich ein Bündel Hundertdollarscheine und schlug sich damit auf den Oberschenkel.

»Satellite hat bei der Rindershow einen Preis gekriegt.«

Jetzt grinste Billy unverhohlen. »Vor zehn Jahren. Und dieser andere zurückgebliebene Bulle, den du da hast, würde auch keine fünf Kröten einbringen. Verdammt noch mal, ich wette, deine Jungkühe sind verzweifelt weggerannt, weil sie es nicht mehr erwarten konnten, daß diese Bullen einen hochkriegen. Die haben sich von Hirschen decken lassen. Ich garantiere es dir, nächstes Frühjahr hast du eine Herde Bastarde.«

»Jetzt hör zu. Es geht ja ums Prinzip. Ich könnte sagen, daß eine reiche Spinnerin, wie zum Beispiel Jane Fonda und der Typ, den sie geheiratet hat, aus irgendeinem Grund meinen Bullen gewollt hat – als eine Art Schoßtier, was weiß ich denn. Fünftausend oder zehntausend Kröten ist für die doch nicht mehr als fünfzig Cent für einen anderen.«

Billy hob mit jeder Hand eines der Bündel auf, als wolle er sie gegeneinander abwägen. »Wie dieses Fettbauchschwein, das Jace dir hinterlassen hat.«

»Hängebauchschwein nennt man sie. Aber, genau, das meine ich.«

»Hast du je daran gedacht, dieses Schwein zu essen?«

»Es ist Jaces Schwein. Außerdem ißt niemand Hängebauchschweine. Das wäre so, als würde man einen Hund essen.«

»Manche Leute tun das. Hast du dir je überlegt, daß ihr eigentlich ganz recht geschehen würde, ich meine dafür, daß sie dir ein solches Schwein aufgehängt hat? Ganz zu schweigen von diesem Köter, der so groß ist wie ein Pferd.« Billy stapelte die Geldbündel aufeinander. »Ich dachte immer, daß irgendwelche Leute diese Schweine essen müssen, wenn sie genug von ihnen haben.« Er blickte auf. »Im *Albuquerque*

Journal steht, daß Jane Fonda und dieser Typ Büffel züchten. Die kaufen den halben Staat auf, um Büffel zu züchten. Was sollten die also mit einem Herfordbullen anfangen, der so alt ist, daß er nicht einmal mehr Gras kauen kann? Außerdem, wenn du irgend jemandem erzählst, daß du für einen von diesen Bullen fünftausend Kröten gekriegt hast, selbst von Jane ›I love Vietnam‹ Fonda, dann stecken die dich hinter Gitter.«

Will zuckte die Achseln. »Das ist nicht der Punkt. Es braucht auch nicht Satellite zu sein; wir müssen uns einfach irgend etwas einfallen lassen. Und bis dahin müssen wir die Dollars verstecken. Wir dürfen auch nicht anfangen, mit dem Geld anzugeben. Es sind bereits Leute für dieses Geld gestorben; wir wissen nicht einmal wie viele. Wir müssen es eine Weile abkühlen lassen.«

Billy sah ihn an und grinste. »Jetzt hörst du dich an wie einer von diesen Polizisten im Fernsehen.«

Will betrachtete den Landcruiser. Dort, wo vorher ein Kotflügel gewesen war, ragte ein Rad hervor. Und quer über die Motorhaube zog sich eine Reihe Einschußlöcher bis zu der nicht mehr vorhandenen Windschutzscheibe. »Du solltest den Toyota besser in der Scheune stehenlassen. Das darf keiner sehen.«

Billy blickte betrübt auf die Einschußlöcher. »Weißt du, wie viele Siebenundsiebziger Cruiser es noch in so gutem Zustand gibt, ohne ein Fleckchen Rost? Das ist fast schon ein Oldtimer, aber ich schätze, wir müssen ihn aus dem Verkehr ziehen. Ich schlage vor, wir teilen das Geld auf, und jeder versteckt die Hälfte davon. Im Schuppen ist ein alter Matchsack, den wir dazu nehmen können. Auf die Weise – «

Beide fuhren zusammen, als in einem Aufstieben von Federn eine Schleiereule aus dem Gebälk flog. Der Vogel flatterte mit flüsternden Flügelschlägen im Kreis herum, ehe er wieder in der Dunkelheit verschwand.

Drei

Als Will nach Hause kam, hatte es aufgehört zu regnen. Die Bussarde saßen wieder auf dem Zaun. Will konnte vor dem helleren Hintergrund der Scheune das halbe Dutzend buckeliger Silhouetten erkennen. Er fluchte und brachte seinen Pick-up ruckartig vor der Scheune zum Stehen. Er nahm sich sein Gewehr von dem Gestell hinter dem Sitz, stieß die Tür mit der Schulter auf und lud durch. Als er ausgestiegen war, richtete er die Waffe in die Luft und feuerte aus der Hüfte. Der Schuß hallte den Canyon hinauf und hinunter, betäubend laut. Die Bussarde taumelten wie die Schatten ertrinkender Menschen in den Himmel, schlugen sich gegenseitig mit ihren breiten Flügeln, während sie um freien Luftraum kämpften. Hinter und unter ihnen stand die große Scheune merkwürdig schwerfällig da. Ihre Umrisse mit dem schiefen Dach machten den Eindruck, als würde die Scheune in die Nacht kippen. Die Silhouette eines Pferdes mit ähnlich schiefem Rücken drückte sich gegen das oberste Brett des Scheunenpferchs, offenbar weder von den Bussarden noch den Schüssen beunruhigt.

Einen Moment später kamen ein großer Hund mit gekräuseltem Fell und ein kurzes fettes Schwein um das Haus herum. Sie gingen nebeneinander in dem Korridor, den die Scheinwerferkegel bildeten, und blieben einmal stehen, um sich gleichzeitig zu schütteln, als ob sie gerade aufgewacht wären. Der Hund, der fast die Größe eines Shetlandponys hatte, trottete näher, stieß Will die Nase zwischen die Beine und schnaubte dann laut. Will schob den riesigen Schädel weg, zauste ihn dabei hinter dem Ohr und spürte gleichzeitig, wie eine stumpfe Schweineschnauze an seinem Knie schnüffelte.

»'n Abend, Ladies«, sagte er und griff nach unten, um das Schwein am Kopf zu kratzen. Im gleichen Augenblick spürte er, wie der Hund seine Schnauze an seinen Schenkel drückte.

»Du bist eifersüchtig auf ein Schwein, Maggie«, sagte er zu dem Hund. »Ein wenig Selbstachtung solltest du schon haben.«

In der vorangegangenen Woche hatten die Bussarde drei Hühner getötet, hatten sich wie schwarze Todesengel aus dem Himmel auf sie herunterfallen lassen. Von dem Kreischen der Hühner aufgeschreckt, hatte er einen von ihnen von seinem Schlafzimmerfenster aus gesehen. Eine Henne hatte sich in den Korral verlaufen, und jetzt hüllten riesige Schwingen die kreischende Henne ein. Ein paar schnelle großartige Bewegungen mit dem Schnabel des Bussards, und alles war vorbei. Die anderen Bussarde hatten interessiert vom Zaun aus zugesehen, einer hatte vor Aufregung sein Gewicht von einem Fuß auf den anderen verlagert. Als das Huhn sich nicht mehr bewegte, hatten sie sich vom Zaun gestürzt und waren wie dünne alte Männer um die Beute herumgetanzt.

Will hatte im Vogelbuch seines Vaters nachgeschlagen. Es waren schwarze Bussarde, nicht die Truthahngeier, die er sonst immer auf der Ranch gesehen hatte. In dem Buch stand, daß Geier keine Federn auf den Köpfen hatten, damit sie den Kopf in das Aas hineinstecken konnten, ohne sich schmutzig zu machen, doch nirgendwo war zu lesen, daß Bussarde Haustiere töteten. Seit sie aus dem Westen hereingesegelt waren, hatten diese Aasfresser aber Jagd auf seine Hühner gemacht. Will hatte ihren Auslauf abgesperrt, aber die findigen Hühner fanden immer wieder Löcher in dem alten Drahtgeflecht und zwängten sich hinaus in den sicheren Tod, bis nur noch ein halbes Dutzend von ihnen übriggeblieben war. Zweimal hatte er gesehen, wie Molly sich am Zaun entlangschlich, ihren Körper dicht am Boden, und sich

Zoll für Zoll an die Bussarde heranstahl. Aber jedesmal, wenn das Schwein gerade die Muskeln zum Sprung gespannt hatte, hatten sich die Bussarde in die Lüfte erhoben und waren der Sau mit Leichtigkeit entwischt.

»Molly versucht wenigstens, diese Mistbiester zu fangen. Aber was ist eigentlich mit dir los, Maggie?« Er kraulte den schweren Hund hinter den Ohren. »Du hast Angst vor Kühen; das ist dein Problem. Ich habe einen nutzlosen belgischen Rinderhund und ein fettes Hausschwein, das zu langsam ist, um Bussarde und Aasfresser zu fangen, die Jagd auf mein Federvieh machen. Ich besitze zwei senile, impotente Bullen, für die ich keine fünf Dollar kriegen könnte, und ein Dutzend Kühe irgendwo dort draußen in den Hügeln, die sich für Antilopen halten. Wirklich eine tolle Ranch.« Der Hund schüttelte sich am ganzen Körper, als wäre er gerade aus dem Bad gestiegen, und dabei fielen Will die hellen Körner an seinem dunklen Maul auf. »Schon wieder Vogelfutter gefressen, was?«

Die Pinienhäher warfen die Samen auf den Boden, und der Hund und das Schwein wetteiferten mit den Kojoten darin, sie aufzulecken. Hundekacke, Schweinekot und Kojotenauswurf, alles dicht mit Samenkörnern durchsetzt, übersäte die ganze Ranch. Obwohl Will in der Scheune für den Hund und das Schwein Futterapparate gebaut hatte, schienen beide Tiere nach den Samenkörnern geradezu süchtig. »Vielleicht sollte ich dich mitnehmen, damit du mir hilfst, diese Jungkühe zu finden«, sagte er, »vielleicht erinnerst du dich dann, daß du kein Hühnerhund bist. Eventuell könnte Molly auch die Rinder treiben.« Er beugte sich vor und schlug dem Schwein auf den dicken Bauch. Molly hoppelte vergnügt im Halbkreis und schnüffelte dann wieder an seinem Hosenbein, als würde es dort nach vergrabenen Trüffeln suchen. Will schüttelte den Kopf über die Tiere und nahm sich vor, am nächsten Tag wieder Vogelfutter in die Futterstelle zu legen. Er konnte stundenlang an seinem Schlafzimmerfenster sitzen und dem emsigen Treiben am Vogelhäuschen zusehen. Am Morgen tauchten gelegentlich Eichhörnchen und fette Wildkaninchen auf, um die Wachteln aufzuscheuchen und sich über heruntergefallene Futterreste herzumachen. Er hatte auch schon häufiger Falken dabei beobachtet, wie sie sich in den Pinien rings um die Futterstelle versteckt hielten, um einen unachtsamen Vogel zu schnappen. Er hatte die Wachteln und Feldhasen ebenso wie die Falken mit bösen Hintergedanken beobachtet. Das einzige, was besser schmeckte als ein fetter Feldhase, der in einer Bratpfanne brutzelte, war in Butter gebratene Wachtelbrust. Aber er brachte es einfach nicht übers Herz, die Tabuzone um das Vogelhäuschen zu verletzen.

Er griff in seinen Pick-up, schaltete die Scheinwerfer ab und zog mit einem Ruck den Matchsack heraus, ehe er die Tür mit einem Fußtritt schloß. Das Gewehr in der einen und den Matchsack in der anderen Hand wandte er sich dem Haus zu und blieb dann ruckartig stehen. Ohne das Scheinwerferlicht des Pick-ups schien ihm das Haus, in dem er zur Welt gekommen und aufgewachsen war, plötzlich fern und fremd, ein dunkler Stein, den jemand mitten in die Nacht hineingeworfen hatte. Bei Tageslicht konnte man an der Hauswand die Muster seiner Adobeziegel erkennen, konnte sehen, wo der Verputz den Kampf gegen den Wind, den Schnee und den Treibsand verloren hatte. Aber in einer solchen mondlosen Nacht schien das Haus direkt aus der Erde hervorgegangen zu sein, und die Fenster in der meterdicken Wand wirkten wie tiefschwarze Tümpel. Hinter dem Haus konnte er in unterschiedlichen Schattierungen von Schwarz die Landschaft in einem sich verengenden V auf die Berge zuklettern sehen. Sie endete, wo sich die Berge wie stumpfe Sägezähne vor dem Himmel abhoben. Will setzte sich in Bewegung und hörte, wie der Hund und das Schwein hinter ihm herschlurften. Der Donner hatte sich nach Osten bewegt, aber es lag immer noch das Prickeln von Elektrizität in der Luft.

Er stieß die schwere Tür auf und griff nach dem Lichtschalter, ehe er den Matchsack vor sich ins Haus warf. Maggie schoß mit eingezogenem Kopf an ihm vorbei und sackte auf einem Webteppich mitten auf dem Dielenboden zusammen. Er fing gerade an, den Hund anzuschreien, als plötzlich Molly ihren breiten Bauch zwischen seine Beine und den Türrahmen schob. Sie rannte hinein, und ließ sich neben Maggie auf dem Läufer nieder. Beide blickten ihm mit fragenden Gesichtern entgegen, und zwei Reihen schmutziger Fußabdrücke führten zu ihrem Ruheplatz. »Rinder, Hunde und Schweine gehören in die Scheune«, murmelte Will ohne große Überzeugungskraft. Aber Hund und Schwein hatten sich in den letzten paar Monaten häufig an ihm vorbeigezwängt, und er hatte sie die meiste Zeit die ganze Nacht auf dem Läufer liegen lassen.

»Zur Hölle damit«, sagte er. »Schätze, ich bin ja jetzt schließlich ein exzentrischer reicher Mann. Wollt ihr die Gästeschlafzimmer haben, Ladies?«

Will ging einen Flur hinunter, Hund und Schwein standen auf und folgten ihm, wobei Molly die Nachhut bildete. Am Ende des Korridors öffnete er eine Tür und schaltete das Licht ein. Ein großes Doppelbett mit einem kunstvoll geschnitzten eichenen Kopfbrett stand an einem Ende des Raums; eine schwere dunkelrote Bettdecke lag darauf. An zwei Wänden des weiß verputzten Raums hingen graue Navajo-Teppiche, während die ganze dritte Wand ein vom Boden bis zur Decke reichendes Bücherregal einnahm, das mit senkrecht wie waagrecht aufgestapelten Büchern gefüllt war. Bücher, die seine Mutter, die von Beruf Lehrerin gewesen war, aber nur ein einziges Jahr in Oklahoma gearbeitet hatte, während eines halben Lebens gesammelt hatte. *Ro-*

binson Crusoe, *Die Schatzinsel*, *Huckleberry Finn*, ein Band mit englischen Gedichten, die Bibel und unzählige mehr; Will hatte sie alle gelesen und monatelang an Bucks gräßlichem Tod gelitten, er hatte sich nach dem großen Fluß Mark Twains gesehnt, als hätte er den Ort selbst einmal gekannt und dann verloren. Er hatte im Bett gelegen und zugehört, wie seine Mutter das glockengleiche Lied von *Dover Beach* vorgetragen hatte; er hatte mit dunkler Klarheit die düsteren nackten Schindeln der Welt gesehen und sich dabei traurige, fremde Dächer ausgemalt. Sein achtjähriger Verstand wußte, daß der Mann von schwerem Verlust redete, aber dem Verlust wessen? Die düstere Ebene und die unwissenden Armeen, die in der Nacht aufeinanderprallten, erinnerten ihn an die Geschichten von Grampa Siquani, in denen von dunklem Land und dem schwarzen Pfad des Westens die Rede war. Aber in seiner Mutter schienen die Worte andere Erinnerungen wachzurufen oder erweckten Geschichten aus einem anderen Leben und einer anderen Welt. Ihre grünen leuchtenden Augen waren wie Fenster mit geheimnisvollen Tiefen, wenn sie ihm solche Dinge vorlas, und die Musik ihrer Stimme hatte dann einem Leben Maß gegeben, das er nicht ergründen konnte. Rings um ihn war eine Cherokee-Welt gewesen, in der Erde und Himmel von Leben erfüllt waren, und man brauchte sich nur an die richtige Geschichte erinnern, um zu wissen, wie man handeln mußte. Aber seine Mutter war keine Cherokee gewesen, nicht einmal Indianerin. So wie sein Vater und Billys Großvater Siquani hatte auch seine Mutter Geschichten vom Kleinen Volk gekannt, aber das Kleine Volk der Iren war anders als das der Cherokee. Es war vollkommen fremd und aus einer anderen Welt. Von Eltern erzogen, die sie auf die Schule geschickt hatten und gestorben waren und ihr nichts als die Liebe zu den Worten und den Glauben hinterlassen hatten, daß Worte genug sein könnten, schien ihm seine Mutter ein Dauergast in der Indianerwelt ihres eigenen Hauses. Sie schien angenehm überrascht von seiner Fremdartigkeit und ergab sich widerstandslos ihrem Exil. Der Einsamkeit begegnete sie mit Wänden von Büchern. Schon sehr früh in seinem Leben war in ihm der Glaube entstanden, daß die Cherokee-Welt aus gesprochenen Worten gemacht war, mit eingehauchtem Atem zum Leben erweckt. Die Welt der Weißen wurde dagegen auf Buchseiten geformt und erdacht und wartete dann geduldig darauf, daß sie mit Worten zum Leben erweckt wurde. Seinem jungen Verstand schien es, als ob die Indianerwelt stets neu wäre, immer wieder aufs neue erschaffen, wenn sein Vater oder Billys Großvater die Geschichten erzählte, während die weiße Welt vor langer Zeit geformt worden war und jetzt in Büchern dalag, bereit, jedes einzelne Mal wieder dieselbe Form anzunehmen, wenn die Seiten aufgeschlagen wurden. Wie die Bibel.

Nur ein Buch von den Regalen seiner Mutter war ihm versagt geblieben. Ein Roman, der sich *Der letzte Mohikaner* nannte und den Caleb Striker zur Hälfte gelesen hatte, ehe er ihn in die offene Feuerstelle geworfen hatte, die die vierte Wand beherrschte. Und sein Vater war es gewesen, der dann angefangen hatte, in die Bücherei in Socorro zu gehen und Bücher über die Cherokee mitzubringen, Mooneys Geschichtensammlung, einen Roman über Taslie, den Cherokee-Helden, Bücher über den Zug der Tränen, das Leben vor der Vertreibung und das Leben im Indianerreservat. Seinen beiden Eltern war es zu verdanken, daß Will von der High-School mit einem Stipendium und einem wahren Hunger nach Geschichten auf die University von New Mexico gezogen war. Und hier hatte er, zu Anfang seines zweiten Studienjahres, Jace kennengelernt, sich in sie verliebt und dann den Anruf erhalten, der ihn nach Hause geholt hatte. Überall in die Regale gestopft waren Bücher, die Jace hinzugefügt hatte, während sie zweimal die Woche die hundert Meilen gefahren war, und das sieben Jahre lang, um Vorlesungen an der Universität zu hören, hauptsächlich Bücher von Frauen, von denen er noch nie gehört hatte.

Will fuhr mit dem Finger über eine Reihe von Buchrücken. Seine Fingerspitze war bald dick mit Staub bedeckt, und Will dachte über jenes vorangegangene Leben nach, als er sich in Büchern verloren hatte. Als er sich umdrehte, saßen Hund und Schwein nebeneinander im Eingang und beobachteten ihn interessiert. Weil die Tür so lange geschlossen gewesen war, dachte er, erschreckte es sie vielleicht, diesen neuen Teil ihrer Welt zu entdecken. Oder sie hatten möglicherweise erwartet, Jace immer noch in dem Zimmer zu finden.

Mit der Schuhspitze schob Will einen Webteppich neben dem Bett zurecht, und als er dann aufblickte, sah er ein großes Spinnennetz, das über der Kirschbaumkommode, die einmal seiner Mutter gehört hatte, eine ganze Zimmerecke füllte. Das Netz mit seinen schweren staubbehängten Fäden fing das Licht auf, und plötzlich hatte Will den Eindruck, das ganze Zimmer könne ohne die Arbeit der Spinne zusammenbrechen. Die Luft fühlte sich so trocken an wie alte Knochen. Staub bedeckte alles, und der Boden war mit eingetrockneten Insekten und Stücken von Mottenflügeln übersät. In den wenigen Zwischenräumen, die es zwischen den Büchern und den Regalbrettern gab, hatten sich kleinere Spinnennetze mit vertrockneten Fliegenleichen angesammelt, und das große vorhanglose Fenster an der Seite schien das Licht aus dem Raum in seine schwarze Scheibe hineinzusaugen. Ein hoher Spiegel, der neben der Kommode stand, warf ihm ein Bild seiner selbst zurück, das schwer und dunkel war, eher ein Schattenriß als ein Mensch.

Will war an dem Tag aus dem Zimmer ausgezogen, an dem seine Frau ihm mitgeteilt hatte, daß man ihr eine Stellung in einer Anwaltsfirma in Albuquerque angeboten hatte und sie ihn verlassen würde. Er hatte drei Armvoll Kleider in das Hinterzimmer getragen, das ihm als Junge gehört hatte und später seinem Sohn, bis auch der aufs College gegangen war. Er hatte das große Doppelbett gegen die Pritsche eingetauscht, die sein Vater aus handbearbeitetem Wacholderholz geschreinert hatte, hatte die Daunendecke gegen Pendletondecken eingetauscht, die Teppiche, den Bücherschrank und die Kommode gegen den mit allem möglichen Kram übersäten Tisch, den er selbst gezimmert hatte.

Er konnte sich nicht daran erinnern, wann er das letzte Mal in dem Schlafzimmer gewesen war, das er einmal mit seiner Frau geteilt hatte. Als er sich jetzt in dem Raum umsah, fühlte er sich wie ein Mann, der nach langem Exil in das Land seiner Geburt zurückgekehrt war und die vertraute Welt eingeschrumpft und fremdartig vorfand.

Will trat ans Bett, strich über die staubige Steppdecke und sah dabei zu den beiden Tieren hinüber. »Von jetzt an schlaft ihr beiden hier – bei Regen, Hagel, Schlamm, und ob ihr Zecken habt oder euch mit einem Stinktier gebalgt habt. Jace hat euch euer Bett gemacht, und jetzt werdet ihr euch hineinlegen.« Er schlug mit der Hand wieder auf das Bett, und Maggie kam vorsichtig heran, sah ihn fragend an und stemmte dann unter beträchtlichem Kraftaufwand ihre hundertvierzig Pfund auf die Steppdecke, wo sie mit einem tiefen Aufseufzen und von einer Staubwolke umgeben zusammensackte und ihren großen Kopf tief in das Daunenkissen sinken ließ.

»Und wie steht es mit dir, Molly?« Will ging zu Molly hinüber, die immer noch auf ihren breiten Hinterbacken saß und mit einem Ausdruck schweinischer Verblüffung auf Bett und Hund blickte. »Ist schon in Ordnung. Ehrlich.« Er kraulte sie am Kopf, schlug sich auf den Schenkel und ging seitwärts auf das Bett zu, worauf Molly langsam hinter ihm hertrottete. Neben dem Bett angelangt, tippte er neben Maggie auf die Steppdecke und sagte: »Komm schon, Mädchen.«

Molly blickte zu ihm auf, und ihre kleinen Augen musterten ihn argwöhnisch. Einen Augenblick lang zögerte sie, dann warf sie sich plötzlich auf das Bett. Mit einer einzigen fließenden Bewegung schmiegte sich ihr breiter Rücken an den Maggies, ohne daß ihre dunklen, zweifelnden Augen Wills Gesicht auch nur einen Augenblick lang losließen.

Will ging zur Tür und schaltete das Licht aus. *»Buenas noches, hermositas«,* sagte er, als er hinausging.

Im Wohnzimmer stellte er fest, daß das Haus von dem warmen, ein wenig modrigen Geruch des Gewitters erfüllt war. Er sah sich in dem Zimmer um. Nach sechsundvierzig Jahren hatte sich das Haus, das er sein ganzes Leben lang gekannt hatte, verändert, und das lag nicht nur an dem kaputten Fernseher. Er drehte sich einmal langsam um die eigene Achse.

Die braune mexikanische Decke war von der Ledercouch gerutscht und lag jetzt zusammengeknüllt auf dem Boden. Will hielt einen Augenblick inne und fragte sich, ob er sie so liegengelassen hatte. Er erinnerte sich daran, daß sie ordentlich zusammengefaltet über der Rücklehne und den Kissen der alten, aufgesprungenen Couch gelegen hatte. Von dem offenen, aus Steinen gemauerten Kamin ging etwas Kaltes, Böses aus. Der kaputte Fernseher schien von Haß erfüllt, seit Will dem vorletzten Präsidenten der Vereinigten Staaten mitten auf dem Bildschirm eine Kugel durch die Brust gejagt hatte. Aus Gründen, die er sich selbst bisher noch nicht klar gemacht hatte, gefiel es ihm, den zerschmetterten Fernseher im Zimmer zu lassen. »Brauchst dir gar nichts darauf einzubilden«, sagte er. »Das Radio habe ich zuerst erschossen.« Das Radio hatte im Schlafzimmer gestanden und war einem einzigen Pistolenschuß in der ersten Morgendämmerung zum Opfer gefallen. Einen Augenblick lang versuchte Will sich, während er den Fernseher ansah, erfolglos daran zu erinnern, wie der gegenwärtige Präsident hieß, aber er war schon vor langer Zeit zu dem Entschluß gelangt, daß dies nicht sein Land war. Das Land, das einen Präsidenten im Fernsehen hatte, war das eines anderen, und er wollte nichts damit zu tun haben. Er überließ den Gedanken sich selbst und griff nach dem Matchsack und seinem Gewehr.

In der Küche ließ er den Matchsack auf den Linoleumboden fallen und legte das Gewehr auf einen mit Kerben übersäten Tisch aus Kiefernholz. Er hob den Deckel von einem Emailtopf, der auf dem Gasherd stand, und sah hinein, ehe er ein Zündholz anriß und den Brenner unter dem Topf anzündete. Während der Kaffee heiß wurde, ging er über einen kurzen Flur zu dem Zimmer, in dem er schlief, und kam gleich darauf mit einem Metallstab, ein paar Lappen und einer Dose Waffenöl zurück. Inzwischen waren Hund und Schwein in der Küche, lagen Seite an Seite zwischen Tisch und Herd und beäugten ihn.

Will setzte sich an den Tisch, entlud das Gewehr und reinigte es dann, stieß den geölten Lappen durch den Lauf und strich dann damit über das Äußere der Waffe. Als er fertig war, lud er das Gewehr wieder und lehnte es in die Ecke gegenüber dem Herd. Dann ging er zu dem Gewehrschrank im Wohnzimmer und holte die Schrotflinte sowie eine Schachtel Patronen heraus. Er lud die Waffe, repetierte einen Schuß in die Kammer und ließ den Sicherungsflügel dabei umgelegt. Als er so mit der Schrotflinte hantierte, spürte er die Erregung in sich aufsteigen, ein scharfes Gefühl wie beim Aufwachen. Plötzlich wurde ihm bewußt, daß viel Zeit vergangen war, seit zuletzt etwas passiert war. Jetzt war das Leben anders. Leute mit Gewehren waren in diesem Augenblick auf der Suche nach ihm, sammelten ihre Kräfte in der Dunkelheit, bereit, ihre Vorteile gegen ihn auszuspielen. Daß das so war, stand für Will außer jedem Zweifel. Und auf seinem Küchenboden lag Geld. Er trug die Schrotflinte in sein Schlafzimmer und lehnte sie an der Kopfseite des Bettes an die Wand.

Als er zurückkam, machte er den Matchsack auf und schüttete das Geld in einem Haufen auf den Boden. Er saß auf dem unbequemen Küchenstuhl und blickte auf die Geldbündel hinab. In der schwachen Küchenbeleuchtung ging von dem Geld ein schmutziges, graues Leuchten aus, und nach ein paar Minuten stopfte er es wieder in den Matchsack und schnürte ihn zu.

Er ging ans Spülbecken und wusch sich die Hände. Dann schenkte er sich eine Tasse scheußlich schmeckenden Kaffee ein und setzte sich wieder an den Tisch, rieb mit der Schuhspitze Maggies Brust und sah, als wäre dies das erste Mal, im weichen Kiefernholz des Tisches die Kerben von fünfzig Jahren. Er tastete unter der Tischkante nach den Spuren des Namens seines Vaters, strich mit den Fingerspitzen über die tiefen Einschnitte, um die Cherokee-Buchstaben von *asgaya* und *uhni* zu buchstabieren, den Namen eines Kriegers. Irgendwo in der trockenen, von Spiegelungen erfüllten Luft zwischen Oklahoma und New Mexico, wo eingebildete Flüsse über den Asphalt strömten und im Sand versickerten, hatte sein Vater seinen Cherokee-Namen abgelegt, war Cal Striker geworden, so wie sein bester Freund Ross Kaneequayokee Ross Keene geworden war. Aber als er den Küchentisch gebaut, das Kiefernholz mit der Hand gespalten und gehobelt hatte, hatte er den alten Kriegernamen in die Unterseite eingraviert. Will strich mit der Hand über die unlackierte Oberfläche der Tischplatte und dachte an seine Frau, die jetzt mit Resopal und Mikrowelle hundert Meilen entfernt in einem Stadthaus in Albuquerque wohnte.

Als das Telefon klingelte, zuckte Will zusammen und rannte dann fast zu dem Apparat. Die Stimme, die er hörte, war vertraut und warm. »Will?«

»Hallo, Jace.« Er atmete tief durch.

»Ist alles in Ordnung, Will? Du klingst so komisch.«

Er sah zu dem Matchsack hinüber und nickte. Wie zum Teufel konnte sie das wissen? »Alles klar, Jace. Alles in Ordnung.«

»Ich habe bloß angerufen, um zu hören, wie es dir geht«, fuhr sie fort. »Ich habe gestern angerufen und vorgestern auch, aber du hast dich nicht gemeldet. Ich war beunruhigt.«

»Ich weiß«, sagte er. »Wie geht das Anwaltsgeschäft?«

»Warum tust du das, Will? Warum gehst du nicht an dein gottverdammtes Telefon? Du weißt, daß ich mir Sorgen um dich mache. Ich meine, was ist denn, wenn dir etwas passiert wäre? Wie würde das jemand erfahren?«

»Mir kann nichts passieren, Jace. Ich bin in Sicherheit. Hier drunten könnte nie etwas passieren. Das hat mir einmal jemand gesagt.«

»Tu das nicht, Will. Alles in Ordnung bei dir?«

Er hörte, wie ihre Stimme zu zittern begann. »Manchmal mag ich einfach nicht reden«, sagte er. »Ich will allein sein.«

»Was wäre denn, wenn Si oder Holly etwas passieren würde und ich dich erreichen müßte?«

»Okay, Jace.« Sie hatte ihre Trumpfkarte zu schnell gezogen, dachte er, indem sie die Kinder aufs Tapet brachte, als ob sie nicht beide erwachsen wären und ihr eigenes Leben lebten. Sie mußte müde sein. »Von jetzt an melde ich mich jedesmal, wenn das gottverdammte Telefon klingelt.«

»Jetzt werde nicht gleich sauer, Will. Du weißt, daß ich mir Sorgen mache.«

»Ja.« Er machte sich klar, daß die Stimme im Telefon der Frau gehörte, mit der er fünfundzwanzig Jahre verheiratet gewesen war. Aber als er versuchte, ihr Bild heraufzubeschwören, sah er die andere Frau in dem Stadthaus in Albuquerque, die in einem blauen Kostüm, die behauptete, daß sie ihn immer noch liebte, aber nicht mit ihm leben konnte. Die seit Monaten nicht mehr auf der Ranch gewesen war.

»Also, mit wem bumst du im Augenblick, Jace?«

Ein langes Schweigen folgte, bis sie sagte: »Verdammt sollst du sein, Will Striker. Geh' in Zukunft an das Telefon.« Dann legte sie auf.

»Keine Sorge«, sagte er und bedauerte wie jedesmal seinen Zorn. Er fragte sich, weshalb sie ihn nie daran erinnerte, daß die Ranch schließlich auch ihr gehörte, falls es jemals zu einer Scheidung kommen sollte, obwohl das ein Wort war, das weder sie noch er je erwähnt hatten. Die Scheidungsvorschriften in New Mexico waren so, daß er die Ranch verkaufen und ihr die Hälfte des Wertes würde geben müssen, und das war nichts. Das Land, das in den dreißiger Jahren drei Dollars pro Acre wert gewesen war, war jetzt – sechzig Jahre später – praktisch wertlos. Zu weit von der Zivilisation entfernt, um bebaut zu werden, zu ausgetrocknet und zu tot für den Ranchbetrieb oder für Ackerbau. Und das nicht nur wegen des fehlenden Wassers. Es war so, als ob die Erde jede Kraft verloren hätte. Feigenkaktus, Pinien und Wacholder hielten stand, brüchig und versengt und mit einer Art von Resignation, die er in der kargen Landschaft ebenfalls empfand. Aber rings um ihre Wurzeln wurde die Erde grau und hart und zeigte Rippen aus heißem Granit. Andere Rancher und die Leute in den kleinen Ortschaften der Region waren verbittert und schweigsam geworden. Das benachbarte County, das nur ein paar Meilen entfernt war, hatte sogar eine Vorschrift erlassen, die seine Bürger verpflichtete, Waffen zu tragen. Die Bezirksbehörde desselben County hatte eine offizielle Warnung herausgegeben, daß auf Umweltschützer unter Umständen geschossen werden könne. Das Land war im Begriff zu sterben, und die Leute fingen an, im Kampf um das nackte Überleben aufeinander loszugehen. Zum Teufel, dachte Will, ich könnte ebensogut in einem

Reservat leben, aber für die Cherokee war das Leben im Reservat schon seit langer Zeit vorbei. Im Vergleich mit den Indianern von New Mexico hätten die Cherokee ebensogut Norweger sein können. Und das entsprach ohnehin der Vorstellung, die eine Menge andere Indianer von den Cherokee hatten.

Zum Glück war die Ranch bezahlt, und seine Eltern waren im Gegensatz zu denen von Billy nicht der Versuchung erlegen, eine zweite Hypothek aufzunehmen. Aber Geld konnten ihm nur die Pinien und der Wacholder bringen, und um seine Frau auszahlen zu können, würde er jeden Baum auf der ganzen Ranch fällen und als Brennholz verkaufen müssen. Er konnte natürlich den großen Caterpillar verkaufen, das letzte auf seinem Besitz, was noch echten Wert hatte, aber die D-6 war für seinen Vater eine Art Traum gewesen, als ob sich etwas ändern würde, wenn er, ein Indianer, über die Macht verfügte, Berge zu bewegen. Jetzt saß die Maschine wie ein großes Rätsel unter ihrem schützenden Dach. Außerdem brachte sie ihm gelegentlich von den Behörden Aufträge ein und hie und da einen Auftrag von Nachbarn, die die Maschine für richtige Arbeit brauchten, und das reichte vielleicht aus, um ihre Existenz zu rechtfertigen.

Manchmal, gewöhnlich in den dunklen Morgenstunden, lag er im Bett und wunderte sich über die unglaubliche Tatsache seines Lebens mit der Frau, die er geheiratet hatte. Zwei Menschen begegneten sich und bekamen Kinder. Als das geschah, schien alles äußerst wichtig, so wie die Vorsehung oder das Schicksal. Aber wenn man darauf zurückblickte, war es ein Witz und ein Zufall. Jeder von beiden hätte irgend jemanden heiraten können, irgendeinen aus Millionen von Menschen dort draußen, und sie hätten es Liebe genannt und wären genauso glücklich oder unglücklich gewesen. Bloß Zufälle, die die Menschen zu bestimmten

Zeitpunkten an bestimmten Orten zusammenbrachten. Und wenn er dalag und die Berührung seiner Frau vermißte, den tiefen warmen Geruch ihres schlafenden Atems und die Krümmung ihres Rückens, und dabei das Gefühl hatte, als wäre seine eine Hälfte in der Nacht abgefallen und hätte einen stumpfen, endlosen Schmerz hinterlassen, dann sagte er sich, daß es nicht Liebe war, sondern etwas anderes. Daß er Jace irgendwie davongetrieben hatte, war ein Gedanke, der häufig aus der Dunkelheit herankroch und an ihm nagte. Und als die Ranch mit jedem Jahr ohne Regen immer mehr verdorrte, spürte er, wie er selbst ebenfalls eintrocknete. »Du interessierst dich für überhaupt nichts«, hatte Jace ihm schließlich vorgeworfen. »Du verhältst dich die ganze Zeit so, als ob du schlafen würdest.« Nachdem die Kinder aufs College gegangen waren und später dann geheiratet und ihr eigenes Leben angefangen hatten, sehnte er sich nach den Geräuschen, die sie machten, nach ihrem Geruch, dem Gefühl von kleinen Armen um seinen Hals und dem Durcheinander von ruhelosem jungem Leben in dem alten Haus. Er ertappte sich dabei, wie er wie ein Schlafwandler durch seine Tage zog, auf den Ranches anderer Männer arbeitete, wenn dort Arbeit angeboten wurde, oder mit Billy jagen oder fischen ging, dabei aber immer weniger empfand.

Er und Jace hatten ein gutes Stück von dem einzigen Leben aufgebraucht, das sie je haben würden. Das war es, was sie einander gegeben hatten. Und vielleicht war es das wert. Eine seiner ersten Erinnerungen an Jace war, wie sie allein vor dem Horizont am Grab seiner Eltern stand, ihr Gesicht von der Trauer um Leute gezeichnet, die sie nie gekannt hatte. Will hatte jenen Augenblick als einen Moment der Liebe in Erinnerung, die keinen Platz für Zweifel ließ. Aber dann geschahen andere Dinge, und am Ende führten sie beide hundert Meilen voneinander entfernt jeder sein eigenes Leben. Er hatte den Verdacht, daß seine Frau, gleich nachdem sie nach Norden gezogen war, angefangen hatte, sich mit anderen Männern zu treffen. Aber vielleicht hatte er unrecht, und vielleicht war es auch gar nicht wichtig.

»Ich führe das sicherste Leben auf der ganzen Welt«, sagte er zu dem toten Telefonhörer. »Nur, daß manchmal eine Leiche mit einem Koffer voll Geld vom Himmel fällt, und ein Helikopter versucht, mir den Kopf wegzupusten.« Er sah zu dem Matchsack hinüber. »Herrgott«, flüsterte er. »Das ist es.«

Ganz plötzlich war ihm klar, daß der Mann aus dem Himmel alles verändert hatte. Der Helikopter, der aus dem Sturm herausgeplatzt war, um sie zu töten, hatte alles verändert. Vor seinen inneren Augen sah Will die Leiche dort draußen mitten in der Wildnis. Was würde Jace wohl davon denken? fragte er sich. Sie war ja jetzt Anwältin und würde möglicherweise auf der anderen Seite stehen. Ihm ging durch den Kopf, daß er und Billy in der Mitte ihres Lebens jetzt endlich die Grenzen des Gesetzes überschritten hatten, so wie der berühmte Outlaw Billy Pigeon, der sich mit Cherokee-Zauber unsichtbar machen konnte. Mit ihrer Entscheidung hatten sie unwiderruflich Stellung bezogen. Aber vielleicht waren sie auch wie ihre indianischen Vorfahren von den Ereignissen in eine Situation gebracht worden, die sie selbst weder hätten vorhersagen noch der sie sich hätten widersetzen können. Vielleicht lag es daran, daß die Mischung von Blut, von Menschen unterschiedlicher Herkunft, über die Zeiten hinweg sie außerhalb von allem anderen gestellt hatte. Halbblut. Gesetzlose. Von Ereignissen irgendwohin geschoben, etwa von jenem betrunkenen Autofahrer, der an einem klaren Morgen auf einer leeren Straße aufgetaucht war und seine Eltern getötet hatte. Und wie Jace, die mit Holly schwanger gewesen war. Und die Folge war gewesen, daß im Laufe eines Monats seine beiden Eltern tot waren und er sein gerade erst begonnenes Collegestudium abgebrochen hatte, um eine Familie zu gründen.

Will dachte über Orte nach, wo er das Geld verstecken konnte, und die Antwort fiel ihm beinahe sofort ein. Er holte die große Taschenlampe vom Kühlschrank herunter, nahm den Matchsack und trat zur hinteren Tür.

Dann ging er quer über den Hof, vorbei an dem verlassenen Häuschen, das er für die Kinder zum Spielen gebaut hatte, vorbei an dem Pumpenschuppen. Seit mehr als fünf Jahren war kein Wasser durch die benzingetriebene Pumpe geflossen, sie war ohne Zweifel inzwischen völlig unbrauchbar. Rechts von dem Schuppen war der große Stahltank, den er mit Wasser aus der Stadt füllte. Zwanzig Fuß hinter dem Wassertank blieb Will an einem Lukendeckel in der Erde stehen. Ein paar Schritte entfernt, so daß ihre Schatten sich dunkel von den Umrissen der Scheune abhoben, standen die beiden Bullen Schulter an Schulter; entweder schliefen sie oder sie beobachteten ihn. Das Dutzend Jungkühe, das er aus sentimentalen Gründen immer noch hatte, war jetzt vermutlich irgendwo draußen im Busch oder lungerte vielleicht in der Nähe des Tümpels herum, wo aus einer Felswand nach Schwefel schmeckendes Wasser rann, das letzte Wasser, das es auf der Ranch gab. Aber Satellite und Trinity waren verwöhnt. Sie waren mit Süßwasser aufgezogen worden, und jetzt, im Alter, hielten sie sich dicht bei der Scheune und dem Trog auf, den er aus dem mit Tankwagen angelieferten Wasser immer gefüllt hielt. In der Jugend hatten sie sich häufig um die Herrschaft über die Weide gerauft und einander häufig in ein frühes Grab zu bringen gedroht. Aber jetzt, im Alter standen sie die meiste Zeit im schützenden Schatten nebeneinander. Will sah sie an und malte sich aus, daß sich die alten Krieger mit ihren gesenkten Köpfen jetzt vielleicht Erinnerungen an das hohe Gras und die schlanken Jungkühe verflossener Jahre hingaben und vielleicht damit prahlten, wie schwer ihr Gemächt in ihrer Jugend gewesen war.

Er stellte den Matchsack auf den Boden und ging auf die Scheune zu, kehrte Augenblicke später mit einem kurzen Stück Seil, einem Hammer und einem Pickel zurück. Mit dem Pickel stemmte er die Holzklappe auf und schob sie zurück, so daß ein großes Loch im Boden zu sehen war. Er legte den Pickel hin und nahm die Taschenlampe, ließ ihr Licht über die Unterseite des Holzdeckels und rings um das Loch herum wandern, richtete es schließlich in das Loch selbst. Überall, wo das Licht hinfiel, bewegte sich etwas. Spinnen schienen zu erstarren, und ein Tausendfüßler glitt über den Lochrand und verschwand in der Dunkelheit. Mit einem kleinen Stock schnippte Will einen schwarzen Skorpion ein paar Fuß weit von dem Loch weg.

Als er sicher war, daß sich keine Klapperschlangen in dem alten Brunnenschacht versteckt hielten, richtete Will die Lampe sorgfältig auf das Loch, legte etwas darunter, damit sie nicht umkippte, zog ein paar große Nägel aus der Tasche und nagelte das verknotete Ende des Seils fest an die Unterseite des Schachtdeckels. Dann band er den Matchsack an das Seil und ließ ihn in die Finsternis hinunter. Schließlich griff er wieder nach dem Pickel, hob den Deckel leicht an und ließ ihn dann über dem Loch wieder zufallen. Morgen früh würde er noch einmal herkommen und dafür sorgen, daß es so aussah, als ob den alten Brunnenschacht seit zwanzig Jahren niemand mehr berührt hatte.

Als die Kinder klein gewesen waren, hatte er oft daran gedacht, den alten, noch von den Spaniern stammenden Schacht zu füllen, war aber nicht dazu gekommen, und die Kinder waren nie auf die Idee verfallen, den schweren Deckel hochzustemmen. Während er zur Scheune zurückging, wurde ihm zum ersten Mal bewußt, daß er einfach deshalb gezögert hatte, den alten Schacht aufzufüllen, weil er ihn gern hier hatte. Der Gedanke gefiel ihm, daß vor mindestens hundert Jahren Menschen hier gegraben und Wasser gefunden hatten. Wie hatten sie es wohl angestellt? Stand da ein Mann bis zu den Hüften im Wasser und schickte kübelweise Steine und Erde nach oben?

In den zwanziger und frühen dreißiger Jahren war der alte Schacht bereits trocken gewesen, das Adobehaus hatte angefangen, in sich selbst zusammenzufallen, und das Land war ausgedörrt und leblos gewesen. Mit Ausnahme der wenigen, die an dem Tümpel an der äußersten Grenze seiner Ranch Wasser gefunden hatten, hatten sich die meisten Gabelantilopen im Westen auf den etwas feuchteren Ebenen entlang der Weißen Berge verteilt. Ähnlich den Antilopen waren auch die Menschen davongezogen und hatten sich auf den Rinderranches von Mormonen in Arizona verdingt. Von den ursprünglichen Meléndez lebte nur noch einer in der Nähe, und Will fragte sich manchmal, ob Mouse Meléndez, der den größten Teil der letzten zwanzig Jahre in Kalifornien verbracht hatte, sich überhaupt noch daran erinnerte oder darum scherte, daß die reichlich tausend Acres einmal seiner Familie gehört hatten. Cal Striker und Ross Keene, zwei Vollblut-Cherokee, hatten einen Artikel in einer Zeitung gelesen. Sorgfältig im Familienalbum gepreßt, verkündete der Artikel aus dem *Corona Maverick,* daß »Land um $ 2,50 pro Acre billig zu kaufen« sei. Mit ihren weißen Frauen, die viel dafür aufgegeben hatten, um indianische Männer zu heiraten, mit ein wenig Ölgeld aus Sequoia County, Oklahoma, und in Begleitung eines alten Mannes namens Siquani, hatten die beiden Männer einen Blick auf die ausgetrocknete Ortschaft Corona, New Mexico, geworfen und waren dann weiter gezogen zur großen Kontinentalscheide, wo sie die tausend Acres für fast nichts gekauft hatten – was genau dem entsprach, was das Land wert war.

Die Rinderzüchter und Bergleute von Magdalena hatten nicht gewußt, daß der alte Mann namens Siquani bereits mit einem gegabelten Weidenzweig über das Land gegangen war und daß der Zweig ihm Wasser angezeigt hatte. Was die anderen nicht verstanden hatten, war die stetige gedämpfte Stimme des Donners, die sich erhob und wie ein ständiges Hintergrundgeräusch über den westlichen Bergen geschwebt hatte – praktisch seit dem Augenblick, da die Ranch die Besitzer gewechselt hatte. In ihrem Camp neben der Quelle hörten die beiden Ehepaare Siquani zu, der bereits so alt war, daß niemand sich mehr daran erinnern konnte, wessen Großvater er in Wirklichkeit war, wie er von den Knochen in der trockenen Erde unter ihnen redete.

»Ich hatte gedacht, daß es anders sein könnte. Aber die Erde ist hier schon vom Tod erfüllt. In diesem Land haben sie das Wasser versiegen lassen. Eigentlich sollten wir weiterziehen, aber ich denke, die restliche Welt ist genauso, und außerdem verspricht der Donner, daß eines Tages die Knochen in diesem Land loslassen werden. Bis dahin, denke ich, werden die Toten ein wenig Nachsicht haben. Und deshalb sollten wir bleiben.«

Und so kauften die beiden Männer die tausend Acres, teilten es in zwei gleiche Parzellen Land auf und ließen Brunnen bohren. Der Donner rief, leichter Regen fegte von Westen herein, und Windmühlen pumpten das kühle, süße Wasser unter ihren Füßen empor. Wasser floß in einem dünnen, von einer Quelle gespeisten Strom durch die Mitte der tausend Acres, nicht weit entfernt von dem alten Meléndez Adobehaus. Und Gras wuchs. Mit ihren Frauen bauten sie die alten Häuser und Scheunen wieder auf oder errichteten sie neu, legten separate Zugangsstraßen von der Fernstraße an, stellten Zäune aus Draht und krummen Pfosten aus Wacholderholz auf, bekamen ihre Söhne, denen sie identische Namen gaben, und starben dann auf unterschiedliche Art und Weise zusammen mit ihren Frauen einen plötzlichen, gewaltsamen Tod.

Dann hörte auf beiden Ranches der Regen auf, und die

Stimmen des Donners verstummten. Der spärliche Strom verschwand, und die Brunnen trockneten langsam aus. Der Wind wehte aus dem Westen herein und drehte die Räder ihrer Windmühlen, aber die Pumpen fanden kein Wasser. Der alte Siquani ging noch einmal über das Land, wußte aber schon vorher, daß seine Suche vergebens sein würde, und sein gegabelter Weidenzweig zitterte kein einziges Mal. Er suchte ohne Erfolg nach einem Salamander und ging schließlich nur mit einem Wacholderzweig an die Felsquelle. Aber wenn noch Wasser übrig war, so hatten die Toten es bereits so tief in die Erde hineingezogen, wo der alte Cherokee-Zauberer es nicht mehr erreichen konnte. »Die Toten haben das Wasser«, sagte er und zuckte die Achseln.

Will Striker und Billy Keene bohrten tiefere Brunnen und ersetzten die Windmühlen durch benzinbetriebene Pumpen, und eine kurze Zeit gab die Erde Wasser. Die Vegetation nahm eine blaugrüne Farbe an, und das Gras wuchs dünn und kurz und verschwand, ehe es samenlos abgeflammt werden konnte. Der Strom, der die beiden Stücke Land voneinander getrennt hatte, verwandelte sich in einen Graben mit grauen Felsbrocken und spärlichem Unkraut. Echsen und stumpfbraune Eichhörnchen huschten zwischen den Büschen herum, hinterließen im staubigen Flußbett deutliche Spuren, und nachts zogen die Kojoten in dem Graben zwischen den Bergen und dem kargen Land darunter hin und her. Einige Jahre lang entfernte der Himmel sich immer weiter, schickte schwarze Wolkenschatten ohne Regen über die Erde, und Will erinnerte sich an die Geschichten, die seine Eltern von den dreißiger Jahren erzählt hatten und jener Flucht aus den Backöfen der Hölle, wie sie die Nation oder das Indianerterritorium oder Oklahoma nannten, die Heimat der roten Menschen.

Will ließ Hammer und Pickel in der Scheune und ging zum Haus zurück. Er dachte erneut an den Baum mit der Leiche, an das weiße Gesicht und die dunklen Augen und konnte das Gefühl nicht abschütteln, daß der Tote von seiner Anwesenheit gewußt und etwas von ihm erwartet hatte.

Vier

Billy Keene stand auf, als die ersten Sonnenstrahlen auf das Spülbecken voll schmutzigen Geschirrs fielen. Er war im Traum durch einen Wald gegangen, in dem Krähen wie schwarze Blätter herumflatterten und ihn ständig angekrächzt hatten, als plötzlich der Schatten einer Eule durch das grüne Dach der Baumwipfel heruntergestürzt war und so die Vögel verjagt hatte.

Er rieb sich mit beiden Händen über das Gesicht, wälzte sich von dem Doppelbett und ging zur Toilette. Aber sein rechter Fuß verfing sich, und er stürzte kopfüber und konnte seinen Fall gerade noch mit einer Hand an der Bettkante bremsen.

Er drehte sich um und sah den silbernen Koffer mit dem Geld.

»Ach, verdammt«, sagte er.

Er stand auf und klappte den Deckel zu, schob den Koffer unter das Bett und zog an einer Decke, so daß sie bis auf den Boden herunterhing. Ein roter Slip fiel auf den Boden, er hob ihn mit Daumen und Zeigefinger auf und musterte ihn.

»Also hat sie wenigstens etwas vergessen«, sagte er laut und ließ den Slip in einen Müllbeutel fallen, der zum Überlaufen mit Kaffeesatz und leeren Konservendosen gefüllt neben dem Tisch stand. Dann ging er an das winzige Fenster über dem Spülbecken und sah hinaus. Sein Großvater war bereits draußen auf dem kleinen Bretterpodest vor dem anderen Trailer, stand aufrecht und reglos in seinen Tennisschuhen da und blickte nach Osten. Sein Mund bewegte sich lautlos.

Dann drehte sich das Gesicht des alten Mannes plötzlich zum Trailerfenster herum. Billy winkte, und der alte Mann winkte zurück. Die Zöpfe flogen, als er den Arm hob, und seine glänzende, schwarze Lederweste bauschte sich im Wind wie die Schwingen einer Krähe.

Als der Kaffee fertig war, schlüpfte Billy in seine Jeans, füllte zwei Tassen mit schwarzem Kaffee und ging hinaus. Der alte Mann hatte sich auf einen Stuhl gesetzt und schien den östlichen Himmel zu studieren, wo eine leuchtendrote Decke über den weit entfernten Bergen lag. Billy reichte ihm eine der beiden Tassen, und der alte Mann lächelte ein zahnloses Lächeln. »Danke, Enkel«, sagte er. »Ich glaube, mein Blut braucht heute morgen deinen starken Kaffee. Es fühlt sich irgendwie an, als ob es in den Adern geronnen wäre.« Er hielt die Tasse auf Armeslänge und nickte in Richtung auf den Sonnenaufgang. »Die Sonne kommt.«

Billy setzte sich. Ihm fröstelte ein wenig in der kalten Morgenluft, und dann folgte er dem Blick seines Großvaters zum Sonnenaufgang hinüber. Er hatte schon vor Jahren den Versuch aufgegeben, den Gedanken des alten Mannes zu folgen, aber jetzt flatterte vor seinen Augen ein Rabe aus einer der dünnen Zirruswolken und ließ sich dann in den Sonnenaufgang hineintreiben. Der schwarze Vogel schien in Flammen aufzugehen, und sein schwerer Körper und die breiten, ausgefransten Flügel strahlten förmlich in einem kräftigen Rot. Einen Augenblick lang schwebte der rote Rabe vor der Wolke und schoß dann davon.

»Dieses Gewitter ist wahrscheinlich inzwischen über den Staked Plains angelangt«, sagte Billy und dachte, wie unberechenbar das Wetter von New Mexico war. In Albuquerque lieferten sie Wetterberichte für jedes einzelne Stadtviertel.

»Ich schätze, deine neue Freundin ist gestern ausgezogen, während du auf Jagd warst. Dieser Kerl in dem klapprigen alten Truck ist vorgefahren, und sie hat ihren Koffer auf seine Ladefläche gelegt und ist verschwunden.«

Billy schnaubte. »Ein ziemlich großer Typ, langhaarig, mit Bart?«

Der alte Mann nickte.

»Das ist Mouse Meléndez. Hast du ihn nicht erkannt?«

»Der, dem sie seinen Namen gegeben haben, weil er als Junge Mäusehäute gegerbt hat? Als du klein warst, ist er öfter zum Spielen hierher gekommen.«

»Er ist mit ein paar Freunden von Kalifornien wieder hierher gezogen«, sagte Billy. »Vielleicht werden er und Carla einander glücklich machen. Carla hat sich hier auf der Ranch nicht wohl gefühlt.« Billy trank wieder einen Schluck Kaffee und betrachtete die roten Wolken. »Der Himmel sieht wirklich hübsch aus«, fügte er dann hinzu.

»Roter Himmel«, erwiderte der alte Mann. »Dieses Mädchen war bloß zwei Wochen hier. Aber wie kommt es eigentlich, daß du dir immer so ganz junge nimmst, Enkel? Du bringst sie hierher, und sie sind eine Weile glücklich, blinzeln mir zu und bringen mir Kaffee, und nach kurzer Zeit verschwinden sie wieder. Du solltest dir eine erwachsene Frau suchen. Eine Frau muß schon ein wenig gereift sein, um es mit einem wie dir auszuhalten.«

»Kann schon sein, daß du recht hast, Grampa. Aber allmählich habe ich den Verdacht, daß meine Freundinnen immer deshalb hier weggehen, weil sie es nicht schaffen, dir an die Wäsche zu gehen. Langsam fange ich an, eifersüchtig zu werden. Ich glaube, die benutzen mich bloß, um an dich heranzukommen, und dann tust du ihnen den Gefallen nicht.«

Der alte Mann schmunzelte. »Vielleicht tue ich ihnen den Gefallen. Vielleicht ist dieser alte Mann einfach zuviel für sie.«

»Carla und ich waren einfach zu verschieden, denke ich.«

»Alle sind vielleicht zu verschieden. Die Krähen haben

heute morgen geredet.« Der alte Mann wandte sich von dem Sonnenaufgang ab und sah zu der baufälligen Scheune hinüber. Auf der Scheune hockte ein Dutzend glänzend schwarze Krähen. Sie spreizten die Flügel und tanzten am Dach entlang, ein oder zwei flatterten gelegentlich ein paar Fuß in die Luft, ehe sie sich wieder heruntersinken ließen. »Krähen sind nicht immer verläßlich, aber sie sagen einem, wenn etwas im Gange ist. Etwas ist auf dem großen Sturm hereingekommen. Aus dem Westen.«

Billy sah zu der Scheune und den Krähen hinüber. Solange er sich erinnern konnte, hatten immer Krähen auf der Scheune gehockt. Er wußte, daß Krähen nicht lange lebten, aber es hatte den Anschein, als würde sich an dem Schwarm nie etwas ändern, als wären es nicht einzelne Krähen, sondern eine Art Krähensippschaft, die auf der Ranch wohnte. Sein ganzes Leben lang hatte er zugesehen, wie der Mann, den er Großvater nannte, für die lauten, undankbaren Vögel Lekkereien ausgestreut hatte, alles mögliche von Apfelkernen bis zu Resten von Fleischkäse oder in der Pfanne gebratene Blaukiemen. Zwischen dem alten Mann und den Vögeln schien es eine Art widerwilliger Beziehung zu geben. Nicht Respekt oder auch nur Zuneigung, sondern etwas, das eher an eine uralte Verwandtschaft erinnerte. Wie er jetzt so den Krähen zusah, erinnerte er sich an den Traum und verspürte plötzlich den Drang, etwas mit dem Koffer unter seinem Bett zu tun, wagte aber nicht, ihn aus dem Trailer herauszutragen, während der alte Mann zusah.

»Das ist seltsam, Grampa. Ich habe letzte Nacht von Krähen geträumt.«

Siquani musterte ihn scharf. »Wenn jemand von Krähen träumt, dann bedeutet das, daß die Leute über ihn reden, ihm irgend etwas antun wollen.«

Billy zuckte die Achseln; die Narbe an seiner Wange schien sich in dem heller werdenden Sonnenlicht zu röten.

»Es war bloß ein Traum, denke ich.«

»Ihr habt kein Wild geschossen?« fragte der alte Mann.

Billy schüttelte den Kopf. »Es ist zu verdammt trocken. Die Tiere sind alle in das Land um den Black River gezogen, wo es noch regnet.«

»Will hat auch keines erwischt?«

»Nee. Vielleicht gehen wir nächste Woche noch einmal«, erwiderte Billy.

»Ihr habt nicht mit dem Kleinen Hirsch geredet. Ihr müßt um Erlaubnis bitten. Der Mann, der vergißt, diese Dinge richtig zu tun, kann zum Krüppel werden. Awi Usdi kann einem Mann schiefe Beine machen, so daß er nicht mehr jagen kann.«

Billy zuckte die Achseln. »Das war in der alten Zeit, Großvater. Die Leute glauben so etwas nicht mehr. Wir leben in einer anderen Welt. Wir tragen andere Kleider, leben in einer anderen Art von Häusern und essen anderes Essen. Warum sollten wir also nicht auch andere Gedanken denken? Vielleicht sind wir keine Indianer mehr. Weiß der Himmel, was wir sind.«

Der alte Mann musterte Billy einen Augenblick lang scharf und meinte dann: »Das stimmt. Der Schöpfer weiß, was wir sind. Diese Krähen haben gestern geredet, als die großen Wolken kamen. Hast du bemerkt, daß da ein ganz seltsamer Sturm war, mit Wolken ganz weit unten, dicht am Boden?« Er trank einen Schluck Kaffee, und dann hellte sein Gesicht sich auf. »Das ist guter Kaffee, Enkel.«

»Nicht zu stark?«

»Nein, verdammt. Das ist Indianerkaffee.« Der Alte grinste, und dann war plötzlich jede Spur von Erheiterung aus seinem Gesicht wie weggewischt. »Westen«, sagte er und sah zu, wie die Sonne im Osten über der fernen Manzano-Kette aufblühte. »Dieses dunkler werdende Land ist dort drüben.« Er deutete mit einer ruckartigen Kopfbewegung auf die Berge im Westen. »Unsere Leute nennen es Nachtland. Du mußt mit Dingen, die von dort kommen, vorsichtig sein, Enkel. Es ist wichtig, daß du wachsam bleibst.«

»Ich glaube, davon habe ich schon einmal gehört«, meinte Billy vage.

»Es gibt eine Menge Dinge, von denen du vielleicht schon gehört hast, aber du hast als Junge nie besonders gut zugehört. Dein Daddy hat immer gesagt, daß du ein wilder Junge warst, den deine Mama im Wasser gefunden hat. Das ist aus einer alten Geschichte vom Ersten Mann und der Ersten Frau und den Thunder Boys. Ich habe dir diese Geschichte erzählt, als ihr klein wart, du und Will. Aber du hast sie wahrscheinlich vergessen. Du hast den armen Willum ständig zu Dummheiten angestiftet.« Er deutete mit einer Kopfbewegung auf die Sonne, die inzwischen ganz aufgegangen war. »Weißt du, was dort drüben ist, jetzt, wo du erwachsen bist und anders denkst?«

Billy zuckte die Achseln. »Ich schätze, das muß das Morgenland sein.«

»Das ist das Sonnenland. Von dort kommen die guten Dinge.«

Billy nickte. »Leuchtet ein. Bloß daß die meisten weißen Leute aus dem Osten gekommen sind. Und es heißt, die Indianer seien aus dem Nordwesten gekommen, von Alaska herunter.«

Der alte Mann legte den Kopf zur Seite und sah Billy wie eine der Scheunenkrähen an. »Blödsinn. Wir wissen, wann die weißen Leute hierhergekommen sind, weil wir schon hier waren und gewartet haben. Aber was wissen die weißen Leute über uns?«

Billy fröstelte erneut, trank wieder einen Schluck Kaffee und beobachtete ein Bussardpaar, das in trägen Kreisen vor dem Sonnenaufgang seine Bahnen zog.

Siqauni blies auf den Kaffee und schien in dem Dampf zu

lesen, der aus der Tasse aufstieg. »Jeden Morgen waren Tote am Boden angefroren. Kleine Babys und alte Leute. Die Leute haben lange Zeit geweint.«

Billy sah seinen Großvater an. Wohin mochten die Gedanken des alten Mannes wohl gewandert sein, fragte er sich. Ein Specht begann an einem Pinienbaum in der Nähe der Scheune zu hämmern.

»Die Leute von der Regierung haben gesagt, daß sie uns zählen und uns Nummern geben müßten. Wenn wir uns keine Nummern geben ließen, würden wir unser Land nicht bekommen. All die Halbblütigen haben die Nummern zuerst bekommen, aber eine ganze Menge Alte sind in den Bergen zurückgeblieben und haben überhaupt keine Nummern bekommen. Das bedeutete, daß sie keine echten Indianer mehr sein konnten. Einige haben damals beschlossen, unsichtbar zu werden. Ich habe das eine Weile auch getan. Aber dann dachte ich, ich wollte vielleicht eine Krähe sein. Aber so viel Spaß wie die dort drüben hatte ich nicht.« Er nickte zu der Scheune hinüber, wo die Krähen jetzt auf dem Wellblechfirst des Daches einen chaotischen Tanz vollführten. »Ich sollte dir einmal von diesen Krähen erzählen.«

»Ich habe dich noch nie so reden hören, Großvater. Wie kommt das?«

Der alte Mann hielt den Kaffee fest in beiden Händen und sah über den Rand der Tasse zu den meilenweit entfernten Bergen jenseits des flachen Landes hinüber. »Das war eine sehr harte Zeit, Enkel, als die Alten und dic Jungen gestorben sind. Vielleicht sollte ein junger Mann über all diese Dinge nachdenken. Denken ist etwas Mächtiges. Alles, was wir machen, kommt aus dem Denken.«

Siquani sah mit zusammengekniffenen Augen zum Horizont hinüber und schloß die Augen dann ganz. »Du solltest hier einfach herumgehen, Enkel. Solltest auf das hören, was die Tiere sagen, und auf das, was der Wind dir sagt und der

Donner. Die sagen, daß es eine gefährliche Zeit ist. Bald wird es zu spät sein. Du und Will, ihr seid in einem tiefen Wald. So wie dein und Wills Pa. Damals konnte ich auch nichts tun.«

»Ich bin ein wenig verwirrt, Grampa. Aber vielleicht solltest du mit den Weißen nicht gar zu streng ins Gericht gehen, denn zur Hälfte bin ich ja auch weiß.«

»Und welche Hälfte ist das wohl, deiner Meinung nach?« Der alte Mann blickte ernst. »Wenn du Glück gehabt hast, ist die untere Hälfte die indianische, weil wir Indianer die besten Liebhaber sind, die es gibt. Deshalb haben sich all die weißen Frauen immer in unsere Dörfer geschlichen, und wenn man sie dann erwischt hat, haben sie so getan, als ob man sie entführt hätte. Wenn du Pech gehabt hast, war es die obere Hälfte, weil du dann immer darüber nachdenkst, daß man den Indianern alles gestohlen hat. Wenn du oben ein Weißer und unten ein Indianer wärst, könnte deine obere Hälfte jedem das Geld und deine untere Hälfte die Frauen stehlen.«

Billy sah den alten Mann lächelnd an. »Also, Grampa, ich glaube eher, daß es der Länge nach ist, von oben nach unten.«

»Das ist schade, Enkel, denn auf die Weise mußt du die ganze Zeit mit dir selbst kämpfen.«

Billy schüttete den Kaffeesatz in das Unkraut neben sich. Flüchtig warf er einen Blick auf die verbrannten, schwarzen Steine, die von seinem Haus noch zu sehen waren. Das Haus war vom Blitz getroffen worden. Seine Eltern hatten keine Chance gehabt. Ihr Schlafzimmer hatte genau neben dem Propangastank gelegen.

»Heute wird ein heißer Tag, Grampa.«

»Stimmt. Die Krähen haben gesagt, daß es eine Weile keine Stürme mehr geben wird. Vorher muß etwas passieren.«

»Brauchst du etwas aus der Stadt?«

»Die Erdnußbutter ist mir ausgegangen.«

Billy stand auf und klopfte seinem Großvater auf die Schulter. »Ich kaufe eines von diesen großen Gläsern.«

Im Trailer zerrte Billy den Koffer unter dem Bett hervor, klappte den Deckel auf und fing sofort an, das Geld in den Sack zu stopfen. Als der Koffer leer war, blickte er zum Fenster hinaus und sah die Zöpfe seines Großvaters in der Vormittagssonne schimmern. Er zuckte die Achseln, schob den Sack an die Wand unter seinem Bett und ging an den Kleiderschrank des Trailers. Er zog eine zerrissene Militärwolldecke heraus und warf dann noch einen schmutzigen Overall auf die Decke. Schließlich schob er den Koffer in den Schrank und legte zuerst die Decke und dann die Overalls darüber, um den Koffer zu verstecken. Als letztes holte er den Kasten mit seinen Angelutensilien und die Weste, die er beim Fischen immer trug, und legte sie darauf.

Ein paar Minuten später trat Billy in einem weißen Hemd, sauberen, hellblau ausgebleichten Levis, dem fleckigen, grauen Hut und einem auf Hochglanz polierten Paar brauner Tony-Lama-Stiefel aus dem Trailer. Er winkte seinem Großvater zu und lief die eine halbe Meile lange Zubringerstraße zum Highway hinunter. Die Scheunenkrähen erhoben sich gleichzeitig in die Lüfte und segelten in den weiten Himmel, kreisten über seinem Kopf und krächzten laut. Sie blieben über ihm, bis er das Tor der Ranch erreicht hatte. Als er den Fuß auf die Asphaltstraße setzte und mit erhobenem Daumen einen herannahenden Truck zum Halten veranlaßte, machten die Vögel kehrt und flatterten mit schrillem Geschrei zur Scheune zurück.

Fünf

Will erwachte mit einem unsanften Ruck. Er hatte von dem Mann im Baum geträumt. Die dunkel gekleidete Leiche hatte angefangen, sich zu bewegen, ihre Hände hatten nach dem Baumstamm gegriffen, und die Augen hatten ihn angestarrt, harte, glänzende Augen. Der Mann hatte gelächelt, und seine Zähne waren so rot wie frisches Blut gewesen. Unten auf der Ebene hatten die weißen Gesichter der Teleskope sich im schnellen Gleichtakt gedreht, jedes ein fahles Auge, und mit ihrer Drehung hatte ein riesiger Himmel aus Sternen mit scharfen Spitzen angefangen, außer Kontrolle zu geraten und zu taumeln. Als er das gesehen hatte, war ihm klar geworden, daß alles im Zusammenhang stand. Der Mann im Baum und die Maschine, die aus dem Regen auf sie heruntergestürzt war, und das Gewebe aus unsichtbaren Drähten, die das Array mit allem verbanden, auch mit den Sternen am Sommerhimmel. Er hatte den Mund aufgemacht, um zu sagen, daß es nicht seine Schuld war, aber er hatte gespürt, wie sich ein Draht spannte, und dann war er plötzlich gegen das Licht geschleudert worden, das durch sein Schlafzimmerfenster hereinbrach.

Langsam setzte Will sich auf. Er war aus dem Alptraum mit der festen Gewißheit erwacht, daß sie die Leiche nicht dort draußen lassen konnten. Und daß er von Geistern träumte, konnte nur eines bedeuten. Noch mehr Tod. Sie würden es jemandem sagen, oder die Leiche selbst begraben müssen.

Nur mit seinen Boxershorts bekleidet ging er in die Küche und stellte einen Topf Wasser auf den Gasherd. Der Tag versprach heiß zu werden, und selbst hinter den dicken Adobewänden des Hauses konnte er die stickige Luft des Monsuns spüren. Das Problem war, daß die Gewitter aus dem Golf von Kalifornien heraufgezogen kamen und überall in Arizona und New Mexico Feuer entfachten. Aber der Regen, den sie mit sich brachten, war nicht viel mehr als ein Tropfen auf eine heiße Herdplatte. Wenn die Stürme abgeflaut waren, war das Land genauso trocken und mit Brandblasen überzogen, wie es vorher gewesen war. Und die großen Feuer brannten in den Bergen manchmal wochenlang. Er hatte mit seiner Raupe ein paarmal gutes Geld gemacht, als er sich vom Forstdienst für die Feuerbekämpfung anheuern ließ. Bei den großen Feuern, besonders, wenn sich gleichzeitig niedrige Luftfeuchtigkeit und Höhenwinde einstellten, konnte es vorkommen, daß sie die Löschtrupps zurückzogen und ihn und die anderen Bulldozerleute aufforderten, etwa eine halbe Meile vom Feuer entfernt einen Graben auszuheben. Er hatte öfter als einmal auf dem Sitz seiner Raupe gesessen und zugesehen, wie die Flammen hundert Fuß hoch aufloderten, und das Feuer in der Ferne von Bergkamm zu Bergkamm sprang, während es auf seinen eigenen Winden über die Gipfel eines Waldes dahinzog. Die Feuerwehrleute pflegten zu sagen: »Ein Feuer macht sich sein eigenes Wetter.«

Will ging zum Bad und hörte, wie sein schlimmes Knie bei jedem Schritt knackte, und verfluchte die chronische Verstopfung, an der er morgens immer litt. Als er in die Küche zurückkehrte, kochte das Wasser. Er hob den Deckel von dem Emailtopf und warf zwei Handvoll gemahlenen Kaffee hinein. Jace hatte die Kaffeemaschine nach Albuquerque mitgenommen, worauf er mit großer Befriedigung wieder auf aufgebrühten Kaffee umgestiegen war, wie man ihn in den Camps trank. Der Geruch erinnerte ihn jeden Morgen unfehlbar an eine Jagd mit seinem Vater, als er vierzehn oder sechzehn Jahre alt gewesen war. Sie hatten mit den Pferden hoch oben in den Magdalenas oder weiter südlich in der Wildnis der Gila-Wüste gelagert, und er war damals morgens immer vom Duft des Kaffees aufgewacht, den sein Vater gekocht hatte.

Am Ende seiner zweiten Tasse nahm er den Hörer von dem alten, schwarzen Telefon und wählte. Er haßte das Geräusch der Wählscheibe, wenn diese bei jeder Nummer zurücklief. Nachdem es ein halbes Dutzend Mal geklingelt hatte, legte er auf und ging ins Schlafzimmer zurück.

Eine Stunde später fuhr er zu den beiden Trailern auf der Keene-Ranch. Als er den alten Mann auf dem kleinen Podest sah, fuhr er an Billys Trailer vorbei und parkte vor dem anderen.

»Guten Morgen, Grampa Siquani«, sagte er laut, als er aus seinem Pick-up kletterte.

Der alte Mann nickte und lächelte. »Guten Morgen, Willum. Ich habe den Donner gehört, und deshalb wußte ich, daß du heute morgen kommen würdest. Bist du hier, um die Weisheit der Alten zu lernen, Cherokee-Liebesmedizin vielleicht, um deine Frau zurückzubekommen?«

Will stieg die Stufen hinauf, stand dann mit den Händen in den Hosentaschen da und erwiderte das Lächeln von Billys Großvater. »Ich bin immer bereit, von deiner Weisheit zu lernen, Grampa. Aber ich bin nicht so sicher, ob ich diese Frau zurückhaben möchte.«

Der alte Mann legte den Kopf zur Seite und blickte zu Will auf. »Natürlich willst du das. Warum sollte deine Frau irgendwo eine alte Krähe haben wollen, wenn sie einen Sperber wie Will Striker haben könnte? Ich habe genau das, was du brauchst. Hör zu: ›Ha! Du weiße Frau, du jagst eine einsame Seele. Der Sperber ist gerade eingeflogen.‹ Ich habe auch noch von dem alten Tabak. Hier weiß niemand mit diesen Dingen Bescheid. Jace wird schleunigst gerannt kommen.«

»Also, wie ich schon sagte, Grampa ...«

»Überlaß das mir, Enkel. Ein Mann allein kann leicht

Ärger bekommen, wie der alte Kanati. Hast du in deinem Garten Mais angebaut?«

Will schüttelte den Kopf. »Ein wenig. Für viel mehr reicht das Wasser nicht. Jace ist viel zu schlau, um ihr ganzes Leben in dieser gottverlassenen Wüste hier festzuhängen.«

»Von welchem Gott redest du?«

»Das ist bloß so eine Redewendung. Gottverlassen. Das heißt soviel wie ›ausgetrocknet.‹«

Der alte Mann blickte über das ebene Weideland auf die breite Canyonsohle. »Ich kenne den Ausdruck. Was das Land hier vor langer Zeit ausgedörrt hat, waren die Tiere. Billy hat gesagt, du hättest ein paar Bussarde auf deiner Scheune.«

»Ein Dutzend vielleicht. Ob du es glaubst oder nicht, diese Bussarde haben meine Hühner umgebracht. Hast du je gehört, daß Bussarde etwas umbringen?«

Der alte Mann sah Will neugierig an. »Ganz zu Anfang war der Alte Bussard sehr wichtig«, sagte er. »Damals gab es bloß Wasser, weißt du. Bis Wasserkäfer auf den Grund getaucht ist und Schlamm heraufgebracht hat, um diese Welt zu machen. Dann flog Bussard über den Schlamm und sah sich um, wo Tiere leben könnten, und das hat ihn so viel Kraft gekostet, daß er seine großen Flügel nicht mehr hochhalten konnte. Wo immer seine Flügel auf den Schlamm trafen, entstanden Berge und Täler. Die anderen Tiere dort oben in *Galunlati* bekamen es mit der Angst zu tun, daß es am Ende bloß noch Berge geben würde, also fingen sie an, Bussard anzuschreien. Da ist er zurückgekehrt, und deshalb ist einiges von dieser Welt immer noch flach.«

Will lächelte und erinnerte sich an die Version seines Vaters von dieser Geschichte. Bevor die Menschen kamen, hatten die Tiere die Herrschaft ausgeübt, hatten einige Dinge immer wieder probiert, bis es schließlich geklappt hatte, hatten sich gestritten und waren wütend geworden, ganz genau wie Menschen. Beim ersten Versuch brachten die Tiere die Sonne zu nahe an die Erde, so daß der Panzer des Krebses rot verbrannt wurde. Sie mußten es noch sieben Mal probieren, bis sie die Sonne im richtigen Abstand hinkriegten. »Unterschiedliche Leute haben unterschiedliche Geschichten«, hatte Caleb Striker mit leiser Stimme gesagt, nachdem er die Geschichte vom Wasserkäfer erzählt hatte. »Die weißen Leute sagen, daß anfangs gar nichts war und daß Gott dann die Welt durch bloßes Reden gemacht hat. Mir hat die Geschichte immer gut gefallen. Meinst du, das ist vielleicht der Grund, warum die weißen Leute so viel reden?« Will erinnerte sich an Abende, die er mit seinem eigenen Sohn und seiner eigenen Tochter verbracht hatte, auf der alten Couch, die Kinder links und rechts, ihre kleinen Schultern an seine Rippen gedrückt. Die Erde, so hatte er ihnen erklärt, war eine Insel, die auf einem großen Meer schwamm. An jeder Ecke war sie mit einem Seil am Felsengewölbe des Himmels befestigt. Eines Tages, wenn die Menschen sich nicht genug um die Erde kümmerten, konnte es sein, daß die Seile brüchig wurden und rissen. Dann würde die Erde in jenen Ozean zurückfallen. Eines Tages konnte der Mensch sich vielleicht in einer Welt aus Wasser wiederfinden, in der er nur sein eigenes Spiegelbild sah. Und dann würde er eine Wahl treffen müssen. »Starken menschlichen Wesen wie Holly und Si Striker kommt es zu, gute Gedanken zu denken und diese Seile in gutem Zustand zu halten«, hatte er seinen Kindern erklärt und dabei nacheinander ihre kleinen ernsten und schönen Gesichter angesehen.

»Es gibt auch andere Bussarde«, fügte Siquani hinzu. »Billy hat gesagt, daß es schwarze Bussarde sind. Hast du gesehen, aus welcher Richtung sie gekommen sind?«

»Sie sind aus dem Westen gekommen. Ich habe ein paar von ihnen in den Vorbergen gesehen, ehe sie sich auf meinem Zaun niedergelassen haben. Und deshalb vermute ich, daß sie aus jener Richtung kamen.«

»Du hast ein Problem«, sagte der alte Mann.

Will zögerte einen Augenblick und sah zur Scheune hinüber, dann sah er wieder den alten Mann an. »Was für ein Problem?«

»Er ist weggegangen.«

»Wer ist weggegangen?« Einen Augenblick lang dachte Will, der alte Mann würde von der Leiche in dem Baum reden.

»Er ist heute morgen zur Straße hinuntergegangen. Ich schätze, sein Geländewagen ist wieder einmal kaputt.« Der alte Mann deutete mit einer Kopfbewegung zu dem Trailer hinüber. »Geh, hol dir einen Stuhl, und setz dich eine Weile hin.«

»Hat er dir nicht gesagt, wo er hingeht?«

»Billy ist viel zu wild. Er war immer der wilde Junge, und du bist hinter ihm hergelaufen und hast Ärger gekriegt. Ich habe euch beiden oft zugesehen.«

Will schob seinen Hut in den Nacken. »Also, ich würde nicht sagen, daß ich immer hinter Billy hergelaufen bin.« Aber er erinnerte sich gut an jene Tage, als Billy immer den Eindruck gemacht hatte, er würde ständig neue Ideen haben. Als Achtjähriger war es schwer gewesen, nein zu sagen und nicht hinter Billy her aus dem Heuschober zu springen. Aber Billy war auch nicht auf die versteckte Mistgabel gefallen, die sich durch Wills Stiefel gebohrt hatte. Und es war auch nicht leichter gewesen, zu Billys Plan nein zu sagen, den Bullen mit dem weißen Gesicht zu reiten, als sie zwölf waren, den Bullen, der Billy wie einen Sack Bohnen gegen die Scheunenwand geschleudert hatte und der ihm wahrscheinlich die Brust eingetreten hätte, wenn Will ihn nicht abgelenkt hätte.

»Ich habe euch beiden zugesehen, Willum. Erinnerst du dich an das große Gewitter damals, als Billy dich dazu überredet hat, die beiden Stiere von deinem Daddy aus dem Korral zu lassen? Die Stiere sind damals aus dem Korral herausgeschossen wie ein Rudel Hirsche aus einem Loch im Boden. Billy hat versucht, einen zu packen und auf seinen Rücken zu klettern, und du hast versucht, sie wieder hineinzutreiben. Ich dachte schon, daß eure Daddys euch dafür an die Wölfe verfüttern würden. Du warst immer der Ruhigere, aber Billy konnte dich immer wieder zu allem möglichen überreden.«

»Also ...«

»Das hat schon seine Richtigkeit, Willum. Billy hat gesagt, daß er Erdnußbutter für mich kauft.«

Will ging in den kleinen Trailer und kam wenig später wieder mit einem Stuhl heraus. Er setzte sich rittlings darauf und legte beide Arme über die Lehne.

»Diese Krähen haben mir gesagt, daß letzte Nacht etwas mit diesem Sturm heraufgezogen ist. Sie sagen, der Sturm ist weitergezogen, aber er hat etwas hiergelassen.« Der alte Mann sah Will von der Seite an. »Hast du letzte Nacht etwas gespürt?«

Will wandte den Blick nicht von den Bergen im Osten. »Ich weiß nicht«, sagte er nach einem langen Schweigen. Er stand auf. »Weißt du, Grampa, mir ist zu Hause das Wasser fast ausgegangen. Ich denke, ich sollte meinen Tankwagen in Gang setzen.« Er ging zur Treppe und blieb dann stehen. »Wie sieht es bei euch mit Trinkwasser aus?«

»Wir brauchen im Augenblick keines.«

»Vielleicht könntest du Billy sagen, daß er mich anrufen soll, wenn er zurückkommt.«

Der alte Mann nickte, und Will fügte hinzu: »Brauchst du irgend etwas, ehe ich gehe, Grampa?«

»Hast du vielleicht eine schöne junge Frau, die du entbehren kannst?« Sein Mund verzog sich zu einem leichten Grinsen, und als Will sich abwandte, fügte er hinzu: »Ich höre jetzt schon seit drei Nächten eine Schleiereule, Willum.«

Sechs

Als Will den Feldweg vom Highway zur Ranch zurückfuhr, lauschte er auf das Klappern der Ventile seines Pick-ups. Alles an dem alten einundfünfziger Chevy rasselte und knatterte die ganze Zeit. Er würde den ganzen Wagen bald einmal vollständig zerlegen und von Grund auf wieder zusammenbauen müssen. Das Heck klang wie eine Konservendose voller Steine, und die Kupplung rutschte ständig. Manchmal mußte er mit einem Schraubenschlüssel auf den Magneten schlagen, damit der Anlasser ansprang. Aber die Bremsen arbeiteten gut und zuverlässig; er hatte sie erst vor einem Monat völlig zerlegt und neue Bremszylinder eingebaut. Die Reifen, die er mit dem Geld gekauft hatte, das er sich mit einer Woche Arbeit bei Ruiz verdient hatte, hatten ein tiefes, neues Profil. Und das alte Radio brachte immer noch Country- and Western-Stationen aus Las Cruces und Albuquerque herein.

Er bremste den Pick-up langsam vor der Scheune, ging hinein und kam gleich wieder mit einem Sattel, einer Satteldecke und Zaumzeug heraus. Er ging zum Korral, legte den Sattel mit der Decke darauf über den Zaun und ließ sich durch das Gatter ein. Drei Bussarde flatterten mit lautem Geschrei vom Scheunendach auf und mühten sich über der Scheune in den Himmel. Er sah zu, wie die Vögel auf die verstreuten Wolken zuflogen, und hätte sie am liebsten vom Himmel geschossen.

Am anderen Ende des Korrals hob die Stute die Nase aus dem Trog mit abgestandenem Wasser und sah zu ihm herüber. Dann kam sie mit einem Schnauben langsam auf ihn zu, senkte den Kopf und drückte ihn gegen seine Brust. Er tätschelte die Stute an der Schulter, ehe er ihr das Halfter über den Kopf zog. Mit einem Anflug von Schuldgefühl registrierte er die abgelaufenen Hufe. Er hatte alles eine Weile schleifen lassen. In den letzten paar Jahren hatte er sie so wenig geritten, daß er schon lange aufgehört hatte, sie zu beschlagen.

»Bloß ein kleiner, langsamer Spaziergang, Jez. Nichts zu Anstrengendes für alte Knochen.«

Wie um darauf zu antworten, begann die Stute zu schnauben.

»Willst mir wohl etwas Tiefschürfendes mitteilen, altes Mädchen?« sagte er.

Als er den Sattel auflegte und anfing, den Sattelgurt anzuziehen, hielt die Stute die Luft an und preßte den Bauch heraus, bis er das Knie heben mußte, um sie leicht in den Bauch zu stupsen. Das Spiel hatten sie miteinander gespielt, seit er sie als Zwanzigjähriger gekauft hatte. Nur daß er damals das Knie wirklich hatte einsetzen müssen.

Als er sich in den Sattel geschwungen hatte und die Stute mit gespitzten Ohren dastand, erschien hinter der Scheune Maggie, über und über mit Stroh in ihrem dicken Fell.

»Du bleibst hier, Maggie«, sagte er. »Dort draußen gibt es zu viele Kaktusdornen.«

Widerstrebend drehte der Hund sich um und ging zum Haus zurück, wo die Tür im Sommer immer ein Stück offenstand.

Will ritt in westlicher Richtung vom Haus weg, den weiten V-förmigen Canyon hinauf auf die Vorberge der Magdalenas zu. Die Hufe der Stute wirbelten den Staub des sonst von den Rindern benutzten Weges auf, der sich durch Moskitogras, Kreosotgestrüpp und Gruppen von Feigenkakteen zu den Wacholdern und Pinien hinaufschlängelte. Neben dem Pfad war die fahlgraue Erde von einer zerbrechlich aussehenden Kruste bedeckt, in die der letzte Wolkenbruch kleine Furchen gegraben hatte. Aber trotz der Spuren, die der

Regen hinterlassen hatte, war nichts zu sehen, was auf Feuchtigkeit hingedeutet hätte.

Eine halbe Stunde später erreichte Will die Quelle. Aus der Ferne konnte er die Gabel der hohen Ponderosakiefer sehen und unter dem Baum die Silhouetten des Dutzend Rinder in der Nähe des Tümpels. Als sie seine Witterung aufnahmen, stoben sie wie Hirsche auseinander. Am Wasser verriet nur noch der aufgewühlte Schlamm, daß hier einmal Vieh gewesen war.

Das Wasser sickerte langsam aus einer gelbverkrusteten Felswand und sammelte sich in einem Tümpel, der kaum den Grund des tiefen Tonbeckens bedeckte. Man konnte die Abdrücke von Rotwild, Hirschen und Antilopen und auch die weichen Tatzenspuren eines Berglöwen sehen. Ein paar Fuß über der Wasserfläche ragte das Ende eines verrostenden Rohrs aus dem aufgesprungenen Schlamm, die Überreste des letzten verzweifelten Versuchs seines Vaters, Wasser zur Scheune hinunterzuleiten.

Will erinnerte sich an die Zeit, als er und Billy über die Felskante geklettert waren, um in das kalte Wasser zu springen. Damals war der Strom noch in einem kleinen Wasserfall in die Tiefe gestürzt, und der Tümpel tief und klar gewesen. Selbst als die Brunnen unten bereits ausgetrocknet waren und die Regenwolken angefangen hatten, sie im Osten zu umgehen, hatte es eine Weile den Anschein gehabt, als würde das dem Tümpel nichts ausmachen. Man hatte damals noch häufig abends und morgens große, blaue Falken und gedrungene Nachtfalken sehen können, und in den dicken Gräsern am Ansatz der Klippe hatten die Frösche nie aufgehört zu quaken. Jetzt waren keine Gräser und Farne mehr da und nichts, was auf die Anwesenheit von Fröschen deutete. Die Ponderosakiefer, einer der wenigen hohen Bäume, die so weit unterhalb der richtigen Berge wuchsen, war offensichtlich erst vor kurzem vom Blitz getroffen worden. Abgesplittertes Holz lag unter dem Stamm, eine feurige Klinge war von der Baumspitze bis zur Erde heruntergefahren und hatte einen Streifen nacktes Holz bloßgelegt.

Will sah sich um und fragte sich, wie seine wenigen ausgemergelten Rinder und die anderen Lebewesen, die hier ihre Spuren hinterlassen hatten, überhaupt von dem verdorbenen Wasser überleben konnten. Er blickte nach Norden zu Billys Ranch. Der Zaun, den ihre Väter zwischen den zwei Stücken Land errichtet hatten, endete am Tümpel, um dem Vieh von beiden Seiten den Zugang zu ermöglichen. Die Lücke im Zaun hatte ihn relativ nutzlos gemacht; er war mehr ein Symbol, da das Vieh ja ohnehin die Grenze nach beiden Seiten überquerte und praktisch eine einzige Herde bildete. Es waren schon einige Jahre vergangen, seit das letzte Keene-Vieh an Altersschwäche eingegangen war, aber seltsamerweise hatte es den Anschein, als würde das Dutzend Striker-Rinder trotzdem die Grenze respektieren.

Zufrieden, daß das Wasser, so bitter es auch war, noch nicht ganz versiegt war, drehte Will um und kehrte zum Haus zurück. Er überließ es Jezebel, ihr eigenes langsames Tempo zu finden. Seine Gedanken wanderten zu dem Matchsack im Brunnenschacht. Unter Umständen könnte er sich einen neuen Truck kaufen oder den Chevy wieder herrichten. Er brauchte kein neues Haus. Und er wollte auch keinen Fernseher oder neue Kleider. Er könnte eine neue Scheune bauen, aber dann würde er etwas tun müssen, um eine Scheune zu rechtfertigen, und er verspürte ein unerklärliches Widerstreben gegen den Gedanken, wieder in das Rindergeschäft einzusteigen. Er hatte viel eher Lust, über seine fünfhundert Acres zu reiten und in dem Wald dahinter, in seinem Wohnzimmer Fliegen zu binden, damit in den Flüssen von New Mexico und Arizona Fische zu fangen und sie dann wieder freizulassen. Vor der Jagd scheuten seine

Gedanken zurück. Irgendwie übte das ebensowenig Anziehung auf ihn aus wie die Rinderzucht.

Ein Pinienhäher kreischte ihn aus einem Baum an. Plötzlich wurde Will das Schrillen der Zikaden bewußt, das die mittägliche Luft erfüllte, und das vereinzelte Grollen trockenen Donners irgendwo im Südwesten. Am Himmel hingen nur ein paar Zirruswolken. Und dann erinnerte er sich an das, was Billy gesagt hatte. Er könnte den Brunnen graben, den Tausend-Fuß-Brunnen, von dem der Geologe gesagt hatte, daß er ihn brauchen würde. Er würde wieder kaltes, klares Wasser im Haus haben und nicht mehr jede Woche nach Magdalena fahren müssen. Vielleicht würde er einen großen Garten anlegen, so wie seine Mutter einen gehabt hatte, als er klein gewesen war. Vielleicht sogar eines von diesen Schwimmbecken, die man aufstellen konnte. Und wenn er dann jemals Enkelkinder hätte, würden sie im Sommer darin planschen können. Wenn er tief genug nach Wasser bohrte, konnte er die Ranch wirklich wieder zum Blühen bringen.

Er dachte an die Leiche, und plötzlich krachte ein Donnerschlag, und Jezebel begann, unter ihm wegzusacken. Als sie seitwärts zusammenbrach, versuchte er sich abzustoßen, aber ein Bein hatte sich unter dem Pferd im Steigbügel verheddert. Seine Schulter traf auf den felsigen Boden.

Während Will noch keuchend Atem holte, benutzte er seinen freien Fuß dazu, gegen den Sattel zu stoßen, und stellte erleichtert fest, daß ein großer Felsbrocken die Flanke der Stute ein paar Zoll vom Boden entfernt hielt. Nur der Felsbrocken hatte sein Bein davor bewahrt, vom Gewicht des Pferdes zerquetscht zu werden. Er schaffte es, den Fuß aus dem Steigbügel zu ziehen. Plötzlich hörte er den Knall eines Karabiners.

Er riß die Dreißig-dreißig aus dem Halfter und zog gleichzeitig sein Bein unter dem jetzt reglosen Pferd heraus. Sofort rannte er geduckt auf eine kleine Felsformation ein paar Meter hügelaufwärts zu. Die Erde vor seinen Füßen zuckte mehrmals auf, und er hörte von irgendwo unter ihm das Geräusch von Gewehrschüssen.

Eine Kugel traf den Felsen vor ihm und prallte mit einem scharfen Krachen ab. Er machte einen Satz und preßte sich flach hinter den Felsen. Der metallische Geschmack von Panik stieg in seinem Mund auf. Er atmete ein paarmal tief durch und beugte sich etwas zur Seite, um über die Felsen sehen zu können. Zwei schwarze Silhouetten eilten den Hang herauf, halb gebeugt und mit Gewehren in der Hand. Sein Blick suchte das mit Wacholderbüschen übersäte Terrain zwischen sich, den Männern und dem Haus ab. Als er keine andere Bewegung entdecken konnte, konzentrierte er sich auf die beiden und erkannte sofort, daß sie versuchten, ihn von der Flanke anzugreifen.

Will versuchte, seine Lage einzuschätzen. Sein einziger Vorteil bestand darin, daß sie nicht sicher sein konnten, ob er verletzt worden war, und die Flinte in der Sattelscheide konnten sie gesehen haben oder auch nicht. Einer der vielen Nachteile war, daß seine Hände zitterten, als ob er gerade einen Preßlufthammer losgelassen hätte.

Die Felsformation zog sich rechts von ihm etwa zehn Meter den Hügel hinauf und endete dann in einem Durcheinander einzeln herumliegender Felsbrocken. Will begann, an dem schützenden Fels entlangzukriechen, bis er das Ende erreicht hatte. Dort angelangt, schob er sich vorsichtig vor und blickte den Abhang hinab. Zuerst sah er nichts, dann entdeckte er einen der beiden geduckt hinter einem Wachholderstamm, eine Silhouette, die sich dunkel zwischen den Ästen abzeichnete. Der andere Mann war nirgends zu sehen.

Will machte sich Vorwürfe, daß er den zweiten aus den Augen verloren hatte, atmete ein paarmal tief durch und stellte erleichtert fest, daß seine Hände sich ein wenig beruhigt hatten. Er legte die Dreißig-dreißig an einem flachen Felsen auf und nahm den Mann in dem Wacholderdickicht ins Visier. Die Entfernung betrug knapp hundert Meter; er zielte auf den dunklen Umriß seines Körpers, atmete noch einmal tief durch und hielt die Luft an. Als er feuerte, rutschte der Mann einfach unter den buschigen Baum. Will repetierte nochmals und ließ dabei den Baum nicht aus den Augen. Dicht neben seinem Gesicht explodierte Felsgestein und blendete ihn einen Augenblick lang, dann hörte er, wie der Gewehrschuß hinter ihm widerhallte. Er sprang auf und hastete an den Felsen entlang zu seiner ursprünglichen Position. Zwei weitere Kugeln ließen dicht neben ihm Felssplitter aufspritzen, und er sprang mit einem Satz über den Felsvorsprung, worauf weitere Schüsse die Steine trafen.

Einen endlos langen Augenblick lag Will da und fühlte sich plötzlich ganz ruhig und bei klarem Verstand. Er wünschte sich, er hätte seinen Hut nicht verloren, damit er ihn auf den Gewehrlauf stecken und hochheben könnte. Im Fernsehen schien das immer zu funktionieren, und wenn man es sich überlegte, gab es auch keinen Grund, weshalb es nicht funktionieren sollte. Natürlich würde der, der auf ihn schoß, darauf bauen, daß unter dem Hut ein Kopf steckte.

Der Mann ging ganz ruhig den Hügel hinunter, das Gewehr an der Schulter und auf Will gerichtet.

Will schob seine Waffe über den Felsrand, preßte sie an seine Schulter und feuerte. Er sah, wie hinter dem Mann Erde aufspritzte, und dann lief der Fremde plötzlich und völlig unerklärlich geradewegs auf die Felsen zu.

Will riß das Gewehr an sich. Die Schritte des Mannes schienen den Boden zu erschüttern, und während Will der Gedanke durch den Kopf schoß, daß der andere ihn gleich niedertrampeln würde, richtete er sich auf und zielte auf die schwarze Silhouette, die da auf ihn zugerannt kam.

Als er feuerte, klappte der Mann in der Mitte zusammen, als würde er sich plötzlich vorbeugen, um sich die Schnürsenkel zuzubinden. Das Gewehr des Mannes fiel zu Boden, er selbst stürzte, drehte sich dabei zur Seite und blieb dann auf dem Rücken unmittelbar vor Wills Füßen liegen.

Die leergeschossene Waffe wie eine Keule haltend blickte Will auf den Mann hinab. Die Augen des Mannes öffneten und schlossen sich ein paarmal, dann bildeten sich dicke Tränen und rollten über seine dunklen Wangen, während sein Mund sich verzog, als ob er in tiefen Gedanken wäre. Die Brust, wo jetzt in dem Chambray-Hemd ein blutiges Loch zu erkennen war, hob und senkte sich ein paarmal.

Will hob das Gewehr des Sterbenden auf. Der Mann hatte offensichtlich nur ein Magazin mitgebracht und es vergeudet. Jener letzte Lauf war so etwas wie Selbstmord gewesen. Als Will sich dem Pfad zuwandte, der nach Hause führte, verspürte er eine Aufwallung von Mitleid. Und gleich darauf überkam ihn eine Welle von Angst – was konnte einen Menschen zu einer solchen Verzweiflungstat bewegen?

Als Will sich mit Jezebels Sattel über der linken Schulter dem Ranchhaus näherte, sah er sich vergeblich nach einem Fahrzeug um. Schließlich gelangte er zu der Überzeugung, daß die beiden Männer das letzte Stück Weg vermutlich zu Fuß zurückgelegt hatten. Sie würden ihren Wagen draußen neben dem Highway abgestellt und sich durch das spärliche Buschwerk geschlichen haben. Er malte sich ihre Verärgerung aus, als sie, nachdem sie vermutlich fast eine Meile schleichend und kriechend zurückgelegt hatten, zum Haus gegangen waren, ehe sie ihn in den Canyon hinauf verfolgt hatten.

Die schwere Tür stand offen, und als Will Sattel und Zaumzeug fallen ließ und durch die Tür ins Haus ging, sah er als erstes die umgekippte, aufgeschlitzte Couch. Der Inhalt seiner Küchenschränke und der Kommoden in den Schlafzimmern war überall verteilt, und es überraschte ihn, Jaces Kleidung über das Bett und den Boden verstreut zu sehen. Slips und BH's und T-Shirts und Jeans. Es war ihm nie in den Sinn gekommen, daß sie irgend etwas in der Kommode aus Kirschbaumholz zurückgelassen hatte. Er hob einen blauen Spitzen-BH auf und starrte ihn einen Augenblick an. Wut stieg in ihm auf. Sie hatten die Hälfte der Bücher aus den Regalen geworfen, die Navajo-Teppiche von den Wänden gerissen und Bücher und Teppiche in einem wirren Haufen liegengelassen. In seinem Schlafzimmer war der Tisch umgekippt, auf dem er seine Fliegen band; Faden, Fliegen und sonstige Utensilien waren über die dunkelblaue Pendleton-Decke verstreut, die neben dem umgekippten Bett und der aufgeschlitzten Matratze lag.

Als er sich bückte, um den hölzernen Bettrahmen wieder aufzustellen, hörte er ein leises Stöhnen. Erst jetzt fiel ihm die kleine Pfütze Blut auf, die sich am Rand ein wenig in die Decke hineingesogen hatte. Als er die Decke hob, entdeckte er Maggie, ihre Augen waren schwarz und feucht.

»Maggie, Mädchen«, sagte er und faltete die Decke zurück, um ihren ganzen Körper freizulegen.

Der Stummelschwanz des Hundes zuckte, und als Maggie den Kopf hob, sah er das verklebte Blut an Hals und Schultern.

Sieben

Die abgeflachte Hälfte einer roten Sonne lag auf den schwarzen Kiefern. Über das von orangeroten Wolkenfetzen eingerahmte blutige Antlitz der Sonne kreisten gleichmäßig vier Bussarde. Dieselben vier, die er vom Boden aufgescheucht hatte, als er mit Schaufel und Pickel eingetroffen war. Nachdem Will den Boden einen Moment untersucht hatte, ließ er die Schaufel fallen und zog sich aus dem Gewirr von Wacholderzweigen zurück. Die eine Leiche lag zwei Meter entfernt, er packte sie jetzt an den Füßen und zerrte sie unter die herunterhängenden Zweige des Baums, bewegte sich vorsichtig rückwärts zwischen dem Geäst, griff mit der Hand hinter sich, um sie wegzuschieben. Der Mann war groß und breitschultrig gewesen und hatte einen dicken Bauch gehabt. Wie der andere trug er Arbeitskleidung: ein Chambray-Hemd, Jeans und genagelte Stiefel. Sein schwarzes Haar war einen halben Zoll über der blauen Kopfhaut gestutzt, und auf der Oberlippe trug er einen spärlichen Schnurrbart. Will wandte sich schnell vom Werk der Bussarde ab und konzentrierte sich auf die Erde unter dem dicken Wacholder.

Unter den Ästen des Baums schnitt er die oberste Schicht der Grasnarbe auf und hob sie in großen Quadraten ab. Als er ein flaches Loch gegraben hatte, benutzte er die Schaufel, um die Leiche umzudrehen, so daß sie mit dem Gesicht nach unten in das Grab rollte. Er scharrte soviel Erde wie möglich in das Loch zurück, stampfte sie mit den Füßen und dem Schaufelgriff fest und legte dann die Grasnarbe vorsichtig wieder darüber. Er verteilte dann ein paar abgestorbene Äste über das Grab und zog sich dann gebückt unter den Ästen heraus zurück. Von außen sah der Baum jetzt wie alle anderen Bäume in der Landschaft von New Mexico aus.

Zufrieden mit seinem Werk hob Will Schaufel und Pickel auf und ging den Hang hinauf zu der zweiten Leiche. Die Sonne war inzwischen verschwunden und hatte auf den Zacken des fernen Bergkamms rote Umrisse hinterlassen. Die Bussarde waren so hoch aufgestiegen, daß sie nur noch schwarze Punkte am Horizont waren. Will blieb einen Augenblick lang an der Felsformation stehen. Er dachte noch einmal nach. Die beiden Männer, die ausgeschickt worden waren, um ihn zu töten, würden verschwinden müssen. Die einzige andere Möglichkeit bestand darin, den Sheriff zu rufen.

Will stieg über die Felsformation hinweg zu der Stelle, wo die andere Leiche lag; die starre Gestalt erinnerte ihn an Maggie, die jetzt zu Hause auf dem Teppich hockte. Weil er den alten Tierarzt sein ganzes Leben lang kannte, hatte es keine Fragen gegeben. Waffen entluden sich manchmal versehentlich, und Hunde waren häufig dort, wo sie eigentlich nicht sein sollten. Die Kugel hatte den Oberschenkelknochen zerschmettert und war in der Rückenpartie steckengeblieben. Mit einem Gipsverband vom Fuß bis zur Schulter eines Beines und Binden um die abrasierte Brust und die Schulter würde Maggie auf lange Zeit ein Haushund sein.

Will begrub die Leiche unter den Ästen eines zweiten Wacholders, scharrte das felsige Grab in fast völliger Dunkelheit und häufte, als er fertig war, schwere Steine darüber. Er ging den Canyon in völliger Dunkelheit zurück, folgte dem von schon lange toten Menschen und Tieren ausgetretenen Pfad, der in der Dunkelheit, wie ein etwas höheres Band vor ihm lag. Auf der Ranch und der dunkler werdenden Nacht lastete die Präsenz der Toten. Er würde das Fahrzeug finden müssen, mit dem die beiden Männer gekommen waren, und es für den Augenblick in der Scheune verstekken.

Acht

Siquani Kaneequayokee schloß die Augen. Irgend etwas geschah. Da war eine Störung in der Erde und am Himmel. Er begann leise zu singen, eine zitternde monotone Tonfolge, die in seiner Kehle steckenblieb. Im nächsten Augenblick hatte er das Ding gefunden. Es kam näher, und er spürte, wie es mit ausgestreckten Schwingen aus dem stillen Abend heranglitt und suchte, bis es die Spur seines Liedes entdeckt hatte. Und dann war es da.

Als Siquani die Augen aufschlug, sah er das Bild eines Mannes, der auf der obersten Stufe vor der Verandatür stand. Der Mann trug einen schwarzen Anzug und ein weißes Hemd. Er war dunkelhäutig und machte einen verzweifelten Eindruck. Das Haar hing ihm verklebt bis zum Kragen herunter. Und dicht unter der Stelle, wo eigentlich sein Herz hätte sein sollen, war ein schwarzroter Flecken, der sein Hemd bedeckte und auf beiden Seiten unter seiner Anzugjacke verschwand. Die Hand, die sich grüßend halb erhob, trug einen schweren silbergefaßten Türkisring, der grüne Stein war von dunklen Adern durchzogen.

Siquani stand auf, ging in den Trailer und holte einen Stuhl. Der Mann lächelte traurig, begab sich zu dem Stuhl und setzte sich, wobei sein Rücken und seine Schultern seltsam starr wirkten. Siquani setzte sich ebenfalls wieder. Er blickte zu dem verschwommenen Himmel auf, wo die Sterne langsam, von fernen Winden getragen, übereinander zu wandern schienen. Er zupfte sich am Ohrläppchen und nickte sich selbst zu. Schließlich sagte er, immer noch ohne seinen Gast anzusehen: »Es ist gut, daß Sie gekommen sind.«

»Ich hatte diesen Baum wirklich satt.«

»Ich habe den Baum gesehen«, erwiderte der alte Mann.

»Es war freundlich von Ihnen, mich zu rufen.«

Siquani zuckte die Achseln und blickte immer noch gerade nach vorn. »Der Himmel war unglücklich. Die Krähen haben es mir gesagt.«

»Ich mag Vögel im Moment nicht sehr.« Der junge Mann schüttelte den Kopf; es sah so aus, als würde er frösteln.

»Sie tun nur, was sie tun müssen. Wie wir alle. Wir alle haben unsere Aufgabe.« Siquani zupfte wieder an seinem Ohrläppchen. »Ich habe noch nie einen Geist gerufen.«

»Ich hatte mich bisher noch nicht als Geist gesehen«, sagte der andere. »Aber das bin ich ja wohl, oder?«

Der alte Mann drehte sich zur Seite und sah den jungen Mann an; seine Augen blickten auf eine Stelle über der Schulter des Geists. »Also, ich kann durch Sie durchsehen. Und etwas viel anderes als tot können Sie eigentlich nicht sein. Also müssen Sie ein Geist sein.«

»Was sollen wir eigentlich tun, jetzt, wo Sie mich hierhergeholt haben?« Er zog die Schultern hoch und lächelte schwach. »Ich habe so etwas noch nie getan.«

»Vielleicht sollten wir uns einander vorstellen. Ich bin Siquani Kaneequayokee. Das hier ist die Ranch meines Enkels.«

»Freut mich sehr, Ihre Bekanntschaft zu machen«, sagte der Geist. »Mein Name ist Arturo Cruz. Ich komme aus einem Pueblo im Norden. Das heißt, dort kam ich her, bis man mich umgebracht hat.«

»Und Sie haben kein Ziel, wo Sie hingehen können, Mister Cruz?«

Arturo Cruz zuckte heftig die Achseln. »Wer weiß das schon? In unserem Pueblo hatten wir immer gedacht, es sei die Aufgabe der Toten, Regen zu bringen. Wir haben sie wie Regenwolken herausgeputzt, wenn wir sie begraben haben, und haben sie mit Gebeten auf ihre Reise geschickt. Aber ich weiß nur, daß ich dort draußen war und daß ich jetzt hier bin. Ich dachte, das sei vielleicht das Ziel, wo ich hingehen muß.« Er sah sich auf der Ranch um, sah den anderen Trailer, die baufällige Scheune mit den Krähen, die zerbrochenen Zäune und das Unkraut. »Das sieht ja nicht gerade schlimm genug aus, als daß es die Hölle sein könnte. Und der Himmel ist es ganz sicher nicht. Nehmen Sie es mir nicht übel, Mister Siquani.«

»So schlimm ist es nicht«, erwiderte der alte Mann. »Was man uns da drüben in Oklahoma zugewiesen hat, war viel schlimmer. Dort ist bloß Habichtskraut gewachsen.«

»Fuchsschwanz«, sagte der Geist. »Auf dem Land meines Vaters wächst bloß Fuchsschwanz. Er pflanzt Chili, aber es kommt bloß Fuchsschwanz heraus. Deshalb bin ich auf die Universität gegangen.«

»Fuchsschwanz kann man essen«, sagte Siquani. »Es schmeckt ganz gut. So ähnlich wie Spinat, glaube ich. Man kann eine Art Salat daraus machen.«

»Und dann habe ich mit Rauschgiftschmuggel angefangen. Das wird sehr gut bezahlt. Sehen Sie diesen Anzug?« Er hielt dem alten Mann seinen Arm hin. »Zwölfhundert Dollar.«

Siquani nickte. »Alles ist heutzutage teurer. Overalls kosten jetzt zweiunddreißig Bucks. Früher waren es einmal vier Bucks. Vielleicht können Sie mir beim Aufpassen helfen, Mister Cruz. Vielleicht ist das Ihr Job. Ich habe den Weg bereitet. Aber wir werden sorgfältig aufpassen müssen.«

Arturo Cruz zuckte die Achseln. »Ich stehe zu Diensten«, sagte er. »Alles, bloß um von diesen Vögeln wegzukommen.« Sein Achselzucken endete in einem Frösteln.

»Spielen Sie Mühle, Arturo Cruz?«

»Sicher. Aber ich glaube, eine der Regeln, wenn man ein Geist ist, ist, daß man sie nicht bewegen kann.« Er stieß an die Stuhllehne, aber seine Hand ging durch das Holz. »Ich könnte Ihnen wahrscheinlich sagen, wo Sie meine Steine hinschieben sollen, dann könnten Sie sie für mich bewegen.«

»Gut. Ich hole das Brett.«

Als Siquani in den Trailer zurückging, rief ihm Arturo Cruz nach: »Woher weiß ich eigentlich, daß Sie meine Steine richtig bewegen?«

Neun

Will lag auf dem Rücken und zog die letzte Schraube am Anlassergehäuse fest. Der Schweiß rann ihm von der Stirn in die Augen. Seine Hand rutschte ab, und er schlug sich einen Knöchel an. Während er noch fluchte, hörte er das Geräusch eines unbekannten Fahrzeugs näher kommen. Er griff nach der Schrotflinte, die auf der Plane neben ihm lag, und schob sich unter dem Tankwagen heraus.

In einem Wirbelwind von Staub stand ein nagelneuer Pickup, groß und protzig aufgemacht. Als der Staub sich legte, war Billy zu sehen.

»Ist er nicht wunderschön?« sagte Billy. »Herrgott, Will, was soll die Schrotflinte?«

Will lehnte die Schrotflinte an den Kotflügel des Tankwagens und blies auf seinen blutenden Knöchel, während sein Blick zwischen Billy und dem Pick-up hin und her wanderte.

»Verdammt noch mal, Billy«, sagte er schließlich. »Verdammt.«

»Was ist denn los?« Billys Lächeln verblaßte. Er drehte sich um und betrachtete seinen Pick-up.

Will griff sich einen Lappen vom Kotflügel des Chevy und begann sich vorsichtig die Schmiere von den Händen zu wischen.

»Du hast diese Bussarde immer noch da, sehe ich.« Billy nickte in Richtung auf die Scheune.

»Wo zum Teufel hast du die letzten drei Tage gesteckt? Ich dachte, wir waren uns einig, daß wir das Geld nicht ausgeben, bis wir uns alles richtig überlegt haben.«

»Ach, Will, dieser Truck hat gar nicht soviel gekostet. Außerdem habe ich über deinen Plan nachgedacht.« Billy nahm den Hut vom Kopf und schob sich ein paar Haarsträhnen hinter die Ohren, ehe er ihn sich wieder aufsetzte. »Ich bin per Autostop nach Albuquerque gefahren und habe das Ding hier gebraucht gekauft. Ich habe dem Typen zwanzigtausend bezahlt, aber er hat neuntausend aufgeschrieben. Das war seine Idee, als er sah, daß ich Bargeld hatte, weil er gesagt hat, wenn es mehr als zehntausend wären, müßte er es melden. So wie der geredet hat, macht der so etwas die ganze Zeit. Ich habe ihm gesagt, daß ich Osage-Indianer bin und daß es mein Ölgeld sei.«

Will schüttelte den Kopf.

»Das ist nicht alles. Schau, ich habe mir gedacht, ich könnte den Truck eine Weile fahren und ihn dann an jemand anderen verkaufen. Dann kriege ich einen Scheck von ihnen und bringe den auf die Bank. Bei einer solchen Einzahlung wird keiner Fragen stellen. Das ist, wie wenn man Geld wäscht. Und, hör zu, der Typ beim Autohändler hat gesagt, daß ich kleine Einzahlungen auf verschiedenen Banken machen soll. Nie mehr als zehntausend, weil Banken alles, was unter zehntausend ist, nicht an die Behörden melden müssen.«

»Der Autohändler hat dir das alles gesagt?« Will spuckte in den Straßenstaub. »Ich würde wirklich gern wissen, was du dem Kerl alles erzählt hast.«

Billy hob beide Hände. »Nichts, bloß das von dem Ölgeld und daß ich Osage bin. Ich glaube nicht, daß er mir geglaubt hat, aber es hat ihn wohl auch nicht sehr interessiert. Alles andere hat er von sich aus gesagt, so, als ob das etwas wäre, worüber die Leute jeden Tag reden.«

»Na ja, jetzt kann man es nicht mehr ändern.« Will ging zu dem Pick-up hinüber und strich mit dem Finger durch den Staub auf dem roten Kotflügel. Dann lehnte er sich mit beiden Armen auf die Fahrertür und betrachtete das Innere des Wagens.

»Man braucht nie aussteigen, um die Räder zu arretieren.« Will sah sich über die Schulter zu Billy um. »Klimaanlage«, sagte er mit ausdrucksloser Stimme.

»Ein gutes Modell kriegt man heute gar nicht mehr ohne, Will. Und außerdem ist das wichtig für den Wiederverkaufswert.«

Will löste sich von der Fahrerkabine des Trucks und lehnte sich an den vorderen Kotflügel, die Arme vor der Brust verschränkt.

Billy griff durch das Fenster des Trucks. »Übrigens«, sagte er, »ich habe dir aus Albuquerque etwas mitgebracht. Die haben da diese Zeitung, *New City* heißt sie.« Er holte eine Zeitung heraus und schlug die letzten Seiten auf. »Das sind die Bekanntschaftsanzeigen. Hör zu.« Er zog eine Brille mit einer dicken schwarzen Fassung aus der Hemdtasche. »Die hier heißt ›Nette Mädchen tun's‹ – mit drei Ausrufezeichen. Jede dieser Anzeigen hat eine Überschrift. Hör dir das an. ›LSF Jumbogröße‹ – das heißt Ledige Schwarze Frau – auf der Suche nach LWM, dreiunddreißig bis sechzig, um sexuelle Fantasien auszuleben, beispielsweise zwei Männer gleichzeitig.‹«

Billy ließ die Zeitung sinken, nahm die Brille ab und gestikulierte dann damit, als er fortfuhr: »Schau, ich habe darüber nachgedacht, daß du hier draußen ganz allein bist, Will. Das ist unnatürlich. Ein Mann braucht das Gleichgewicht.«

»Und du meinst, Jumbogröße LSF könnte dieses Gleichgewicht bieten?« Will sah Billy fragend an.

»Also, hör mal Will. Klingt ja vielleicht ein wenig extrem, aber in der Anzeige steht auch ›Dauerbeziehung mit dem richtigen Mann möglich‹. Du bist die Art von Mann, der eine solche Frau seßhaft machen könnte.«

Wills Mund verzog sich zur Andeutung eines Lächelns, als Billy sich die Brille wieder auf die Nase setzte und erneut in die Zeitung sah. »Du brauchst etwas Neues, Aufregendes in deinem Leben, Will. Was sagst du zu der hier. ›Junges, attraktives, lesbisches Paar auf der Suche nach zwei Männern, an die wir unsere Jungfernschaft verlieren können – zusammen!‹ Was sagst du jetzt dazu? Die wollen zwei starke Männer kaufen.«

Will zog ein Bandanna aus seiner Hüfttasche und wickelte es sich um den immer noch blutenden Knöchel. »Halt den Mund, Billy und hör mir einen Augenblick zu.« Will sah zu den Bergen im Westen hinüber. »Ich habe vorgestern zwei Männer begraben. Dort oben an der Quelle.«

»Was?« Billy ließ die Zeitung fallen, worauf eine Brise sie erfaßte und gegen das Rad des Pick-up flattern ließ.

»Sie haben versucht, mich zu töten, und ich hatte Glück. Sie haben Jezebel erschossen.«

»Herrgott, Will –«

»Es waren beides Indianer, Billy. Wie der Kerl mit dem Koffer.«

»Aber wie haben die das herausgekriegt?«

Will schüttelte den Kopf. »Während du weg warst, bin ich in die Stadt gefahren und habe mich nach dir umgesehen. Ich hatte Angst, du könntest auf so etwas wie diese beiden stoßen. Ich habe eine Zeitung gekauft.«

»Du liebe Güte, Will, wenn –«

»Die Polizei hat Wrackteile von diesem Hubschrauber drüben beim Teleskop gefunden. Und in dem Wrack zwei Leichen. In der Zeitung stand, daß in einer der Leichen eine Kugel gesteckt hat.«

Billy nahm den Hut ab und wischte sich mit dem Hemdärmel die Stirn, sagte aber nichts.

»Das ist noch nicht alles. Joe hat mir erzählt, daß da zwei Kerls in der Bar waren und sich nach einem alten Toyota-Landcruiser erkundigt haben. Sie haben behauptet, sie wären Sammler, und wollten einen kaufen. Aber er hat gesagt, daß sie nicht so ausgesehen haben. Joe hat den Mund gehalten, aber er hat gesagt, daß sie in einem Range Rover weggefahren sind.«

Billy schob sich den Hut in den Nacken. »Woher wissen die denn, daß ich einen alten Landcruiser habe? Und warum sind sie auf dich losgegangen?«

»Sie müssen den Kotflügel gefunden haben, und dann muß ihnen jemand erzählt haben, wer den einzigen alten Landcruiser im County hat. Wahrscheinlich war das gar nicht so schwierig herauszukriegen.«

»Aber warum sind sie auf dich losgegangen?«

Will wickelte das Taschentuch von seiner Hand und betrachtete den aufgeschürften Knöchel; die Blutung war inzwischen zum Stillstand gekommen. »Ich denke, die konnten dich nicht finden, und jemand hat ihnen gesagt, wer dein bester Freund ist. Und dann denke ich mir, daß diese Typen in dem Hubschrauber vielleicht jemanden über Funk etwas von uns gesagt haben, ehe alles in die Luft geflogen ist. Ich habe zwei Tage gebraucht, um in dem Haus wieder Ordnung zu machen, nachdem die alles in Stücke gerissen hatten. Du weißt doch, was sie gesucht haben.«

»Verdammt!« Billy nahm den Hut ab und fuhr sich mit der Hand durchs Haar. »Diese Typen hätten dich umbringen können.«

»Ich glaube nicht, daß sie mich umbringen wollten. Deshalb haben sie Jez abgeschossen. Die wollten Informationen haben.«

»Ich nehme an, niemand könnte diese Gräber finden?« sagte Billy.

Will schüttelte den Kopf. »Einfach wird es nicht sein, aber ich denke, wenn man gründlich genug nachsieht, kann man alles finden. Ich habe diesen schwarzen Range Rover jetzt in der Scheune stehen.«

Will sah zum ausgetrockneten Bachbett hinüber. Eine junge, höchstens einen Zoll lange Hornkröte saß im Schatten eines Grashalms; das kleine Tier wirkte auf Will seltsam besänftigend. Er blickte dann zu Billy auf. »Weißt du«, sagte er langsam, »die Kugel in dieser Leiche stammt entweder von dir oder von mir.«

ZEHN

Billy verließ die Ranch seines Freundes und fuhr die zehn Meilen nach Magdalena. Er sah die Umrisse von Maria in den Hügeln über der kleinen Ortschaft, sah das Tuch, das sie sich über ihr schönes Haar gezogen hatte. Vor der Tecolote-Bar stand der ganze Parkplatz voll Pick-ups und einer Menge großer amerikanischer Autos. Als er sicher war, jedes einzelne Fahrzeug vor der Bar zu kennen, parkte er den neuen Pick-up vorsichtig an der Straße und ging hinein.

Zuerst erblickte er Carla, die sich mit einem Krug Bier in jeder Hand gerade von der Bar abwandte. Sie sah ihn im gleichen Augenblick wie er und lächelte ein wenig verlegen. Mit ihrem zusammengebundenen blonden Haar, ihrer Karobluse und dem Jeansrock wirkte sie wie sechzehn.

Als sie aneinander vorbeigingen, lächelte er und nickte, selbst überrascht, wie leicht er es hinnahm, daß sie ihn verlassen hatte. Einen kurzen Augenblick lang versuchte er, alte und vertraute Gefühle der Empörung in sich aufzubauen, die Art von Sie-hat-mich-schlecht-behandelt-Gefühlen, wie sie in der Umgebung von Cowboybars und Rodeos gepflegt werden, aber der Gedanke an das Geld unter seinem Bett verdrängte alles. Und er empfand Erleichterung. Er mochte Carla. Sie war nett, klug, lebendig und von den zwei Wochen auf der Ranch zu Tode gelangweilt; er konnte es ihr wirklich nicht verübeln. Selbst daß sie jeden Abend in die Stadt gefahren und im Tecolote getanzt hatten, hatte nicht ausgereicht. Sie war einundzwanzig und wollte sich amüsieren, ehe ihr Leben in feste Bahnen geriet. Er war sechsundvierzig und hatte in der Welt des Rodeo schon genug Spaß gehabt. Und er war sich darüber im klaren, daß der Koffer seine Perspektive verändert hatte. Selbst das vertraute Zwielicht und der

Rauch in der Bar, die zerschrammte Theke mit den staubigen Ecken wirkten anders auf ihn. Eine Art ständiger Erwartung lag über der kleinen Bar, etwas, das er suchte, aber dort nie zuvor gefunden hatte, als wäre das der Ort, wo die Dinge passieren konnten. Und endlich wußte er, daß er gar nicht wollte, daß etwas passierte.

Carla hatte ohnehin angefangen, ihn ein wenig müde zu machen, schon vor der Jagd. »Ich fange an, dafür zu alt zu werden«, hatte er sich spät nachts gesagt. Sie hatten in dem kleinen Bett des Trailers gelegen, Carla neben ihm ausgestreckt, so daß er mit jedem Atemzug den Duft ihres jungen Haares einatmete und seine Hand die Wärme ihrer Brust fühlte. Soweit es Carla anging, war der Abend nicht gerade ein Erfolg gewesen. Sie war liebebedürftig gewesen, ihr Mund und ihre Zunge waren überall über seinen Körper geglitten, bis er das Gefühl hatte, ein Schwarm weichlippiger Heuschrecken habe ihn überfallen. Selbst als sein Glied hart genug geworden war, daß sie auf seinem ausgestreckten Körper hatte sitzen und ihn in sich aufnehmen können, hatte er ein ungewöhnliches Gefühl der Ferne empfunden. Seine Hände waren trotzdem wie gut ausgebildete Schäferhunde ihrer Aufgabe nachgegangen, streichelten ihre Schenkel und bewegten sich an ihrem Körper entlang, tasteten im Schatten ihrer Brüste und glitten dann wieder ihre Arme herunter. Als Carla zum fünften oder sechsten Mal »O Gott!« sagte, blickte er zu ihren Brüsten mit ihren erigierten rosabraunen Brustwarzen auf und dachte an das Fliegenbinden. Es gab nichts Schlimmeres, als mitten in einem Fluß eine neue Fliege herauszuholen und festzustellen, daß man die Schnur nicht richtig in die Öse bekam. Wills Fliegen hatten dieses Problem nie. Die feuchten Geräusche, die Carla bei ihren Bewegungen machte, erinnerten ihn an einen ganz speziellen Platz am White River, wo das Wasser schnell und tief unter einem Felsvorsprung durchrann. Der Trick bestand darin, eine trockene Fliege stromabwärts schwimmen zu lassen, ohne dabei die Leine ins Wasser zu tauchen. Die großen Forellen lagen dicht hinter der nächsten Krümmung im Strom, stets im Schatten verborgen.

»Was ist denn los, Billy?« hatte Carla gefragt, als sie mit ihm fertig gewesen war. »Du hast heute so viel Leben in dir wie eine alte Gurke.«

Er hatte etwas über einen langen Tag gemurmelt, und sie hatte ihm mit der Nachsicht der Jugend den Rücken gewandt und sich an ihn gekuschelt und war sofort in den Schlaf gesunken. Er hatte dagelegen und gewußt, daß etwas in seinem Leben anders war. Er wollte eigentlich gar nicht mit Carla schlafen. Was er eigentlich wollte, war fischen oder jagen gehen. Um zwei Uhr morgens war er aus dem Bett geschlüpft und hatte Will Striker angerufen, hatte seinen ältesten und einzigen Freund geweckt und ihm den Vorschlag gemacht, am nächsten Tag mit ihm auf die Jagd zu gehen. Nachdem Will erbittert geflucht und schließlich ja gesagt hatte, war er aufgeblieben, hatte sich geräuschlos durch den Trailer bewegt, um sich auf die Jagd vorzubereiten, und mit Sicherheit gewußt, daß Carla bei seiner Rückkehr nicht mehr da sein würde.

Billy saß auf einem Hocker an der Bar, und der traurig blickende kleine Mann hinter der Theke zapfte ihm ein Bier vom Faß und stellte es ihm hin. »Wie läuft es denn? Arbeitest du zur Zeit irgendwo, Billy?«

Als Billy den Kopf schüttelte, sagte der Barkeeper: »Ich höre, Ruiz stellt gerade Leute fürs Heu ein.«

»Nichts für mich. Ich habe schon genug Heu für zehn Leben unter meiner Haut.«

»Ich hatte gedacht, du und Will könntet die Arbeit brauchen. Ich habe gehört, daß er vor ein oder zwei Monaten mit seiner Raupe einen Feuergraben für den Forstdienst ausgehoben hat, aber das reicht nicht für Filet Mignon. Übrigens, hat Will dir erzählt, daß da ein paar Typen hier waren, die den Leuten Bier bezahlt haben und sich nach einem roten Landcruiser erkundigt haben? Zwei Indianer, ziemlich üble Typen. Autosammler seien sie, haben sie gesagt. Verwandte von dir vielleicht?« Der Barkeeper versuchte sich an einem Lächeln.

»Will hat es mir erzählt«, erwiderte Billy. »Das ist auch der Grund, warum ich hier bin, Joe. Was haben die Jungs denn erfahren?«

Der Barkeeper schnitt eine Grimasse. »Du kennst mich ja. Aber in dieser Ortschaft gibt es eine Menge loser Mäuler. Ich halte jede Wette, daß diese Typen wissen, wem der Cruiser gehört und daß der Betreffende einen neuen, roten Pick-up fährt.«

»Woher weißt du denn –«

Der Barkeeper zuckte die Achseln. »Die Ortschaft ist ja nicht groß, Billy. Einer sieht dich in einer aufgemotzten neuen Kiste durch die Ortschaft fahren und erzählt es dem nächsten. Du weißt ja, wie es ist. Hier passiert doch nicht viel. Brauchst du irgendwie Hilfe?«

Billy streckte die Hand aus und klopfte dem anderen auf die Schulter. »Danke, Joe«, sagte er. »Sag einfach mir oder Will Bescheid, wenn diese Kerls wieder auftauchen.«

»Also, wenn du Hilfe brauchst, dann ruf mich an. Wie geht es deinem Grampa?« Während er das sagte, richteten sich die Augen des Barkeepers auf etwas hinter Billy.

»Dem geht es gut, Joe. Siquani wird mich und dich und alle hier überleben.«

»Dich wird er ganz sicher überleben, so wie Mouse Meléndez dich gerade ansieht.«

Billy drehte sich langsam auf dem Hocker herum und blickte in die Richtung, in die der Barkeeper starrte.

Ein sehr großer Mann, dem das hellbraune Haar über die Schultern hing, stand neben einer Nische an der Wand. Carla hielt den mächtigen tätowierten Unterarm des Mannes mit beiden Händen fest und flüsterte ihm eindringlich etwas zu. Der Mann trug eine Lederweste, die offen war, so daß man seine haarige Brust und den mächtigen Bauch sehen konnte, und dazu schmierige Levis und schwarze Stiefel. Er riß sich von Carla los und ging auf Billy zu.

Ein lautes Krachen von dem Billardtisch auf der gegenüberliegenden Seite der kleinen Bar war zu hören, und Billy drehte sich um und sah dort die schönste Frau, die er in seinem ganzen Leben je zu Gesicht bekommen hatte. Sie war über den Billardtisch gebeugt und hatte mit ihrem Stoß die Bälle auf beeindruckende Art verteilt. Sie hielt den Billardstock bereit und kalkulierte den Winkel für ihren nächsten Stoß. Ihr langes, dickes, schwarzes Haar fiel über die Schultern ihres weißen T-Shirts und berührte den grünen Filz des Tisches. Und als sie jetzt ihr Queue ansetzte, öffneten sich ihre Lippen und ließen Zähne sehen, die in ihrem tiefbraunen Gesicht erstaunlich weiß blitzten.

»Carla ist mit dir fertig, Billy. Das solltest du besser akzeptieren«, sagte eine Stimme.

Billy sah zu, wie die Frau ihren Stoß setzte, wie sie lächelte und die Haltung etwas veränderte. Sie war vollkommen konzentriert, und das Queue küßte den weißen Ball und setzte ihn so weich in Bewegung, daß es so aussah, als würde er sich aus eigener Kraft bewegen und lautlos in dem Loch verschwinden.

»Verdammt Billy, hörst du mir zu?«

Billy drehte sich um und sah Mouse Meléndez, der weniger als zwei Fuß von ihm entfernt stand und sein Gesicht dicht vor das seine schob.

»Was ist, willst du das draußen erledigen?« fuhr Meléndez fort.

»Was erledigen? Tut mir leid, Mouse, ich war gerade ein wenig abgelenkt.«

Meléndez schüttelte den Kopf. »Das war schon immer dein Problem, Billy. Du paßt einfach nicht auf. Das hast du schon nicht, als wir noch Kinder waren.« Er atmete tief durch. »Ich spreche von Carla. Sie ist mit dir fertig. Carla ist jetzt mit mir zusammen.«

Billy sah zu der Nische hinüber, wo Carla nervös hinter ihrem Bier saß. »Ist schon in Ordnung. Carla und ich hatten eine gute Zeit, Mouse. Aber das ist vorbei.«

Meléndez hielt inne, als wäre er ein wenig verwirrt. »Soll das heißen, daß du dich nicht mit mir um Carla schlagen willst?«

Billy griff hinter sich nach seinem Bier, nahm einen langen Schluck und schüttelte den Kopf, ehe er das Glas wieder auf die Bar stellte. »Ganz bestimmt nicht. Und jetzt muß ich gehen, Mouse.«

»Ich habe noch nie erlebt, daß du einen Kampf ablehnst, Billy.«

»Wir leben jetzt in den neunziger Jahren, Mouse, verdammt nahe am einundzwanzigsten Jahrhundert. Eine Frau hat das Recht zu entscheiden, mit wem sie zusammen sein will. Ich habe damit kein Problem. Also wünsche ich euch beiden viel Glück.« Er streckte die Hand aus. »Ich bin dir nicht böse.«

Meléndez trat einen Schritt näher. »Ich glaube diesen Scheiß nicht«, sagte er leise. »Was ist denn mit dir los?« Seine Hand senkte sich und kam wieder herauf, jetzt blitzte in ihr eine Messerklinge. »Vielleicht hättest du Lust auf die Knie zu gehen und hinauszukriechen, wo wir ja in den neunziger Jahren sind?«

Billy lächelte müde. »Was soll das, Mouse. Das hast du wohl in Kalifornien gelernt? Überleg doch, was du da machst. Das paßt nicht zu dir. Wenn du Carla damit beeindrucken willst, dann kannst du das vergessen. Das einzige, womit du Carla beeindrucken kannst, ist das, was du zwischen den Beinen und zwischen den Ohren hast, und in deinem Fall ist das nicht viel, da nicht und dort nicht.«

Mouse stand immer noch hochaufgerichtet, wenn auch ein wenig unsicher vor dem Hocker, auf dem Billy saß. »Mich wirst du nicht in Verlegenheit bringen, Billy«, murmelte er.

»Verdammt noch mal, Mouse, du bist betrunken. Du könntest versehentlich jemanden verletzen, und morgen wird dir das dann verdammt leid tun. Und jetzt solltest du dieses Ding da besser zusammenklappen und wegstecken, ehe du dir selbst damit weh tust.« Billy schätzte den Abstand zwischen dem Messer und sich und kalkulierte die armselige Chance, die er so im Sitzen hatte. Er stellte sich vor, wie ihm dabei zumute sein würde, auf Händen und Knien zur Tür zu kriechen, sah sich so, wie andere ihn sehen würden. Es würde nicht hübsch aussehen. Er versuchte, seine Chancen abzuschätzen. Wenn er einen Stiefel fest gegen die Stange unter der Bar stemmte und sich mit dem Fuß abstieß, während er mit dem anderen Fuß auf die Eier von Mouse zielte, würde er den Schaden vielleicht in Grenzen halten können. Die Chancen standen freilich sehr schlecht. Und seine andere Alternative war es, aus der Bar zu kriechen.

Er hatte sich für den vernünftigeren Plan entschieden, als er eine verschwommene Bewegung sah und ein dumpfes Dröhnen hörte. Meléndez sackte plötzlich zusammen und stieß mit der Stirn an die Kante eines gepolsterten Barhockers.

Billy blickte auf und sah die Frau mit dem Billardqueue. Sie hielt das Queue wie ein Baseballspieler, der gerade einen Home Run geschlagen hat, und blickte auf den Mann hinunter, den sie niedergeschlagen hatte. Ihr wildes schwarzes Haar war ihr nach vorn über die Schultern gefallen und rahmte das schmale, noch wilder aussehende Gesicht ein. Augen, braun wie Kaffee, funkelten über hohen Backenknochen. Billy hatte das Gefühl, als würde er einem Raubvogel ins Gesicht sehen. Aber in der Dunkelheit ihres Gesichts strahlte ihr Lächeln hell. Ihre Armmuskeln sahen in dem ärmellosen T-Shirt hart und straff aus, und die engen Levis brachten ihre hervorragend langen Beine beeindruckend zur Geltung.

Carla kam langsam aus der Nische und blickte auf ihren neuen Freund hinab. Dann drehte sie sich um und blickte zu der Frau mit dem Queue auf. »Du hast Mouse umgebracht«, sagte sie mehr verwundert als anklagend.

Der Barkeeper kauerte neben Mouse nieder und tastete nach dem Puls an seinem Hals. »Nee«, sagte er, »ich wünsche dir beim nächsten Mal mehr Glück.«

Er hob das Messer auf und klappte es zu, steckte es in die Hemdtasche und stand dann auf. »Dieser Mistkerl wird das schon überstehen. Aber ich denke, ihr beiden verschwindet hier besser. Wenn Mouse aufwacht, schmeiße ich ihn hier raus. Aber wenn ihm das, was er gerade erlebt hat, nicht ein wenig Verstand eingebleut hat, dann wird er, ein paar von seinen Freunden holen und sich nach euch beiden umsehen.«

Billy sah die Frau an. Apache oder Ute, vermutete er, ganz sicherlich nicht Navajo oder Pueblo. Nach den feinen Lachfältchen um ihre schönen Augen zu schließen, war sie vermutlich Mitte Dreißig oder älter.

Die Frau lächelte ihm zu, ging zum Tisch zurück und verwahrte das Queue in seinem Ständer. Billy ließ seinen Blick über die anderen Gäste wandern, die sie alle mit derselben Faszination beobachteten, die er empfand. Und als sie zur Tür hinausging, war er einen Schritt hinter ihr.

Vor der Bar hielt sie mit den Händen auf den Hüften inne und wandte ihm den Rücken zu. »Schau dir den Himmel an«, sagte sie.

Er blieb neben ihr stehen und betrachtete den Himmel. Die Sterne leuchteten hell und standen in vertraut wirkenden

Mustern am mondlosen Firmament. Die Hitze des Nachmittags hatte sich gelegt, und von den nahen Bergen hatte sich eine leichte Kühle über die kleine Ortschaft gesenkt.

»Danke«, sagte er.

Die Frau drehte sich um. »Keine Ursache. Ich hätte möglicherweise für einen Weißen dasselbe getan.«

Billy grinste über den alten Witz. »Ich habe dich hier noch nie gesehen«, sagte er.

»Das liegt daran, daß ich noch nie hier gewesen bin. Obwohl ich als Baby ganz in der Nähe gelebt habe.« Sie deutete mit einer Kopfbewegung nach Südosten. »Drüben, in Mescalero. Ich bin Apache.«

»Und du warst noch nie in Magdalena?«

»Weißt du, wo man hier ein Bier kriegen kann?«

Er zog die Augenbrauen hoch und tat so, als würde er nachdenken. »Eine halbe Stunde von hier ist ein Lokal. Es ist sehr exklusiv, aber ich habe Beziehungen.«

»Worauf warten wir dann?« Sie hängte sich bei ihm ein. »Was für eine Art Halbblut bist du denn überhaupt? Daß du eines bist, ist ja leicht zu sehen.«

Billy führte die Frau zu dem neuen Pick-up und bewunderte, wie sich die Lichter der Bar trotz der Staubschicht in dem roten Lack spiegelten. Er mußte wieder an das Geld denken. Er müßte ein Narr sein, diese Frau, die er nicht kannte, in den Trailer zu bringen. Er drehte sich zu ihr herum und sah das Blitzen eines Lächelns und ein Funkeln in ihren fast schwarzen Augen. »Ich denke, ich bin eine Mischung aus Cherokee, Ire und weiß Gott, was sonst noch«, sagte er. »Mein Dad war Cherokee, und die Eltern meiner Mom kamen aus Irland.«

»War?«

»Sie sind beide vor ein paar Jahren gestorben.«

»Tut mir leid. Du hattest tatsächlich vor, aus der Bar zu kriechen, nicht wahr?«

Er zögerte. »Ich kenne Mouse schon fast sein ganzes Leben lang. Er ist gar kein so übler Kerl, aber wenn er so betrunken ist, dann setzt sein Verstand aus. Dieses Messer muß eine schlechte Angewohnheit sein, die er sich in Kalifornien zugelegt hat.«

Sie blickten beide eine Weile zum Sternenhimmel, ehe er hinzufügte: »Wahrscheinlich habe ich mich mit Mouse Meléndez ein paar Dutzend Mal geprügelt, seit wir Kinder waren, und ich habe ihn bis jetzt noch nie geschlagen. Er ist einfach zu groß. Mouse stammt von diesen Spaniern ab, die vor ungefähr tausend Jahren aus Mexiko heraufgekommen sind. Das ist einer der Gründe, weshalb er so weiß aussieht.«

Die Frau lachte laut auf. »Ich bin froh, daß du ihm nicht weh getan hast. Fast hätte ich gewartet, ob du genügend Verstand hast herauszukriechen. Aber ich hatte Angst, du würdest vielleicht nicht so klug sein, und du sahst einfach zu sexy aus, als daß ich dich verlieren wollte, ehe wir uns richtig kennengelernt haben.«

In dem Pick-up lehnte sie sich an die Tür und studierte die Szenerie, als müsse sie sich die Route einprägen. »Das Mädchen war nett«, sagte sie nach einem langen Schweigen. »Ich wette, sie ist mächtig gut zu bumsen.«

Er legte den Kopf zur Seite und sah sie an.

»So dürft bloß ihr Machomänner reden, stimmt es?« Sie legte den Kopf ebenso zur Seite und ließ ihr Tausend-Watt-Lächeln aufblitzen. »Tut mir leid.«

Er fuhr langsam durch die Ortschaft und überlegte, ob er umkehren und diese Frau zu der Bar zurückbringen sollte. Er hatte ein ungutes Gefühl, was den ganzen Abend anging – das ungewöhnliche Verhalten von Mouse, das komische Gefühl, das die Bar ihm vermittelt hatte, und jetzt diese Fremde, die neben ihm in einem Pick-up saß, der nach neuem Leder, neuem Plastik und neuem Geld roch. Er brachte die fünf Häuserblocks der Hauptstraße mit zwanzig Meilen in der Stunde hinter sich, widerstand dem instinktiven Drang umzukehren und fuhr nach Westen in die Dunkelheit hinein. Seine Beifahrerin lehnte sich gegen die Tür und sah zu, wie die von Schatten umhüllte Landschaft vorbeifloß. Als sie in das Tor der Ranch einbogen, sah sie sich einen Augenblick lang nach der asphaltierten Straße um.

»Du planst deine Fluchtroute?« fragte er.

Sie wischte sich das lange Haar aus dem Gesicht, und ihre weißen Zähne blitzten. »Warum sagst du Flucht? Vielleicht plane ich einen Überfall. Ich mag Cowboys.«

»Tatsächlich?« Billy sah sie von der Seite an. »Hast du gewußt, daß die meisten echten Cowboys schwul waren?«

Sie lachte, und er fuhr fort. »Es stimmt. Ich habe das in einer neueren Geschichte des Westens gelesen. Ich lese eine ganze Menge. Dieser Professor aus Kansas, der das Buch geschrieben hat, hat Hunderte von geheimen Briefen und Tagebüchern ausgewertet. Er hat herausgefunden, daß die meisten Cowboys schwul waren. Sie hatten so eine Art Rekrutierungssystem im Untergrund an der ganzen Ostküste und haben all diese jungen Burschen dazu gebracht, in den Westen zu kommen und zu unterschreiben. Fast auf jeder der großen Ranches mußte man von einem schwulen Cowboy empfohlen sein, um eingestellt zu werden. Der ganze Westen wurde von einer Art schwulen Cowboy-Gewerkschaft kontrolliert. Das war ein auf brillante Art gehütetes Geheimnis.«

»Das kann ich mir denken«, sagte sie.

»Es stimmt wirklich. Wie glaubst du wohl, haben die diese Kerls sonst dazu gekriegt, auf den Trail zu gehen und Rinder zu treiben oder in Schlafhäusern und Hütten zu arbeiten, mit nichts außer Männern um sich herum? Die Arbeitsbedingungen waren schrecklich und die Bezahlung noch schlimmer. Aber sie haben das genossen. Die hatten damals richtige Orgien in den Schlafhäusern – gewaltige Schwulenparties mit verwitterten alten Kuhtreibern und jungen Kerls, die splitternackt herumstolziert sind. Dieser Historiker hat aus Tagebüchern und Briefen zitiert, die sie an ihre Boyfriends im Osten und in Städten wie San Francisco geschickt haben. Das Buch heißt *Als Männer Männer waren: die wahre Geschichte des Westens.* Natürlich sind die Cowboys heute anders, da heutzutage ja die meisten Cowboys Indianer sind.«

»Heute seid ihr alle richtige Männer«, erwiderte sie.

Er musterte sie streng. »Für Indianer ist es genetisch unmöglich, Alkohol zu vertragen, auf Zweige zu treten oder homosexuell zu sein. Man könnte sagen, die Evolution ist daran schuld.«

»Darüber muß ich mit meinen Freunden drüben in Zuni reden«, sagte sie.

Billy hielt vor dem in Dunkelheit daliegenden Airstream an, und die Scheinwerfer des Pick-up erfaßten einen Augenblick lang die dunkle Silhouette des Trailers seines Großvaters, ehe er den Motor abschaltete. »Das hier ist Billy Keenes Club«, sagte er mit einer weit ausholenden Handbewegung. »Laß dich nicht von dem bescheidenen Aussehen täuschen.«

»Du bist Billy Keene?«

Er nahm sein Gewehr aus dem Gestell über dem Sitz. »Billy Kaneequayokee eigentlich, wenn ich auch in der Alltagswelt die abgekürzte Version benutze. Und du?«

»Du bist ein eigenartiger Mann, Billy Keene. Hast eine ganze Weile gebraucht, bis du gefragt hast. Mein Name ist Odessa Whitehawk, und weil du mich ohnehin gleich fragen wirst, sage ich dir auch, wo ich den Namen her habe. Ich bin gezeugt worden, als der Wagen meiner Eltern in Texas kaputtging. Auf dem Rücksitz, nehme ich an.«

»Soll ich Odie zu dir sagen?«

»Du sagst Ms. Whitehawk oder Dr. Whitehawk, wenn du magst.«

»Doktor?« sagte er und hielt ihr die Trailertür auf.

»Doktor der Philosophie von der U.C. Berkeley«, sagte sie, als sie an ihm vorbei in den kleinen Trailer trat. »Indianerreligion und Jura. Ich habe mich irgendwie auf indianische Souveränität spezialisiert.«

»Souveränität?« Er lehnte das Gewehr neben die Tür und holte zwei Dosen Bier aus dem Kühlschrank.

»Das bedeutet Unabhängigkeit, Selbstregierung. Die Indianerstämme sind unabhängige Nationen, weißt du. Oder sollten das zumindest nach den Vertragsrechten sein.«

Er hielt ihr eine Dose hin. »Glas?«

Sie schüttelte den Kopf und setzte sich auf die Bettkante. Er reichte ihr die rotschwarze Dose und zog sich einen Stuhl so zurecht, daß er zugleich ihr Gesicht und die Trailertür sehen konnte.

»Wo hast du dir denn diese hübsche Narbe geholt?« fragte sie und sah ihn, die Bierdose auf dem Knie balancierend, an.

»Das war, als ich noch ein Kind war, ein Stierhorn.«

»Ich nehme an, die Leute haben dir schon gesagt, daß das wie ein Blitz aussieht?«

»Ja, einige. Also, Professor, und jetzt würde ich gern hören, wie es kommt, daß du so nahe geboren bist, aber ...?«

Sie nahm einen langen Schluck aus der Dose und sah sich um. An jedem Wandvorsprung hingen irgendwelche Kleidungsstücke, auf dem Boden und neben dem Spülbecken standen Kartons mit Munition für die Schrotflinte und die Hirschbüchse, offene Schachteln mit Ködern und kleinen exotischen Forellenfliegen lagen herum. An der gegenüberliegenden Türseite lehnte eine Angelrute.

»Hübsch hast du es hier, Mister Keene«, sagte sie, ehe sie einen weiteren Schluck trank. »Zunächst einmal bin ich nicht Professor. Sagen wir mal, ich kam mit dem akademischen Leben nicht sonderlich gut zurecht, als ich mit dem Studium fertig war. Und, um die nächste Frage zu beantworten, meine Eltern sind beide aus Mescalero, aber ich bin in Los Angeles aufgewachsen. Man hat meine Ma und meinen Dad dorthin übersiedelt, gleich nachdem ich zur Welt gekommen war. Mein Dad wurde dann Rohrleger, und die beiden haben ein kleines Haus im San Fernando Valley gekauft. Dad hat samstags den Rasen gemäht, und Mom ist in die Elternvereinigung eingetreten. Tief im Herzen wollten die, daß ich mich zu einer richtigen Musterschülerin entwickle, so wie die blonden kleinen Barbiepuppen, die sie mir gekauft hatten. Wahrscheinlich hatten sie sich gedacht, daß ich dann ein angenehmeres Leben haben würde, aber dabei haben sie eines übersehen.«

»Deine wunderschöne braune Haut.« Er sah sie an, ohne zu lächeln. »Was ist mit Brüdern oder Schwestern?«

»Ich bin ein Einzelkind. Die Ärzte vom Indianergesundheitsdienst haben Mom die Eileiter nach meiner Geburt abgebunden, natürlich ohne ihr etwas davon zu sagen. Das war damals so üblich, eine Art Förderungsmaßnahme für die Unterstützung der aussterbenden Amerikaner.«

»Ich habe auch gehört, daß die das getan haben. Aber warum dann diese indianische Collegetour?«

»Das ist eine Frage der Freiheit, nicht wahr, Billy? Ich meine, zu wissen, wer man ist?«

Er nahm einen langen Schluck und betrachtete dann seine Bierdose. Als er wieder aufblickte, schien er einen Augenblick lang in Gedanken versunken. »Sie ist sehr schön, weißt du«, sagte er dann. »Deine Haut, meine ich.«

Er erhob sich, nahm eine Schachtel mit Munition vom Boden und griff nach seiner Schrotflinte, die in einer Ecke stand. Als er die Patronen ins Magazin schob, sagte er: »Dann weißt du also gar nicht so viel über deine indianischen Wurzeln?«

Sie sah ihm beim Laden zu. »Meine Mutter hat mir manchmal Geschichten erzählt. Und ich habe eine ganze Menge gelesen. Komisch, wie Indianer Bücher von Weißen lesen, um herauszufinden, wer sie sind, nicht wahr?«

»Ich weiß nicht. Tun die das?« Er lehnte die Schrotflinte wieder in die Ecke und ging zu dem schmalen Schrank neben dem Bett. Er öffnete die Tür, holte einen großen, schwer aussehenden Revolver heraus und kehrte wieder zu seinem Stuhl zurück. Er legte sich die Waffe auf den Schoß und klappte die Trommel heraus. »Wie kam – «

Er klappte die Trommel zurück, als sie ihm ins Wort fiel. »Du erwartest wohl, daß die Blauröcke deinen Trailer angreifen, Billy Keene? Oder daß jemand dir deine Freundin stehlen will?«

Er schüttelte den Kopf. »Das ist bloß so eine Gewohnheit, denke ich. Sagen wir einfach, es gibt ein paar Leute, die vielleicht auf mich sauer sind.«

»Willst du mir das näher erklären?«

Er schüttelte wieder den Kopf. »Nicht jetzt.«

»Warum nicht jetzt?«

»Ich weiß nicht. Vielleicht, weil ich nicht kann. Oder vielleicht auch, weil, wie mein Grampa immer sagt, Worte Macht haben.«

»Einverstanden. Ich warte also. Aber was ist mit dir, Billy? Weißt du etwas von deinen indianischen Wurzeln?« Sie lächelte ihn über die Bierdose hinweg an. »Kannst du beweisen, daß du ein echter Indianer bist?«

Er griff nach der Bierdose, ließ aber den Revolver auf seinem Schoß liegen. »Du meinst, mit Papieren, so wie einer von diesen Herford-Bullen? Darüber habe ich nie nachgedacht. Wenn es je solche Papiere gegeben hat, dann wären die wahrscheinlich mit unserem Haus verbrannt.« Er zuckte die Achseln. »Ich schätze, das bedeutet, daß ich nie Geld damit verdienen kann, daß ich mich als Deckhengst zur Verfügung stelle, weil ich ja keine Papiere habe. Ich denke, ich werde einfach gewöhnlicher Amerikaner bleiben müssen.«

»Darauf solltest du dich nicht verlassen, Billy. Aber ich hatte gedacht, du wolltest wissen, wie ich nach Magdalena gekommen bin.« Sie schob sich das Haar aus dem Gesicht und lächelte ihn an. Er stand auf und schob die Waffe unter das Kopfkissen seines schmalen Betts, ehe er sich wieder auf den Stuhl setzte.

»Man hat mich sitzenlassen«, fuhr sie fort. »Mein Freund und ich waren auf der Fahrt von Phoenix nach Austin, und er wollte einen Umweg machen. Wir sind in Streit geraten, und da hat er mich rausgeschmissen. Ich bin in diese Bar gegangen, um ein Bier zu trinken und zu überlegen, wie es weitergehen soll.«

»Ein Mann hat dich sitzenlassen?« Er schüttelte den Kopf. »Das will mir schwer in den Kopf gehen.«

»Warum?« Sie lächelte wieder ihr spöttisches Lächeln.

»Nun ja, du siehst eher wie der Typ aus, der andere sitzenläßt.«

»Ich habe ihm gesagt, er soll sich ins Knie ficken, und da hat er einfach angehalten und gesagt ›Steig aus‹, also bin ich ausgestiegen.«

Er sah sie skeptisch an. »Und – hat er sich ins Knie gefickt?«

»Besser sich als mich.« Sie stand auf, stellte das Bier auf die Arbeitsplatte und trat dicht vor seinen Stuhl. Sie legte beide Hände um sein Gesicht und küßte ihn.

Als sie Atem holen mußten, sagte sie: »Willst du mir wirklich sagen, was es mit all den Gewehren auf sich hat?«

Er stand auf, trat einen halben Schritt zurück und sah sie

mit schief gelegtem Kopf an. »Das ist bloß so eine Gewohnheit.«

Sie machte eine ruckartige Kopfbewegung, und das Haar flog ihr über die Schultern. »Ich bin sicher, daß du es Mouse besorgen kannst. Aber im Augenblick möchte ich es dir besorgen.« Sie knöpfte die obersten Knöpfe seines Hemds auf und fuhr mit den Händen darunter, ließ sie über seine Brust wandern.

»Ihr Frauen wollt immer nur Sex«, sagte er. Sie fuhr ihm mit der Zunge über den Hals und begann, an seinem Ohr zu knabbern. Ihr dickes Haar hüllte sein Gesicht ein, und er atmete ihren schweren, erregenden Duft ein. »Ihr überlegt euch nie, daß Männer manchmal bloß reden wollen.«

Sie zog ihm das Hemd aus der Hose, knöpfte es ganz auf und sank langsam auf die Knie, ließ ihre Lippen und ihre Zunge an seiner Brust herunterwandern. Als sie an die große Rodeogürtelschnalle kam, blickte sie zu ihm auf und lächelte. »Frauen wollen alle immer nur das Eine«, sagte sie. Sie schnallte den Gürtel auf und riß die Knöpfe seiner Levis mit einer einzigen Bewegung auf. »Und wir kriegen es immer.«

Elf

Als er begriff, daß er sich außerhalb des Flugzeugs befand und durch jene feuchte Unendlichkeit aus grauen Wolken taumelte, spürte er, wie ihn überwältigende Traurigkeit überkam. Die rührte nicht etwa daher, daß man ihn aus dem Flugzeug gestoßen hatte, sondern von der Erkenntnis, daß die Liebkosung der Luft viel liebevoller war als alles, was er je gekannt hatte. Ein großes Bedauern stieg in seiner Kehle auf und kam als ein lautloses Wehklagen heraus. Als er so seinem Leid Luft gemacht hatte, stellte sich Klarheit ein, und er sagte sich, daß sein freier Fall wie ein Symbol, wie das Leben selbst war. Sanft aus dem Flugzeug gestoßen, den Koffer in der Hand, hatte er die Wahrnehmung jener wenigen Sekunden, ehe sein Körper auf die Erde prallte und seine Seele davonschickte, dorthin, wo auch immer Seelen hingingen. War das nicht wie das Leben selbst, in dem die Zeit bedeutungslos war und man ebensogut Sekunden statt Jahre leben konnte. Wie jene Insekten, die lediglich dazu geboren werden, Junge in die Welt zu setzen, um dann binnen Stunden oder Tagen zu sterben. Sekunden, Tage oder Jahre – wer konnte da schon den Unterschied feststellen? Unser Augenblick des Lebens war eine Welle in einem großen spiralförmigen Strom, wo Anfang und Ende bloß Illusionen waren.

Die Klarheit wich dem Zorn, und er war wütend, verbittert und rachsüchtig. Sie hatten ihn getötet, weil er lästig war, so wie jemand vielleicht, ohne nachzudenken, eine Fliege erschlug. Eine beiläufige Geste. Der Tod sollte etwas Bedeutsames, etwas Tragisches sein, angefüllt mit einem tieferen Sinn. Aber er war gestorben, damit jemand mehr Geld haben konnte – und weshalb wollte jemand Geld, außer um sich damit materielle Freuden zu kaufen?

Ein Bild stellte sich bei ihm ein: von den gelben Cottonwoods beim Haus seiner Familie und den Bewässerungsgräben, die von dem kleinen Fluß zu den Maisfeldern führten. Das kleine Alfalfafeld seines Großvaters am Nordrand des Pueblo war ein feines Blau vor dem gelben Sommertag. Und gerade bewegte sich ein kleiner Feldhase an dem Feld entlang. Ein goldener Adler kreiste aus der Sonne heraus in immer weiter werdenden Kreisen, und der Atem der Erde war süß und ohne Ende.

Der Koffer löste sich plötzlich ruckartig aus seiner Hand, von dem Fallschirm, an dem er hing, in die Höhe gerissen, und dann schlug er auf und spürte, wie seine Seele aus seinem Körper gerissen wurde, wie ein Clown, den man aus einer Kanone schießt.

Zwölf

Ein lautes Dröhnen weckte ihn. Er zog sich die Bettdecke vom Gesicht und sah Odessa, angezogen und einen Becher mit Kaffee in der Hand, den sie ihm hinhielt.

»Ich habe dich ausschlafen lassen«, sagte sie. »Nach der letzten Nacht, dachte ich, würdest du ein wenig Erholung brauchen.«

Billy setzte sich auf, schob sich das Haar aus dem Gesicht und nahm den Kaffee entgegen. »Danke«, antwortete er. »Ich fühle mich ausgepumpt wie nach einem Rodeo. Was zum Teufel ist das?«

»Das?« Sie ging an die Tür des Trailers und hob den Kopfkissenbezug an, der dort als Vorhang diente. Dann kam sie zum Bett zurück, setzte sich mit einer Tasse Kaffee in der Hand hin und nahm einen Schluck, ehe sie sagte: »Das sieht mir nach deinem Freund aus der Bar aus und dazu ein Dutzend seiner Freunde. Sie sitzen alle auf Harleys, mit Ausnahme von einem zerbeulten Pick-up.«

»O verdammt.« Billy versuchte, seine Beine aus der Decke zu befreien, und schwang sie auf den Boden. Heißer Kaffee spritzte auf sein nacktes Bein, ehe er den Becher ins Spülbecken warf und nach dem Gewehr griff. »Mouse hat ein Rudel seiner Bikerfreunde aus Oakland mit hierhergebracht«, sagte er.

Mit dem Gewehr in der Hand zog er den Kopfkissenbezug zur Seite und sah sich direkt dem finster blickenden Gesicht von Mouse Meléndez gegenüber.

Die Faust von Mouse krachte dreimal hintereinander gegen die Tür; in dem kleinen Trailer hallte das Geräusch wie eine Explosion. »Aufmachen, Keene«, schrie er. »Ich habe dich da drinnen gesehen.«

Billy riß die Tür auf und sprang gleichzeitig zurück, so daß er plötzlich, das Gewehr halb über der nackten Brust, Mouse gegenüberstand. Hinter Mouse standen wenigstens fünfzehn Biker, Männer und Frauen neben ihren Maschinen.

Ein hünenhafter Mann mit einem schwarzen Bart und langem, geradem Haar, das ihm bis auf die Schultern hing, ragte hinter Mouse auf und schrie: »Seht euch diesen verrückten Spinner an. Will er uns mit seiner Knarre Angst machen oder mit seinem Schwanz?«

Mouse Meléndez grinste und griff sich dann mit der Hand an den Kopf. »Herrgott im Himmel, mein Kopf tut weh. Ich hoffe, ich habe dich nicht geweckt.«

Billy sah Carla ein paar Meter hinter Mouse. Sie wirkte verstört und ein wenig beunruhigt.

Mouse legte den Kopf zur Seite und versuchte, um Billy herumzusehen. »Guten Morgen, Ma'am«, sagte er und nickte Odessa zu. »Sie können mächtig gut mit dem Billardstock umgehen.«

»Was willst du, Mouse?« sagte Billy.

Mouse drehte sich um und schrie: »Bring es her, Gordo.«

Der bärtige Biker stemmte ein silbernes Faß von der Ladefläche des Pick-up und trug es an die Stufen. »Morgen, Billy«, sagte er und stellte es auf den Boden.

»Das ist meine Entschuldigung«, sagte Mouse und deutete mit dem Kinn auf das Faß. »Ich glaube, ich habe mich gestern abend nicht richtig verhalten. Das war wieder dieser verdammte Rum. Carla hat mir ganz schön die Meinung gesagt. Da habe ich begriffen, daß ich mich wie ein Arschloch benommen habe. Ich meine, zuerst einem Mann die Frau wegnehmen, und dann noch versuchen, ihn fertigzumachen.« Er schüttelte den Kopf und blickte bedrückt. »Du weißt, daß ich nicht so bin. Und deshalb bin ich hergekommen, um das wieder in Ordnung zu bringen.«

»Du brauchst nichts in Ordnung zu bringen, Mouse.« Billy sah an Meléndez vorbei auf die grinsenden Biker hinter ihm. »Ich verstehe schon. Du warst betrunken.«

»Wir haben dir etwas mitgebracht, Billy«, sagte Mouse. »Verdammt noch mal, wir haben noch drei solcher Fässer. Als Joe mitgekriegt hat, was wir vorhatten, hat er uns eines gratis gegeben. Er hat gesagt, er möchte, daß seine besten Kunden sich vertragen. Vielleicht möchtest du ein Lendentuch umlegen oder so etwas, ehe die Party beginnt.«

Billy blickte an sich herunter und wandte sich ab, um seine Hose zu suchen. Odessa saß auf der Bettkante, hielt ihm seine Levis hin und grinste. »Ich will keine gottverdammte Party, Mouse«, sagte er über die Schulter hinweg. »Ich will bloß, daß ihr alle hier verschwindet.«

Billy schlüpfte in seine Hose und ein T-Shirt und hörte draußen die Geräusche von zerbrechendem Holz und Geschrei. Er schlüpfte barfuß in seine Stiefel und ging an die Tür, um hinauszusehen. Die Biker hatten ein halbes Dutzend Zaunpfosten herausgerissen und schlugen sie über den Felsen in Stücke. Er sah zum Trailer seines Großvaters hinüber, und einen Augenblick lang hatte er den Eindruck, als würde er zwei silberne Zöpfe ganz allein über der Veranda schweben sehen.

»Hast du gar nichts, was wir schlachten und kochen können?«

Billys Blick fuhr ruckartig zu dem hünenhaften Mann zurück, der vor ihm stand.

Mouse sah sich auf der Ranch um, die eine Hand auf der Hüfte, die andere mit einer Flasche Bier vor dem gewaltigen Bauch. »Ich sehe nichts, nicht einmal eine Ziege.« Er wandte sich wieder Billy zu. »Hast du nicht einmal irgendwo ein Schwein?«

»Ich habe nichts, was ihr grillen könnt, Mouse. Auf dieser Ranch gibt es außer mir, meinem Grampa und Odessa nichts

Lebendes, es sei denn, du möchtest diese verdammten Krähen auf der Scheune braten.« Billy sah zu dem anderen Trailer hinüber, wo jetzt auch der Oberkörper seines Großvaters über einem hölzernen Stuhl zu schweben schien.

»Mann, die alte Meléndez-Stiftung ist wirklich im Eimer, was? Ich hoffe, Will kommt mit seiner Hälfte besser klar.«

Als Billys Blick wieder zu Mouse zurückwanderte, schüttelte der traurig den Kopf. »Mein Urgroßvater muß in seinem Grab rotieren.«

»Geh weg, Mouse«, sagte Billy und schüttelte seinerseits den Kopf. »Es gibt hier nichts zu braten, und deine Freunde reißen gerade die letzten Zaunpfosten auf der Ranch heraus.«

»Ach zum Teufel, das macht doch nichts.« Mouse warf die Flasche über die Schulter hinter sich. »Wahrscheinlich haben wir ohnehin eine halbe Kuh. Und dann haben alle Hotdogs und Hamburgers und solchen Scheiß in ihren Satteltaschen mitgebracht. Jetzt gibt es eine Grillparty auf dem alten Meléndez-Land, das steht fest.«

Mouse ging zu seinem Pick-up und wühlte auf der Ladefläche herum. Er schritt im weiten Bogen durch die Biker, die alle beschäftigt waren, und kam schließlich zu den Trailerstufen herüber, wo Billy saß und sich mit den Händen durchs Haar fuhr. Wie durch Zauberei tauchte in der Hand, die Mouse Billy hinstreckte, plötzlich ein Pappbecher mit Bier auf. »Wie wäre es, wenn du mich der schönen Frau vorstellen würdest, die mir gestern nacht fast den Schädel eingeschlagen hat?« sagte Mouse.

Billy nahm das Bier entgegen und spürte Odessas Knie im Rücken; dann hörte er sie sagen: »Sehr erfreut, Ihre Bekanntschaft zu machen, Mister Meléndez. Mein Name ist Odessa Whitehawk.«

Mouse streckte ihr die Hand hin. »Der Beule nach zu schließen, die ich auf meinem Hinterkopf habe, Miss Whitehawk, sind Sie ganz mein Typ.« Er tätschelte Billys Kopf. »Aber keine Angst, Billy. Ich nehme einem Mann nicht mehr als eine Frau pro Woche weg.«

Billy sah zur Veranda seines Großvaters hinüber, wo jetzt nur noch zwei leere Stühle vor einem kleinen Tisch zu sehen waren. Auf dem Tisch stand ein Mühlebrett, und hinter den Stühlen leuchtete der silberfarbene Trailer im schwachen Orange der Morgensonne.

»Wirklich komisch, Mouse. Für dich ist sie Doktor Whitehawk.« Billy deutete auf die Männer und Frauen, die Benzin aus dem Pick-up abgesaugt hatten, und es jetzt dazu benutzten, aus den zerschlagenen Zaunpfosten ein Feuer zu entfachen. »Bitte sag ihnen, sie sollen nicht meine ganze Ranch einreißen.«

»Warte nur, bis wir dort draußen eine richtige Glut haben, Billy. Ich kann die Spareribs schon riechen.«

»Ich dachte, du hättest gesagt, daß ihr Hamburger und Hotdogs habt.«

Mouse hob den Finger. »Gehen Sie nicht weg, Miss Odessa. Wir haben auch Steaks.« Er hob seine große Faust und öffnete sie langsam, einen Finger nach dem anderen. Ein paar Türkisohrringe lagen auf seiner Handfläche. »Bloß um zu zeigen, daß alles vergeben und vergessen ist«, sagte er.

»Ich trage keine Ohrringe«, erklärte Billy.

Odessa hielt die Hand hin, und Mouse ließ die Ohrringe auf ihre Handfläche fallen. »Sollten Sie die nicht Ihrer Freundin geben?« fragte Odessa und deutete mit einer Kopfbewegung auf Carla, die am Feuer stand.

»Nee. Carla habe ich bereits mit Geschenken überhäuft.«

Er wandte sich Billy zu. »Ich hoffe, du schaust genau zu, Billy. Du mußt lernen, wie man eine Frau glücklich macht, besonders jetzt, wo du nicht mehr der Jüngste bist.« Er wandte sich wieder Odessa zu. »Die Frauen bleiben einfach nicht sehr lange bei Billy. Sie brauchen sich ja bloß das hier anzusehen; das raubt ihnen den Nerv. Und Billy ist auch nicht gerade eine Rakete. Das war er natürlich, als er jung war. Stimmt das etwa nicht, Billy? Hat er Ihnen gesagt, daß er der Champion Cowboy beim State Fair von New Mexico war und im Jahr darauf die Nummer Eins beim Indianerrodeo? Irgendwo hat er diese großen Gürtelschnallen, die das beweisen. Obwohl er wirklich nicht sehr nach einem Indianer aussieht, oder? Was sind Sie denn überhaupt für ein Doktor? Vielleicht sollten Sie sich mal meinen Hinterkopf ansehen.«

Billy trank einen Schluck aus dem Becher und blickte aus zusammengekniffenen Augen zu Mouse auf. »Da hör sich einer diesen blondhaarigen Mexikaner an, der sagt, daß ich nicht wie ein Indianer aussehe. Wie kann jemand, der Meléndez heißt, blaue Augen und blondes Haar haben?«

Mouse grinste. Wie durch Zauberei war wieder ein Becher Bier in seiner Faust erschienen. Als er den Becher absetzte, säumte ein Schaumrand das Gestrüpp um seinen Mund. »Nicht Mexikaner, *pendejo,* Spanier. Meine Familie ist im achtzehnten Jahrhundert mit Oñate heraufgekommen. Es gibt eine ganze Menge blonde Spanier.«

»Jetzt hör schon auf, Mouse. Deine Mama hatte einen Schweden auf ihrem Holzstapel.«

»Dann ist Billy also Cowboy«, sagte Odessa und sah fragend auf Billy herab. »Das ist seltsam. Mir hat er erzählt, daß alle echten Cowboys im Wilden Westen schwul waren.«

Mouse lachte und versprühte dabei eine Bierfontäne. »Nur die besten«, sagte er. »In Wahrheit ist es so, daß meine Mom aus Georgia stammt, mit ihrer Familie hier durchgekommen ist und meinen Dad einfach umgehauen hat. Ihr Dad hat im Bergwerk gearbeitet, und sie war vermutlich das hübscheste junge Ding, das je in Magdalena aufgetaucht ist.«

»Wenn man sich ihren Sohn ansieht, kann es daran ganz sicherlich keinen Zweifel geben«, sagte Billy. Dann drehte er sich zu Odessa herum und fügte hinzu: »Mouse redet nicht gern über sich selbst.«

»Mein Großvater war so sauer, daß er am liebsten Nägel gefressen hätte, als sie meinen Dad geheiratet hat«, fuhr Mouse fort. »Sie hat mich großgezogen, nachdem ein Texasbulle meinen Dad umgebracht hat, ehe ich alt genug war, um auf eigenen Beinen zu gehen. Das ist auch der Grund, weshalb ich drüben in Kalifornien lebe. Sie war es einfach leid, alle Meléndez ständig davon reden zu hören, wie reich sie einmal waren, und daß sie bloß weißes Pack sei. Hat Billy Ihnen gesagt, daß diese Ranch einmal meiner Familie gehört hat?«

»Da Billy und ich uns erst letzte Nacht kennengelernt haben, gibt es eine ganze Menge, was er mir noch nicht erzählt hat«, erwiderte sie.

»Also, Billys Dad und der Dad von dem alten Will Striker haben ihre Anwesen beide von meinem Großvater gekauft. Das hat einmal alles uns gehört.« Er machte eine Handbewegung, die die ganze Umgebung einschloß. »Etwa eine Million Acres, denke ich. Der König von Spanien hat das alles mal einem meiner Vorfahren gegeben. Die Meléndez-Stiftung hieß es damals. Als Billys und Wills Dads mit Taschen voll Geld in den dreißiger Jahren hier durchkamen, war das meiste schon weg. Einen Teil haben die Texaner gestohlen, die in der Zeit von Billy the Kid hier durchgekommen sind, ein Teil ist am Spieltisch verspielt worden, ein Teil verkauft, und die Regierung hat eine ganze Menge gestohlen, weil mein Urgroßvater seine Steuern nicht zahlen konnte.«

Er winkte zu den Bergen hinüber. »Dieser Wald dort hinten war einmal Meléndez-Land. Die Bundesbehörden haben sich das in den zwanziger Jahren für die Steuern unter den

Nagel gerissen. Und dann kamen Billys und Wills Eltern mit etwas Geld hier durch, und mein Großvater konnte einfach nicht widerstehen. Konnte er das, Billy?«

Billy trank einen Schluck Bier. »Nein, wohl nicht«, sagte er. »Zumindest wollte er nicht widerstehen.«

»Billy weiß auch, warum Großvater froh war, es loszuwerden. Erinnerst du dich noch, Billy?«

Billy trank das Bier aus und blickte dann finster in den leeren Becher. »Das Land ist verflucht«, sagte er.

»Stimmt. Sie hätten die Geschichten hören sollen, die mein Großvater immer erzählt hat«, fuhr Mouse fort. »Das war alles Indianerland.« Er machte eine Pause, um einen Schluck zu trinken. »Aber natürlich war das ganze Land hier einmal Indianerland, oder nicht? Die Apachen wollten hier nicht weg. Sie haben immer gern in den Magdalenas gejagt, und ich denke, nachdem die Spanier gekommen waren, haben die Indianer gelegentlich eine Kuh geschossen und sie gegessen. Großvater hat mir erzählt, daß sein Großvater einmal ein ganzes Rudel von ihnen dabei erwischt hat, wie sie an dem großen Wasserloch einen Stier gebraten haben – damals war das noch ein richtiger Strom – und er und seine Vaqueros haben sie alle getötet. Die Erwachsenen haben sie erschossen und den Kleinen den Hals abgeschnitten. Er und seine Vaqueros.« Er sah zu Boden und schüttelte den Kopf. »Sie haben sie dort oben begraben. Zwanzig oder dreißig waren es, hat er gesagt. Können Sie sich vorstellen, wie wild jemand auf Land gewesen sein muß, um so etwas zu tun?«

Er trank den letzten Schluck Bier und zerdrückte den Plastikbecher in der Hand. »Zum Teufel, mir hätte man dieses Land nicht einmal schenken können. Großvater hat gesagt, damals hat das mit dem Fluch angefangen.« Er sah auf die Ranch und schüttelte den Kopf. »Früher war alles einmal grün, hat er gesagt, und das Gras reichte einem Mann bis zur Hüfte. Ein hübscher Fluß zog sich durch das Land, das jetzt

Will Striker gehört. Man konnte überall Löcher in den Boden bohren und gutes Wasser finden. Überall hat es damals hier Vieh gegeben, und die Berge wimmelten von Hirschen. Aber gleich nach dem Massaker fing das Wasser an auszutrocknen. Großvater hat mir gesagt, daß er als Junge in seinem Zimmer in dem alten Adobebau gelegen hat, den Will Strikers Dad sich wieder hergerichtet hat, und die Schreie dieser Frauen und Kinder gehört hat. Jede Nacht wurden sie immer wieder aufs neue umgebracht. Jeder kannte die Geschichten, und jeder hat gesehen, wie das Land ausgetrocknet ist. Also hätte Großvater von niemandem hier aus der Gegend auch nur zehn Cents für den Acre kriegen können. Aber als zwei ahnungslose Indianer aus Oklahoma aufgetaucht sind und die letzten tausend kaufen wollten, war Großvater heilfroh.«

»Und Sie glauben das von diesem Fluch?« fragte Odessa und sah dem großen Mann in die Augen.

Er wandte den Blick ab. »Sie müssen Billy fragen, ob er es glaubt«, sagte er. »Und Will Striker. Gib mir den Becher, Billy. Wir brauchen frisches Bier.« Er ging zu einem der Fässer, das die Biker auf einen Steinhaufen gestellt hatten.

Odessa sah Billy an. »Meine Eltern haben diese Geschichte nie erwähnt. Warum hat Mouse gesagt, daß ich dich und Will Striker fragen soll?«

Billy stand auf. »Mir scheint, das gibt jetzt hier ein Grillfest, ob es uns paßt oder nicht, Odessa«, erwiderte er. »Wie du schon gesagt hast, es gibt eine ganze Menge, was ich dir nicht erzählt habe. Schau dich bloß um.« Er ging auf das Bierfaß zu und schrie: »Laßt uns diese verdammten Krähen grillen.« Wie auf Kommando kamen die Vögel krächzend von der Scheune geflogen und bombardierten die vergnügten Biker mit Strömen von weißer Scheiße. Billy blieb stehen, wich dem Bombardement aus und ging zu dem Trailer zurück, wo Odessa auf der obersten Stufe stand und zusah.

»Ich denke, ich werde Will anrufen«, sagte er. »Will war schon seit zehn Jahren nicht mehr auf einer Party, und ich möchte, daß er dich kennenlernt.«

Als Will in dem alten Chevy hereingefahren kam, war der brennende Mann von einem Dutzend Leuten umgeben, die ihn aus Plastikbechern mit Bier bespritzten. Will sprang aus dem Truck, zog eine Decke vom Sitz hinter sich her und warf sie über den Mann. Sie fielen beide auf den Boden.

Als die Flammen gelöscht waren, hörte Will lautes Klatschen, Pfeifen und Beifallrufe.

»Das ist der Cisco Kid«, schrie Mouse Meléndez.

Der Mann, der gebrannt hatte, saß auf dem Boden und blickte verdutzt auf seine angesengte Jeansjacke.

»Verdammt, er hat ja schon fast nicht mehr gebrannt«, sagte der langhaarige Biker, den sie Gordo nannten und sah in seinen Becher. »Ich wette, die Flammen sind nicht einmal an sein Fleisch gekommen.«

Auf der Veranda vor seinem Trailer saß Siquani auf seinem Stuhl. Er sah interessiert zu den Feiernden hinüber und sagte gelegentlich etwas zu dem leeren Stuhl neben sich.

»Das gehört mit dazu«, sagte der alte Mann. »Es hat schon vor langer Zeit angefangen.«

Arturo Cruz nickte ernst. »Diese Krähen machen mich nervös.« Seine Augen ruhten auf Odessa und beobachteten jede ihrer Bewegungen. »Sie machen mich auch nervös, Grampa, so wie ein Stück von Ihnen immer wieder verschwindet und dann wieder auftaucht. Könnte sein, daß Ihr Enkel das bald merkt.«

»Wir Cherokee mögen normalerweise Krähen auch nicht, aber diese Krähen sind anders. Außerdem muß man lernen, manche Dinge zu akzeptieren, Arturo. Ganz besonders jetzt, wo Sie tot sind. Ich fürchte, hier wird es noch mehr schlimme Dinge geben, und ich bin an dieses Verschwinden auch noch nicht gewöhnt. Mir ist, als wären hundert Jahre vergangen, seit ich das getan habe.«

»Die schlimmen Dinge sind bereits hier«, seufzte Arturo. »Die Erde ist aufgebrochen, und wie ich sehen Sie den, der in der Dunkelheit kommt.«

»Gestern gab es blaue Blitze, Arturo. Und letzte Nacht habe ich diese große Klapperschlange aus den Bergen herunterkommen hören. Sie kommt langsam, aber sie wird bald hier sein. Wir werden zusammen tun, was wir können. Und das ist vielleicht der Grund, weshalb Sie hier sind, Arturo. Vielleicht sind das wichtige Dinge, die Sie sehen müssen. Wer weiß das schon? Ich bin schon lange Zeit alt.« Siquani hob seine verrunzelten Hände und musterte sie. »Ich war schon erwachsen, als die Weißen kamen und uns dafür bezahlt haben, daß wir all die Hirsche töten, wo wir immer gelebt haben. Damals haben sie unsere Leute als Sklaven verkauft.«

»Das haben die hier in diesem Land auch getan. Sie haben die Navajo und die Puebloleute als Sklaven in Mexiko und auch hier oben in Santa Fe verkauft.«

Siquani nickte. »Das Land, wo meine Leute herkamen, war schön. Große Bäume, breite Ströme und schwarze Erde, Arturo, die den Mais gedeihen ließ. Das war ein Land, das einem alten Mann die Knochen singen ließ. Das hier ist auch gutes Land, aber jenes Cherokee-Land war das beste. Als man meine Leute in Käfige gesteckt und sie später gezwungen hat, in den Tod zu gehen, bin ich mit dem Alten gegangen. Und als der Vater von dem hier gesagt hat, daß ich mit ihm in dieses Land kommen soll, dachte ich, ich sollte diese Reise vielleicht noch ein wenig fortsetzen, obwohl ich mich gefragt habe, ob meine Knochen mich noch tragen würden.

Soviel ist vergessen. Cherokee, wie dieser Junge, erinnern sich nicht mehr, wo sie herkommen oder wie man richtig redet. Die Geschichten erzählen ihnen von jenen heiligen Orten, aber sie sehen sie nur in den Geschichten. Und sie haben es aufgegeben zuzuhören.«

Siquani sah zu der lärmenden Menge hinüber. »Sehen Sie, Arturo, ich weiß, daß meine eigene Linie mit jenem Jungen dort drüben enden wird. Und deshalb mußte ich hierherkommen. Die kleinen Leute haben mir die ganze Geschichte erzählt, ehe die Weißen kamen, und ich habe gewußt, daß ich hierherkommen mußte, um sie zu Ende zu bringen. Alte Leute besitzen manchmal die Gabe, solche Dinge zu wissen, aber nur wenige erhalten die Fähigkeit, die Dinge zu verändern. Ich habe diese zweite Gabe nie bekommen.«

Er deutete zu den Biertrinkern hinüber. »Mein eigenes Blut ist dort, und ich weiß, was für schreckliche Dinge meinem Blut geschehen werden. Dinge, die bereits geschehen sind.« Er drehte sich um und sah Arturo direkt an. »Nachtgeher kommen hierher. Spüren Sie sie auch?«

Arturo Cruz schüttelte traurig den Kopf. »Jeder kann es spüren. So, wie wenn ein großes Gewitter aus jenem Navajo-Land hereinkommt. Man spürt, wie es mit schweren Schritten über das Land schreitet, und jeder wartet nur. Jetzt tut es mir leid, daß ich in das Rauschgiftgeschäft hineingeraten bin. Mein Onkel hat das alles angefangen. Als ich noch ein Baby war, kamen einige weiße Männer und sagten, sie würden ihm Geld geben, wenn er ihnen zeigen würde, wo sie auf einer der Mesas ihre Flugzeuge mit dem Rauschgift landen konnten. Das hat er mir erzählt. Ich nehme an, er hat ihnen gezeigt, wo sie landen können. Aber als er alles verstand, was sie getan haben, hat er diese weißen Männer einfach verschwinden lassen, damit er alles übernehmen konnte. Mein Onkel ist so. Manche Leute haben gesagt, daß er Hilfe von den Hexen gehabt hat, oder vielleicht ist er sogar selbst ein Hexer.«

Siquani nickte mit geschlossenen Augen. »Ich habe Ihren Onkel gesehen«, sagte er leise. »Er hat damit zu tun.«

Arturo fuhr fort, als ob er den alten Mann nicht gehört hätte. »Zuerst ließ mein Onkel mich kleine, einfache Dinge tun und hat mir jedesmal Geld gegeben. Auf die Weise habe ich für das College bezahlt, und ich dachte, er würde das tun, weil er meiner Familie die Peinlichkeit ersparen wollte, daß er mir einfach nur Geld zusteckte. Jetzt weiß ich, daß er mich auf die Probe gestellt hat. Er hat immer gesagt ›Denk immer daran, Geld ist nicht wichtig. Es ist nur die Waffe des Weißen Mannes, und wir müssen lernen, sie in dem langen Krieg gegen ihn einzusetzen.‹ Aber ich habe das Geld gemocht, und ich habe mir gesagt ›Die Weißen haben uns Indianer immer betrogen und umgebracht. Wem macht es also etwas aus, wenn ihre Kinder Rauschgift haben? Wem macht es etwas aus, wenn die Weißen dafür leiden? Vielleicht ist das gut so.‹ Ich habe auf meinen Onkel gehört und nicht verstanden, daß das Teil ihres Plans war, um uns dazu zu bringen, daß wir uns gegenseitig umbringen. Wie das da.« Er deutete auf die Feiernden. »Als ich mit dem College fertig war, hatte mein Onkel größere Dinge für mich, die ich tun mußte, und mehr Geld. Jetzt denke ich, daß er auch ein Teil ihres Planes ist, und er versteht das gar nicht. Ich glaube, jene ersten weißen Männer mit dem Flugzeug waren Hexer.«

Der alte Mann zeigte auf die Berge im Osten. »Ich habe Ihren Onkel im Norden gespürt. Seine Präsenz wird immer stärker und rückt näher. Heute morgen ist ein roter Berglöwe vorbeigekommen und hat seine Schulter dort an meinem kleinen Trailer gewetzt. Sie können seine Spuren sehen. Jetzt habe ich eine Geschichte für Sie, Arturo. Es war einmal eine große Flut, und auf der ganzen Erde hat nur ein Mann mit seiner Familie überlebt. Der Mann hat die Geräusche von Tanzenden gehört, aber als er auf einen Bergkamm geklettert ist und sich umgesehen hat, hat er nur Knochen gesehen, so viele Knochen, daß die ganze Erde davon bedeckt war. Und dann wußte er, daß es die Knochen gewesen waren, die getanzt haben. Sie müssen wissen, die Weißen sind nicht wirklich. Die weißen Leute haben sich selbst erfunden. Dann sind sie hierhergekommen und haben uns Indianer erfunden. Lange Zeit haben sie diese Wahrheit vergessen, und sie denken, sie sind nicht allein. Aber es tanzen immer nur die Knochen, Arturo.«

»Sie reden so wie mein Großvater zu Hause. Was er sagt, gibt auch nie einen Sinn.«

»Die beiden Jungen sind in einem Gewitter zur Welt gekommen.« Siquani schüttelte den Kopf. »Hexen mögen keinen Donner.«

Will saß auf der Treppe des Trailers, trank ein Bier und sah den Freunden von Mouse zu, wie sie Hotdogs und Spareribs aßen. Er hatte vorgehabt, Billy zu sagen, daß sie die Leiche aus dem Baum holen und begraben müßten, hatte aber noch keine Gelegenheit gehabt, mit seinem besten Freund zu reden. Jetzt saß Billy auf den Überresten eines Zaunpfostens in der Nähe eines der Feuer und war in ein Gespräch mit einem großen, mageren, über und über tätowierten Biker vertieft. Mouse saß in einem Sessel aus geflochtenem Plastikmaterial, den er irgendwo gefunden hatte, vor Will, hielt einen Becher in der Hand und starrte auf die Bretter zwischen Wills Füßen.

»Du und Billy, ihr solltet besser *mucho cuidado* haben«, sagte Mouse. »Diese Typen, die sich nach Billys Cruiser erkundigten, sind ziemlich übel.«

Als Will darauf keine Antwort gab, fuhr Mouse fort: »Ich weiß nicht, was Billy getan hat, um sich die Federn naß zu machen, aber ich weiß, daß diese Typen Verbindungen nach ganz oben haben. Ich und die Boys machen gelegentlich kleine Geschäfte mit ihnen.«

Als Will immer noch stumm blieb und in sein Bier starrte, sagte Mouse: »Siehst du, das läuft so, Will. Wenn irgend etwas schiefläuft, wird der Typ ganz oben richtig sauer. Dann macht der den Typen in der Mitte die Hölle heiß, und die machen denen ganz unten die Hölle heiß. Und die ganz unten müssen dann die Sache wieder in Ordnung bringen. Geht ja um ihren Arsch, also tun sie, was notwendig ist, *comprende*? Die Typen haben schließlich außer ihrem Arsch nichts zu verlieren.«

Will blickte von seinem Bier auf und sagte: »Danke, Mouse. Ich weiß das wirklich zu schätzen.«

Mouse nickte. »Solchen Typen geht man am besten aus dem Wege. Wenn du und Billy Hilfe braucht, dann sag mir oder Gordo Bescheid. Das ist unser Zuhause.« Er richtete sich langsam auf und legte Will die Hand auf die Schulter, ehe er davontorkelte.

»Vielleicht auch nicht«, sagte Will laut zu sich selbst.

Jetzt erschien plötzlich Odessa hinter Will in der Tür des Trailers. »Mouse ist ein faszinierender Typ, nicht wahr? Eine Unmenge *Mestizo*-Widersprüche«, sagte sie über Wills Kopf. »Viel komplexer, als man das zunächst denken würde.«

Will sah zu, wie die Biker leere Bierfässer auf den Pick-up warfen und auf ihre Harleys stiegen. Ebenso plötzlich, wie sie vor ein paar Stunden aufgetaucht waren, verschwand die Truppe in einem Höllenlärm, ließ das große Feuer weiter schwelen und den Bereich zwischen den Trailers mit Plastikbechern, Flaschen und Tierknochen übersät zurück.

Während Billy herumging und die Abfälle in einen Plastiksack steckte, stießen die Krähen mit viel Geschrei und Geflatter herab und hopsten von Knochen zu Knochen.

Siquani, der immer noch auf seinem Stuhl saß, sah Arturo

groß an. »Sie meinen, ich muß auf die Apache-Frau aufpassen«, sagte der alte Mann. »Ja, die Toten rufen auch sie. Sie ist ihretwegen gekommen.«

Dreizehn

Odessa hielt das kleine Schwarzweißfoto unter die Deckenlampe und beugte sich vor, um die unscharfen Gesichter besser erkennen zu können. »Du bist die perfekte Kombination deiner Eltern«, sagte sie. »Seltsam, die beiden sehen einander überhaupt nicht ähnlich. Aber du hast etwas von beiden.«

Billy lehnte sich über ihre Schulter, um einen Blick auf das uralte Bild mit seinem seltsam gezackten Rand zu werfen. Das Paar war jünger als er heute; es stand vor einem grauen Wagen. Im Hintergrund konnte man die Umrisse von grauen Bäumen, Felsen und fernen Bergen erkennen. Die beiden hätten tausend Jahre und ebensoviele Meilen entfernt leben können. Billy beugte sich weiter vor, um sich den Mann anzusehen, dessen schmales, scharfgeschnittenes Gesicht teilweise von der Kamera überschattet wurde. Das schwarze Haar wurde von dem breitkrempigen Hut fast verdeckt, Jackett und Hose des Anzugs waren zwar zu klein, hingen aber doch irgendwie zu locker um den großen, knochigen Körper des Mannes. Die Frau neben ihm in ihrem geblümten Kleid starrte zuversichtlich in die Kamera, als wolle sie sehen, wer es irgendwo in der Zukunft wagen sollte, ein Makel an ihr zu finden. Es war eindeutig, daß die Frau mit sich selbst im Einklang lebte.

»Das Bild habe ich noch nie gesehen«, sagte er.

Odessa drehte sich zu ihm herum, wobei sie das Bild vorsichtig an der Ecke zwischen Daumen und Zeigefinger hielt.

»Ein schönes Paar«, sagte sie. »Deine Mutter wirkt sehr stark.«

»Ich denke, damals muß sie es gewesen sein.«

»Damals?«

»Sie heiratete einen indianischen Mann in Oklahoma. Weiße Männer haben die ganze Zeit indianische Frauen geheiratet, hauptsächlich wegen der Landzuweisungen, aber weiße Frauen haben keine indianischen Männer geheiratet. Ihre Eltern hätten sie sonst nicht wieder in ihr Haus gelassen.«

»Wirklich? Das sollte mich wahrscheinlich nicht überraschen.«

»Wirklich. Ich nehme an, das ist teilweise der Grund, weshalb sie sich dazu entschlossen, mit Wills Leuten hierher zu ziehen.«

»Wie kommt es, daß du dieses Bild noch nie zuvor gesehen hast?«

Er zuckte die Achseln und deutete mit einer Kopfbewegung auf den mit kleinen grauweißen Quadraten und Rechtecken gefüllten Pappkarton. »Will hat diese Schachtel nach dem Feuer in seinem Haus gefunden. Seine Mom hatte eine Unmenge Bilder, die sie von meinen Eltern gemacht hatte. Er fand, daß ich sie haben sollte, aber mir war nie danach, sie mir anzusehen, bis du hier aufgetaucht bist.«

»Und warum jetzt?«

Er schob ihr langes Haar von ihrer Schulter und strich mit dem Finger über ihren Hals. »Ich wollte, daß du siehst, wo ich herkomme.« Er griff in die Schachtel und holte ein anderes Foto heraus. »Vielleicht dachte ich auch, daß ich selber sehen wollte, wo ich herkomme. Sieh dir das hier an.«

Er hielt ihr eine Fotografie von zwei Jungen in engen, schmutzigen T-Shirts und hochgekrempelten Bluejeans hin. Die beiden hatten struppiges, dunkles Haar und blickten Schulter an Schulter in die Kamera. Der kräftigere Junge hielt einen Feldhasen an den Füßen, während der andere Junge ein kleines Gewehr mit nach unten weisendem Lauf in der Armbeuge hielt.

»Du und Will«, sagte Odessa mit leicht verwundert klingender Stimme. »Wie alt warst du da?«

Billy erinnerte sich daran, wie der Feldhase in langen Sätzen von der Quelle weggesprungen war und dann plötzlich wie erstarrt neben einem Salbeibusch sitzengeblieben war. Es war Anfang Herbst gewesen, der bevorstehende Regen und der Duft von Salbei und Wacholder hatten in der Luft gelegen. Er war derjenige gewesen, der abgedrückt hatte, weil er mit dem Gewehr an der Reihe gewesen war. Er hatte Will den Hasen für das Foto halten lassen, weil es eigentlich gleichgültig war, wer den Schuß abgefeuert hatte.

Jetzt fiel das Licht durch die Wacholder im Westen auf das alte Foto und malte Zweifel auf Wills Gesicht. Es war ein Ausdruck der Vorsicht, beinahe der Verblüffung, der, wie Billy jetzt klar wurde, schon immer in den Augen seines Freundes gewesen war, den er aber fast ein ganzes Leben lang nicht bemerkt hatte.

»Er hat sich nicht verändert, oder?« fragte Odessa.

Billy legte das Foto wieder zu den anderen in der Schachtel. »Ich weiß nicht. Vielleicht verändert sich niemand.« Sie legte das andere Foto in die Schachtel. »Ich denke, manche Leute verändern sich unglaublich. Sie machen eine regelrechte Metamorphose durch, wie diese Grillen, die aus der Erde gekrochen kommen, dann ihre Haut sprengen und davonfliegen.«

Er griff nach ihrer schmalen Hand, die so viel Kraft ausstrahlte, und hielt sie mit seinen beiden Händen, strich mit dem Zeigefinger über ihre Handfläche. »Oder vielleicht so wie eine Raupe sich in einen Schmetterling verwandelt?«

»Ein hübscher Gedanke«, erwiderte sie mit einem kleinen Lächeln. »Deine Eltern waren schön. Dein Vater hatte das Gesicht eines Kriegers.«

»Ich bin älter, als sie je geworden sind«, sagte er. »Das ist ein seltsames Gefühl.«

»Du hast immer noch Grampa Siquani.«

»Genau genommen ist er gar nicht richtig mein Großvater.« Billy hielt inne. »Er ist der Großvater von meinem Dad, glaube ich.«

Sie entzog ihm sanft ihre Hand und schob sich wieder das Haar aus dem Gesicht. »Wie alt ist er?«

Billy schüttelte den Kopf. »Das weiß ich nicht. Drei- oder vierhundert Jahre, denke ich.«

Odessa lachte. »Dann ist er ein Zauberer.«

Sie holte sich ein anderes Foto aus der Schachtel. »Wer ist das?« sagte sie.

Billy nahm das Bild und hielt es sich vors Gesicht. »Das sind Will und Jace in dem Jahr, in dem die beiden geheiratet haben.« Auf dem Foto stand Will vor dem Haus seiner Familie, die Arme vor der Brust verschränkt, mit einem breiten Lächeln auf dem von der Sonne verbrannten Gesicht. Jace, der das lange Haar in einem dicken Zopf über eine Schulter fiel, lehnte an seiner Seite, den einen Arm um seine Hüfte gelegt.

»Sie ist schön, nicht wahr?« sagte Odessa und schob sich ein wenig näher an Billy heran. »Sie erinnert mich an eine Freundin, die ich einmal hatte.«

Billy ließ das Foto wieder in die Schachtel fallen. »Das ist kurz nachdem Will das College abgebrochen hat aufgenommen worden. Jace hörte auch mit dem College auf, aber sie ist wieder zurückgegangen.«

»Denkst du, daß es Will jemals leid getan hat, daß er das Studium abgebrochen hat?«

»Das ist bei Will schwer zu sagen. Er war auf der Schule immer gut. Er steckte die ganze Zeit die Nase in Bücher. In mehr als zwanzig Jahren habe ich nie ein Wort von ihm gehört, daß es ihm leid täte, das College nicht abgeschlossen zu haben. Aber Will ist nicht der Mensch, der über seine Probleme redet.«

»Selbst mit seinem besten Freund nicht?«

»Selbst mit Gott nicht, vermute ich.«

Billy stand auf, nahm die Schachtel, stellte sie auf das oberste Regal im Schrank und schloß dann die Tür. »Weißt du, was Grampas Name, Siquani, bedeutet?«

Sie schüttelte den Kopf. »Ich habe mein Cherokee vergessen.«

»Spanferkel«, sagte er und lächelte. »Wie kann ein alter Mann, der Spanferkel heißt, ein Hexer sein?«

»Vielleicht ist er ein ganz besonderer Hexer, Billy. Vielleicht kennst du deinen Großvater gar nicht so gut, wie du das meinst.«

Er ging an den Kühlschrank und nahm zwei Dosen Bier heraus. »Vielleicht kenne ich überhaupt niemanden, Doktor Whitehawk.« Er reichte ihr eine der Bierdosen und stieß dann die Trailertür auf und blickte zum Horizont im Osten hinüber. Hoch an dem dunklen, von grauen Streifen überzogenen Himmel leuchteten die Sterne des Orion, während der Jäger sich langsam nach Westen bewegte.

Vierzehn

Will kauerte nieder, um den Eimer Wasser in die Vertiefung rings um den Maisstengel zu gießen, und sah zu, wie die ausgedörrte Erde zuerst braun und dann schwarz wurde, während das Wasser vor seinen Augen versickerte. Als in dem Schlamm rings um den Maisstengel nur noch ein weißer Flecken zu sehen war, stand er auf und blickte sich um. Der Hund und das Schwein lagen nebeneinander vor dem Drahtgatter und sahen ihm zu; Maggie hatte ihren schmutzigen Gipsverband vor sich ausgestreckt.

»Du würdest dich gern über den Mais hermachen, was, Molly?« sagte Will. »Also, das wird nicht passieren, Schweinchen.« Hinter dem Hund und dem Schwein konnte er die ausgemergelt wirkenden Bullen sehen, die sich an den hölzernen Scheunenzaun drängten und ihn fixierten. Auf dem Scheunendach über den Bullen hockten die vier Bussarde und sahen ihn an wie alte Männer mit hängenden Schultern. Vielleicht haben sie alle Angst, daß ich das letzte Wasser vergeude, dachte Will.

Er setzte den Kübel ab, schlug sich den Staub von seiner Hose und musterte sein Maisfeld. Sieben Stengel hatten bis zur Reife überlebt und trugen jetzt große, reichlich mit Quasten versehene Ähren. Es war der kleinste Garten auf der Ranch, solange er sich erinnern konnte. Er hatte mit den üblichen Kürbissen, Bohnen, Tomaten, Rüben und Karotten angefangen, aber die Pflanzen hatten sich entweder dafür entschieden als trockener Same im Boden zu bleiben, oder sie waren gewachsen, um dann zu verkümmern und wieder zu verschwinden. Die Tomaten hatten tapfer ihre Blätter und Ranken der Sonne entgegengereckt, aber ihre Blüten hatten dürr und schwach ausgesehen und waren dann schnell – ohne daß Früchte entstanden wären – auf die Erde gefallen. Ein Teil vom Mais hatte überlebt, weil Will früh damit angefangen hatte, eimerweise Wasser aus dem Trog vor der Scheune herüberzutragen. Ohne ausreichendes Wasser mußte man seine Verluste möglichst gering halten und Entscheidungen treffen. Will hatte beschlossen, ein wenig von dem Mais zu retten. Er konnte sich nicht erinnern, je einen Sommer erlebt zu haben, in dem nicht Maisstengel im Augustwind ihr Lied geflüstert hätten.

Er strich mit dem Zeigefinger an einer schweren Ähre entlang, sorgfältig darauf bedacht, die gelbgrünen Quasten nicht zu berühren. »Selu«, sagte er. Er hatte die Geschichte geliebt, die sein Vater ihm so oft über den ersten Mann und Selu erzählt hatte. Kanati, der Jäger, war ganz allein auf der Erde und langweilte sich schrecklich. Also fing er an, zu viel Wild und andere kleine Tiere zu töten, bloß weil er nichts mit seiner Zeit anzufangen wußte. Die Tiere gingen zum Schöpfer und beklagten sich, und der Schöpfer sagte: »O ja, ich habe etwas vergessen.« Dann wuchs ein Kornstengel neben Kanati, und als der Jäger aufwachte, war da ein hoher grüner Stengel mit einer wunderschönen Frau, die oben aus dem Stengel stieg. Auf die Weise war Selu, Kornfrau, Kanatis Weib geworden. Will liebte das Bild der dunklen, schwarzhaarigen Selu, die über die goldenen Quasten des Kornstengels stieg. Er konnte sie immer noch in der Brise über dem schlafenden Jäger hin- und herschwanken sehen. »Deshalb pflanzen Cherokee-Leute immer Mais«, hatte sein Vater erklärt. »Mais ist unsere Mutter.«

Als Maggie zu bellen anfing, blickte Will zur Straße hinüber. Ein Streifenwagen vom County hatte bereits vor dem Haus angehalten, und er sah jetzt zu, wie der Sheriff seinen dicken Bauch hinter dem Steuerrad herausmanövrierte und aus dem Fahrzeug stieg. Der Sheriff schaute sich um, versuchte offenbar den bellenden Hund zu entdecken und ging dann auf die verschlossene Scheunentür zu.

»Hier bin ich, Nate«, rief Will. Er öffnete das Gatter, schloß es hinter sich und ging auf den Sheriff zu. Maggie humpelte vor ihm her, schwang den Gips im Halbkreis und bellte eindrucksvoll. Aus dem Augenwinkel sah Will, wie Molly auf die Hinterseite der Scheune zustrebte, verängstigt, wie sie das immer war, wenn Fremde kamen.

Der Sheriff drehte sich um, hob die Hand zu einem halben Winken und ging dann auf ihn zu. Als er noch ein paar Fuß von ihm entfernt war, blieb der Sheriff stehen und sagte: »Beißt dieser lahme Köter?«

Will griff nach Maggies Halsband und zog sie in eine sitzende Stellung. Maggie knurrte mit Schaum auf der schwarzen Schnauze. »Na ja, Nate. Ich muß sagen, sie ist in letzter Zeit etwas schlecht gelaunt«, erwiderte Will. »Komm ins Haus.«

»Kann es ihr nicht übelnehmen, wenn sie sauer ist. In der Ortschaft geht das Gerücht, du hättest versehentlich auf deinen eigenen Hund geschossen. Eine hübsche Ernte hast du hier.« Der Sheriff deutete mit einer Kopfbewegung auf den Garten. »Hast du vor, Helfer für die Ernte einzustellen?«

Will grinste schief. »Das ist ein trockenes Jahr, Nate. Ich habe gerade genug gepflanzt, damit die Erde es nicht vergißt.«

»Du hast nicht zufällig ein wenig Kaffee im Haus?«

»Wenn du ihn trinken kannst, tu es«, antwortete Will, als sie beide auf das Haus zugingen. Maggie ging neben Will her, ihre Schulter berührte ihn am Schenkel.

Als beide mit einer Tasse abgestandenem schwarzen Kaffee in der Küche saßen, sagte der Sheriff: »Hast du von diesem Helikopter gehört, der da drüben bei den Teleskopen explodiert ist?«

Will nickte. »Ich habe in der Zeitung davon gelesen.«

Der Sheriff nahm einen Schluck von dem Kaffee, und sein Gesicht verfinsterte sich. »Du solltest zusehen, daß du deine Frau zurückbekommst, Will, ehe du dich mit dem Zeug umbringst, das du kochst.«

»Wie wäre es mit ein wenig Sahne?«

Die Miene des Sheriffs wurde noch finsterer. »Sahne ist für Schwuchteln. Ich mag starken Kaffee.« Er nahm noch einen Schluck, wie um damit seine Feststellung zu bekräftigen. »Du und Billy, ihr habt doch immer dort drüben südlich vom Array gejagt, wenn ich mich richtig erinnere. Ich glaube sogar, du und Billy und ich haben vor etwa zehn Jahren dort drüben gejagt.«

»Sicher erinnere ich mich daran. Du hast damals diese kleine Gabelantilope erwischt.«

»Ein räudiges, kleines Biest, wenn ich's mir genau überlege. Ich glaube, ich habe damals meine alte Dreißig-vierzig benutzt: du und Billy, ihr hattet beide Null-Sechser.« Der Sheriff nahm seinen beigen Stetson ab und legte ihn auf den Tisch, fuhr sich mit der dickfingrigen Hand durch das verschwitzte Haar. »Ich und Brice haben dort draußen nicht weit von der Absturzstelle des Helikopters dreißig Null-Sechser-Patronen gefunden. Hast du deine Null-Sechs noch?«

»Aber klar. Das war die Waffe von meinem Dad. Drüben im Schrank.«

Der Sheriff nickte. »Du hast deine Gewehre immer gut gepflegt. Ich wette, diese Null-Sechs ist erst vor kurzem gereinigt und geölt worden. Da kann man wahrscheinlich nicht feststellen, wann sie zuletzt abgeschossen worden ist, oder wer sie angefaßt hat.«

Will nickte. »Ich passe auf meine Sachen auf.«

»Ein Mann, der ein Gewehr verrosten läßt, gehört mit demselben Gewehr erschossen«, erwiderte der Sheriff. Er schob den Kaffee in die Tischmitte. »Wir haben da draußen

Spuren von einem vierradgetriebenen Fahrzeug gefunden, Will. Wenn wir das Fahrzeug finden könnten, das sie verursacht hat, könnte man die Spuren vergleichen.«

»Warum sagst du mir das alles, Nate? Was habe ich mit einem Hubschrauberabsturz zu tun? Mein Truck steht dort draußen, du kannst so viel vergleichen, wie du Lust hast.«

»Jetzt werd' nicht gleich sauer, Will. Ich muß doch Fragen stellen, wenn ich diesen Job behalten will.« Er griff nach seinem Hut und setzte ihn sorgfältig wieder auf den Kopf. »In dem abgestürzten Helikopter waren zwei Leichen, Will, und eine davon hatte eine Null-Sechser-Kugel im Bauch. Beide waren ganz schön verbrannt, aber die Boys vom Labor haben herausgekriegt, daß die beiden Rauschgifthändler waren. Wenn du mich fragst, dann hat sich derjenige, der mitgeholfen hat, sie in die Hölle zu schicken, eine Belohnung verdient. Aber wenn ich meinen Job nicht tue, verliere ich ihn. Da sind Leute in Santa Fe, die sich für diese Geschichte interessieren, von den Bundesbehörden ganz zu schweigen, weil der Chopper nahe bei dieser Radaranlage abgestürzt ist.«

Der Sheriff stand auf. »Danke für den Kaffee, Will. Er räumt einem jedenfalls die Parasiten aus.«

»Gern geschehen, Nate. Jederzeit.«

»Ich war drüben bei Billy, ehe ich hierhergekommen bin. Aber da war keiner. Nicht einmal sein Grampa. Ich habe keine andere Wahl als mir einen Gerichtsbeschluß zu besorgen, eure beiden Ranches zu durchsuchen und eure Gewehre zur Untersuchung nach Socorro zu bringen, aber ich werde wahrscheinlich ein paar Tage brauchen, bis der ganze Papierkram erledigt ist. Ich dachte, ich sage dir schon mal Bescheid. Hast du in letzter Zeit Billys Landcruiser gesehen?«

Will schüttelte den Kopf. »Ich denke, der ist da, wo er immer ist, wenn er ihn nicht in eine Werkstätte gebracht hat.«

»Also, halt jedenfalls die Augen offen, Will. Übrigens, ich sehe, du hast dort draußen immer noch diese D-6-Raupe. Wenn du je vorhast, das Ding zu verkaufen, dann sag mir Bescheid. Der Dad meiner Frau sucht eine Raupe für seine Kiesgrube. Du brauchst doch keine solche Maschine. Ich wette, du läßt die alte Kiste nicht öfter als einmal im Jahr an. Er würde dir ein gutes Angebot dafür machen.«

»Ich werde es mir überlegen, Nate«, erwiderte Will.

»Tu das. Ein ordentlicher D-6 ist einiges wert. Und bis dahin – halt jedenfalls die Augen offen.«

Fünfzehn

Sobald sich die Staubwolke hinter dem Wagen des Sheriffs gelegt hatte, ging Will ans Telefon und wählte Billys Nummer. Als sich niemand meldete, verließ er das Haus und lief zur Scheune, wo unter dem Wellblechdach ein großer D-6-Caterpillar stand.

Will packte die Stahlkurbel an der Vorderseite des Traktors mit beiden Händen und bewegte sie ruckartig. Der Anlassermotor keuchte zweimal und verstummte wieder. Er kurbelte erneut, wieder stotterte der Motor und erstarb. Will ging ans Führerhäuschen, holte eine Dose unter dem Sitz heraus, schüttelte sie, lauschte und ging dann wieder nach vorn. Er spritzte Flüssigkeit aus der Dose in den Vergaser des Motors und drehte erneut die Kurbel. Diesmal erwachte der Motor mit einem kleinen Kreischen zum Leben.

Will ging zum Führerhäuschen zurück, löste den Kompressionshebel und kletterte auf den schlecht gefederten Sitz. Ein schwarzer Schatten schoß aus der Scheune, raste an Maggie vorbei und durch die offene Hintertür des Hauses. »Nur zu, scheiß du ruhig aufs Bett. Mir ist es egal«, rief Will dem Schwein nach.

Nachdem er ein paar Minuten dem Motor gelauscht hatte, trat er aufs Gas, und die große Maschine kroch langsam aus dem Schuppen heraus, schob sich wie ein vorsintflutliches Ungeheuer um die Scheune herum und wälzte sich auf den riesigen Dunghaufen dahinter zu.

Will senkte die schwere Schaufel und machte sich an die Tonnen von Bullen- und Pferdescheiße, die im Lauf vieler Jahre aus dem Pferch zusammengeschoben worden waren, teilte den Dung in zwei Hälften und setzte zurück, um neuen Anlauf zu nehmen.

In wenigen Minuten hatte er den ganzen Haufen zur Seite geschoben. Dann bugsierte er die Raupe an die Seite des schwarzen Rechtecks, das einmal mit Dung bedeckt gewesen war, senkte die Schaufel und fing an, einen allmählich tiefer werdenden Graben auszuheben.

Nach einer halben Stunde fuhr er an dem Erdwall vorbei, stieg vom Sitz und ließ den Motor leerlaufen, während er zur Vorderseite der Scheune ging und die große Tür aufschob und dann im Inneren verschwand. Augenblicke später rollte der schwarze Range Rover rückwärts aus der Scheune und kippte in den neu ausgehobenen Graben.

Gleich darauf saß Will wieder auf dem Führersitz der Raupe und lenkte sie auf das Loch zu. Einen Augenblick lang hingen die Ketten der Maschine förmlich in der Luft, dann sank die Raupe nach vorn und schien in das Loch zu stürzen. Das Dach des Range Rover gab mit einem metallischen Husten nach, die Fenster zersprangen, dann sank das ganze Fahrzeug unter dem Gewicht des Bulldozers in sich zusammen.

Zufrieden mit seinem Werk, begann Will Erde in den Graben zurückzuschieben. Schließlich schob er auch den Dunghaufen an seine alte Stelle wieder zurück. Jemand, der genau hinsah, würde einen frisch aufgewühlten Misthaufen sehen, daneben die Spuren einer Raupe, ein auf jeder Ranch völlig normaler Anblick. Zufrieden stellte Will den Caterpillar wieder in seinem Schuppen ab.

Sechzehn

Odessa stand einen Augenblick lang im leeren Türrahmen und starrte in das düstere Innere der Scheune. Zu ihrer Rechten drang das Licht durch breite Spalten in der Bretterwand herein, und man konnte den Staub zwischen schwarzen und weißen Flächen tanzen sehen. Als sie die Scheune betrat, war oben im Gebälk ein Rascheln zu hören, und ihre Augen suchten den dunklen Giebel ab.

Langsam schritt sie an dem Geräteraum vorbei und ging dicht an den Landcruiser heran. Vorsichtig strich sie über die Motorhaube, wo eine Reihe von leicht erhobenen Löchern zu der fehlenden Windschutzscheibe emporwanderten; dann schritt Odessa um das Fahrzeug herum und betrachtete die Stelle, wo der Kotflügel fehlte.

Plötzlich erstarrte sie. Ein Geräusch wie von schlurfenden Füßen war vom Rand der Heuballen ganz in ihrer Nähe zu vernehmen. Odessa versuchte etwas zu erkennen, sah aber nur das in Schatten gehüllte Heu und dahinter die Scheunenwand mit ihren schwachen Lichtschlitzen. Eine Aufwallung warmer Luft umgab sie, in die sich der Duft von Wacholderholz mischte. Odessa zog sich langsam zurück, setzte mit großer Vorsicht einen Fuß hinter den anderen und bewegte sich auf das Licht der Eingangstür zu. An der Tür angelangt, trat sie in die Sonne hinaus, drehte sich dann um und ging schnell auf Billys Trailer zu.

Aus dem Inneren der Scheune blickte Siquani ihr nach, die knochigen Arme vor der Brust verschränkt, die Augen schwarz im grauen Dämmerlicht. Über sich hörte er, wie die Eule ihre Federn aufplusterte, und dann das Kratzen der Krähenfüße auf dem Blechdach. Hinter ihm grollte der Donner von den Bergen im Westen, ein tiefes, gleichmäßiges Geräusch.

Siebzehn

Billys Ranch war verlassen, der Pick-up verschwunden und beide Trailer leer. Nachdem Will zuerst laut an Billys Tür und dann an Grampas Tür geklopft hatte, stieg er von der Veranda des alten Mannes herunter und ging wieder zu seinem Truck zurück.

Auf halbem Wege hörte er, wie sein Name gerufen wurde. Als er sich umdrehte, saß Siquani auf einem der Stühle und hob grüßend die Hand.

»Komm, besuche einen alten Mann«, sagte Siquani.

Will stand einen Augenblick lang stumm da. »Ich glaube, ich werde nicht einmal fragen, wo du so plötzlich herkommst«, sagte Will.

Der alte Mann schmunzelte. »Du darfst dich auf diesen Stuhl setzen, weil Arturo im Augenblick nicht hier ist.«

»Arturo?«

»Er und ich, wir spielen Mühle.«

»Wie – «

»Ich habe meinen Verschwinde-Zauber geübt, Will. Das ist alte Cherokee-Medizin. Die Art, die Billy Pigeon benutzt hat, um den Sheriffs zu entkommen.«

Will stand da und sah auf den alten Mann hinab. »Du warst vor zwei Minuten nicht hier«, sagte er.

Siquani nickte. »Es war schwierig, aber ich weiß jetzt, wie es geht. Ich habe eine Weile dazu gebraucht. Ich dachte mir, das könnte einmal nützlich sein.«

»Mein Dad hat mir von Billy Pigeon erzählt. Er hat ihn den Cherokee Jesse James genannt. Ich hatte immer schon vor, einmal in der Universitätsbibliothek über ihn nachzulesen.«

»Billy war besser als Jesse James. Er hat nie Menschen

getötet. Nun ja, fast nie. Er kannte viel mächtige Medizin.«

»Wie das Verschwinden.«

»Liebesmedizin auch, sagt man.«

»Hast du in letzter Zeit Billy gesehen?«

Siquani nickte, hob die knochige Hand und deutete in die Ferne. Will drehte sich um und sah den glänzenden neuen Pick-up, der gefolgt von einer gewaltigen Staubwolke, auf sie zu raste. »Ich muß mit Billy reden«, sagte er.

»Höre auf den Donner.«

Will legte den Kopf etwas zur Seite und lauschte in den fast wolkenlosen Himmel hinein, hörte aber nichts. »Du mußt vorsichtig gehen«, sagte der alte Mann. »Billy ist jetzt auf dem Weg zum dunkler werdenden Land. Schwarze kommen hierher. Ich sehe sie, und ich habe den Donner gehört.«

Will blickte zu der krähenlosen Scheune hinüber, und dann sah er, wie Billy den Truck parkte und dann heraussprang. Auf der anderen Seite des Pick-up stieg Odessa heraus und verschwand im Trailer, nachdem sie Will kurz zugewinkt hatte, während Billy auf sie zukam.

»Ich denke, ich werde nach Hause gehen, Will, sobald diese Sache vorbei ist.«

»Welche Sache, Grampa?« fragte Will.

Siquani blickte zum Himmel. »Vielleicht war es meine Schuld. Billys Mutter hat im Fluß Hirschfleisch gewaschen. Ich habe ihr nie die Geschichte vom Blut erzählt.«

»Was erzählt dir mein Großvater schon wieder?« fragte Billy laut, als er noch ein paar Meter entfernt war. »Wieder irgendwelcher Cherokee-Hokuspokus?«

»Mach dir keine Sorgen, ich passe schon auf Billy auf. Ich werde auch vorsichtig sein«, sagte Will leise zu dem alten Mann, ehe er seinem Freund entgegenging.

»Komm, Billy«, sagte er. »Wir müssen miteinander reden.«

Mit einem verblüfften Blick folgte Billy Will zu den Überresten des abgebrannten Hauses. Als Will auf dem Steinsokkel Platz genommen hatte, ließ Billy sich neben ihm nieder und wartete stumm.

»Nate war bei mir«, sagte Will schließlich. Als Billy darauf nicht reagierte, fuhr er fort: »Er wird sich einen Gerichtsbeschluß besorgen, um deine und meine Ranch zu durchsuchen.«

»Dann sollten wir wohl unsere Gewehre wegschaffen.«

»Ich glaube nicht, daß sie mit den Reifenspuren etwas beweisen können, nicht bei all dem Regen. Aber diese Kugellöcher in dem Landcruiser sind eine ganz andere Geschichte, und ich glaube, es war dein Gewehr, Billy. Ich bin ziemlich sicher, daß ich diesen Kerl mit deinem Gewehr getroffen habe.«

»Ich denke, ich werde es irgendwo verlieren.«

»Nate hat gesagt, es wird wahrscheinlich ein paar Tage dauern, bis er den Gerichtsbeschluß bekommt.«

Billy zog ein kleines Taschenmesser aus der Hosentasche, klappte es auf und fing an, seine Fingernägel zu säubern. »Ich werde mit Mouse reden. Mouse kann alles beiseite schaffen.«

»Gute Idee«, sagte Will. »Je früher, desto besser.« Er sah zu, wie eine Anzahl großer roter Ameisen vor einem Loch am Fuß der Wand hin- und herrannte. Jede Ameise schien irgendeinen Samen zu tragen. War das der eigentliche Lebenszweck von Ameisen, in den Tiefen der Erde Ackerbau zu treiben? »Denkst du je über deine Eltern nach, Billy?« fügte Will hinzu.

»Die ganze Zeit. Manchmal träume ich, daß überall Feuer ist, und Siquani mich wieder durch den Rauch hinauszerrt. Einmal habe ich geträumt, daß das Haar meiner Mutter gebrannt hat. Sie stand in der Tür ihres Zimmers und hob beide Hände, und statt von Haaren war ihr Kopf von Flammen umgeben.«

Er klappte das Taschenmesser zu und steckte es wieder ein. »Weißt du, ich muß die ganze Zeit daran denken, wie ihr Haar abends immer aussah, nachdem sie sich den ganzen Tag abgerackert hatte. Sie war dann immer so müde, daß sie kaum mehr stehen konnte. Und dann kam sie in mein Zimmer und hat mir eine Geschichte vorgelesen. Und immer, wenn mich irgend so ein Brahmabulle in Albuquerque oder Gallup oder sonstwo zugerichtet hatte, hat sie mit Heftpflaster und irgendeiner Indianermedizin auf mich gewartet. Mein Dad hat sie nie zum Kino oder zum Abendessen nach Socorro ausgeführt. Er hat bloß die ganze Zeit auf seiner Ranch geschuftet. Ich denke, sie hat gern getanzt. Aber er ist nie mit ihr tanzen gegangen. Erinnerst du dich, wie er immer da stand, die Arme verschränkt, und dich und mich ansah, als würde er ganz genau wissen, was wir gerade dachten? Ich habe mir oft über seinen Gesichtsausdruck den Kopf zerbrochen. Ich bin einfach nicht dahintergekommen, was er gedacht hat. Aber nach all den Jahren, Will, begreife ich endlich, daß es bloß Liebe war, ein Wort, das ich nie aus seinem Munde gehört habe. Kein einziges Mal.«

»Gewiß war es Liebe. Ich denke, das war der Grund, warum er auf dieser Ranch so geschuftet hat und warum er und deine Mom diese Hypothek aufgenommen haben. Das war für dich.«

Billy schüttelte den Kopf. »Komisch, nicht wahr? Manchmal denke ich darüber nach, wie es wohl damals in Oklahoma gewesen sein mag. Wie es für dich und für mich gewesen wäre, wenn unsere Leute dort geblieben wären. Die meiste Zeit denke ich ja, zum Teufel mit all dem Indianerkram. Ich meine, wir sind auch bloß Menschen, und hier sind wir so wie alle anderen auch. Warum also versuchen, sich an etwas zu erinnern, was alle anderen vergessen? Aber dann denke ich mir manchmal, Herrgott, dort drüben gibt es eine ganze Cherokee-Nation, und wir wissen nichts darüber.«

»Das war wohl eine dumme Frage«, sagte Will. »Sie waren nicht einmal so alt wie wir jetzt sind.«

Billy blickte ein paar Augenblicke gen Osten. »Erinnerst du dich daran, wie wir damals meiner Mom am Morgen zum Maisschuppen gefolgt sind? Sie hat dort auf irgendeine indianische Art gebetet, obwohl sie doch eine weiße Frau war. Das muß sie auch von meiner Großmutter in Oklahoma gelernt haben.«

Will nickte. »Ich erinnere mich, wie wir durch die Fugen in der Wand gesehen haben. Du hast gedacht, es sei vielleicht Hexerei oder so etwas.«

»Na ja, ich war ja erst zehn oder elf, aber es war schon eigenartig für eine weiße Frau, so zu beten.« Billy beugte sich vor, um einen Zweig aufzuheben, und zerbrach ihn in kleine Stückchen, die er zwischen seine Füße fallen ließ. »Ich habe nie besonders aufgepaßt, Will. Ich wollte nie so wie sie sein. Ich dachte mir, wo ich doch zur Hälfte weiß war, konnte ich mir aussuchen, was ich sein wollte. Selbst bei den Indianerrodeos hatte ich nie das Gefühl, einer von ihnen zu sein – du weißt schon, ein Indianer wie diese Navajos und Apaches. Aber wenn ich jetzt manchmal nachts da drinnen liege, dann habe ich so ein komisches Gefühl, daß das Feuer meine Schuld war, obwohl ich weiß, daß es das nicht war.«

»Es war bloß ein Blitz, Billy. Das war die Schuld von niemandem. Aber ich weiß, was du meinst. Meine Eltern waren zu mir nach Albuquerque unterwegs, um mich zu besuchen, als sie in diesen Unfall gerieten. Also war es irgendwie meine Schuld. Vielleicht hat Mouse recht, Billy. Vielleicht gibt es einen Fluch. Manchmal hebe ich drüben bei mir eine Handvoll Erde auf, und dann spüre ich etwas wie Feuer, das da drinnen steckt.«

»So etwas wie einen Fluch gibt es nicht, Will. Nur Dinge, die einfach passieren. Wir erinnern uns nur an die schlechten Sachen, aber eine ganze Menge ist gut, und den Teil vergessen wir. Es gibt Unglücksfälle wie einen Propangastank, in den der Blitz schlägt, oder einen Betrunkenen, der auf die falsche Fahrbahn kommt und eine ganze Familie umbringt.«

Billy ließ die letzten Überreste des Zweiges fallen und schien einen Augenblick lang nachzudenken. »Aber ich will dir was sagen. Ich habe einfach das Gefühl, daß etwas zu Ende geht. Spürst du es auch um dich herum? Weißt du, was ich tun werde?«

Er schob sich den Hut in die Stirn drehte sich herum und sah Will an. »Ich habe viel darüber nachgedacht. Ich werde das Geld nehmen und ein Haus bauen wie das, das mein Dad gebaut hat. Genau das gleiche, auf demselben Fundament hier. Ich werde alles selbst machen, angefangen von der Installation bis zum Schindeldach. Und ich werde Odessa fragen, ob sie mich heiraten will. Du hast deine Familie gehabt, und damals dachte ich, du wärst gebunden und ich wäre frei und glücklich. Jetzt denke ich daran, wie du mit diesem Hund und diesem Schwein dort drüben allein bist. Aber ich weiß, daß du wenigstens Si und Holly irgendwo dort draußen hast. Und Jace auch. Ganz gleich, wie dir zumute ist, du bist nicht wirklich allein. Verdammt noch mal, Odessa und ich könnten eine ganze Brut von Halbblutkindern aufziehen. Wir könnten hier sogar wieder Rinder züchten. Selbst wenn wir bis nach China bohren müssen, um Wasser zu bekommen. Gemeinsam schaffen wir das. So wie wir immer alles getan haben. Bloß in punkto Familie werde ich ein wenig hinter dir herhinken.«

Will drehte sich langsam zu den Bergen im Osten hinüber. Im Hintergrund hörte er, wie die Scheunenkrähen einander herausforderten und verspotteten. »Das klingt ja verdammt gut, Billy«, sagte er leise. »Vielleicht schaffen wir das. Aber sei vorsichtig. Du kennst Odessa nicht. Du weißt im Grunde gar nichts über sie, nicht, woher sie kommt und auch sonst nichts.«

»Ich weiß genug. Verdammt, Odessa ist die erste Indianerfrau, die ich je richtig gekannt habe, und sie ist klüger als wir beide zusammen. Ihr gefällt es hier, und sie mag mich. Sie ist in mich verliebt. Alles wird sich ändern, Will. Kannst du es nicht spüren? Dieser Koffer war erst der Anfang.« Er packte Will hart an der Schulter und sah ihm gerade in die Augen. »Wir können das tun, was unsere Eltern versucht haben und was noch niemand geschafft hat. Wir können diese ganzen verdammten tausend Acres in einen Garten verwandeln. Alles, was es braucht, ist Geld. Und ich werde nicht denselben Fehler machen, den mein Vater gemacht hat. Odessa und ich werden Spaß haben.«

Achtzehn

»Früher waren hier einmal Eisenbahngleise«, sagte Billy und deutete auf ein paar steile, aus dem Felsen geschlagene Kehren, die sich zum Tal des Rio Grande hinunterarbeiteten. »Die haben damals aus Arizona Vieh herübergetrieben und es von Magdalena aus mit der Bahn weiterbefördert.«

Odessa blickte auf die ausgetrocknete Landschaft hinaus. Die Nachmittagssonne jagte den Schatten des Pick-ups auf der Straße vor ihnen her. »Ich frage mich, was die mit all dem Stahl machen, wenn sie so alte Gleise rausreißen. Als ich etwa zwölf war, hatte ich eine Freundin, deren Familie an den Gleisen lebte. Ihr Vater arbeitete für die Bahngesellschaft, und sie haben in einem Eisenbahnwaggon auf einem Abstellgleis mitten im Niemandsland gewohnt. Der Waggon hatte Fenster und Türen wie in einem Haus und einen Ofen mit einem Kamin, der aus dem Dach ragte. Mir kam es immer wie ein Spielzeughaus für Erwachsene vor, noch weniger ein Haus als das, was die Indianer hatten. Wenn ein Zug vorbeigefahren ist, hat alles gezittert wie jemand mit Schüttelfrost.«

Odessa griff nach einer Strähne ihres Haars und drehte sie zwischen den Fingern. »Sie war schön und hatte langes, gerades, blondes Haar, grüne Augen und ein breites Lächeln. Sie hatte Sommersprossen auf der Nase und war fast so braun wie ich, weil sie die ganze Zeit in der Sonne war. Sie hat mit ihrem Vater immer Hasen gejagt, und ein paarmal habe ich die beiden gesehen, wie sie zu ihrem Waggon zurückgingen, sie und ihr Vater, beide mit einem Hasen in der einen Hand, das Gewehr in der anderen. Ein ganzes Jahr lang bin ich immer zu ihnen hinübergelaufen, dann waren sie eines Tages einfach weg. Die müssen einfach gekommen sein und eine Lokomotive an den Waggon angekoppelt haben. Ich erinnere mich noch gut – ich stand da und sah auf die Gleise, die bis in die Ewigkeit führten. White Sands war auf der anderen Straßenseite, und der weiße Gipsstaub flog überall herum, und die Sonne brannte wie Feuer auf der Schienenkante.«

»Und du hattest keine Ahnung, weshalb sie weggegangen sind?«

»Ich denke, sie hat gewußt, daß das eines Tages passieren würde. Vielleicht hat sie deshalb immer ein wenig auf Distanz gelebt, so wie ein Kolibri. Wenn ich meine Hand ausgestreckt habe, um sie zu berühren, dann war sie immer ein wenig zu weit weg, so daß ich immer nur ins Leere gegriffen habe.«

»Ich dachte, du wärst in Kalifornien aufgewachsen?«

»In dem Jahr habe ich bei meiner Großmutter gelebt, in der Nähe von Three Rivers. Weißt du, einmal konnte ich meine Freundin nicht finden. Ihre Mutter wußte nicht, wo sie war. Also fing ich an, in den Arroyos hinter dem Abstellgleis herumzugehen und ihren Namen zu rufen. Sie hat nie geantwortet, aber dann stieß ich plötzlich auf sie. Sie hatte sich ein Loch gegraben und ein Stück Blech als Dach darüber gelegt. Da saß sie im Dunkeln und hat mich durch einen kleinen Spalt zwischen dem Blech und dem Rand des Lochs beobachtet. Ohne etwas zu sagen. Sie sah aus wie ein schöner verängstigter Dachs, wie sie so ins Licht starrte, und einen schrecklichen Augenblick lang dachte ich, sie wäre irgendwie verwandelt worden. Aber dann hat sie gelacht und das Blech weggeschoben, damit ich auch in das Loch steigen konnte.«

»Das klingt, als ob sie einsam gewesen wäre«, sagte Billy. »Wie hieß sie denn?«

Odessa blickte immer noch auf das ausgetrocknete Land draußen, und als sie antwortete, war ihre Stimme weich und so trocken wie die Salbeibüsche, die am Straßenrand am

Zaun entlang wuchsen. Billy dachte unwillkürlich an das Geräusch, das eine Schlange macht, wenn sie über Sommergras gleitet.

»Sie war die beste Freundin, die ich je hatte.« Odessa schob sich mit beiden Händen das Haar aus dem Gesicht, drehte sich halb herum und lächelte ihn an. »Ich hätte sie ohnehin bald verlassen, weil ich ja nach Kalifornien zurück mußte, aber ich denke immer noch oft an sie. Ich würde mir gerne vorstellen, daß sie jetzt an irgendeinem schönen Ort ist, vielleicht in einem kleinen Haus dicht am Meer und Meilen von jedem Eisenbahngleis entfernt, wo niemand plötzlich mitten in der Nacht kommen und alles wegholen kann. Ihr Name war Jemmie, und sie war die einzige vollkommen gute Person, die ich je gekannt habe.«

»Ich denke, ich habe wirklich Glück«, sagte Billy. »Ich habe immer Will gehabt. Ich kann mich nicht erinnern, daß er jemals nicht da gewesen wäre. Ich glaube, es gab nichts, was wir nicht zusammen getan haben.«

»Nichts?«

Er lächelte. »Sogar unsere Unschuld haben wir zusammen verloren, in dem alten Wagen von meinem Dad. Eine Ruiz-Schwester vorn mit Will und eine hinten mit mir.« Er lachte laut. »Und wenn du mich erschlägst, ich kann mich nicht erinnern, welche hinten war.«

»Ich wette, die beiden erzählen dieselbe Geschichte.« Odessa kurbelte das Fenster einen Spalt herunter. Im Süden und Westen zuckten aus einer grauen Wolkenbank schwache Blitze. Sie schauderte und kurbelte das Fenster wieder hoch. »Vielleicht sollten wir umkehren und wieder zurückfahren.«

»Du hast dir einen schönen Abend verdient. Es wird alles gut.«

»Ich fühle mich wohl auf der Ranch. Ich brauche keinen besonderen Abend. Außerdem – bist du sicher, daß dein Großvater dich nicht braucht?«

»Siquani fehlt nichts. Billy kann Will rufen. Will ist immer da.« Er drehte sich halb herum und sah ihr gerade in die Augen. »Wenn wir wieder nach Hause kommen, werde ich dir etwas zeigen, was du nicht glauben wirst.«

»Was?« Sie zog ihre Sonnenbrille ein Stück herunter und sah ihn über die Brille hinweg ernst an.

»Ich kann es dir nicht sagen, aber es wird dein und mein Leben verändern. Du wirst es nicht glauben, Odessa.«

»Es gibt nicht viel, was ich nicht glaube«, antwortete sie.

Er nahm die Hand vom Steuer und streichelte ihr Bein. »Ich denke, du hast immer Angst, jemand könnte kommen, und dich auf irgendein glänzendes Eisenbahngleis ziehen.«

Sie sah zum Fenster hinaus und atmete langsam aus, als hätte sie sich soeben mit etwas abgefunden.

»Stell dir vor, wie es gewesen wäre«, sagte sie.

»Zu Hause bleiben?«

»Nein. Vor fünfhundert Jahren. Stell dir vor, daß wir uns kennengelernt hätten. Ein Cherokee und eine Apache. Wir wären wie Menschen von verschiedenen Planeten gewesen.« Sie warf ihm einen rätselhaften Blick zu. »Ich glaube nicht, daß meine Familie einverstanden gewesen wäre.«

»Natürlich wären sie das. Die Cherokee waren schließlich so etwas wie Könige.«

»Richtig, aber erst mußten die Weißen kommen und euch Cherokee mit Bajonetten quer über den Kontinent treiben, damit wir uns begegnen konnten.«

»Es brauchte auch Weiße, um mich zu machen, vergiß das nicht. Schau.« Er hielt seine viel hellere Hand neben ihren Arm und ließ die Hand dann über ihren Schenkel bis zu ihrem Knie wandern.

»Hast du je darüber nachgedacht, wie es gewesen wäre, wenn die Europäer nie gekommen wären? Wenn wir Ureinwohner Amerikas auf unsere Weise unsere eigenen Kulturen hätten entwickeln dürfen? Indianer gehören zu den anpassungsfähigsten Menschen auf der ganzen Welt. Wenn wir das nicht wären, wären wir alle schon lange ausgestorben. Was wären wir also heute, wenn man uns in Ruhe gelassen hätte?«

»Oh, wir würden mit perlenbestickten Krawatten und in Hirschlederzweireihern hinter Schreibtischen sitzen. Aus den Stämmen wären inzwischen vielleicht multinationale Firmen geworden.« Er beobachtete einen Kojoten, der langsam den trockenen Arroyo unterhalb der Straße entlangging. Das schäbige Sommerfell zerzauste ein Wind, der aus dem fernen Tal den Arroyo heraufgeschlichen kam. Der Kojote bewegte sich wie Sand, der von den unsichtbaren Strömungen der Erde hochgehoben und davongetragen wird.

»Vielleicht hätten wir uns zu den ökologischen Rettern der Welt entwickelt«, sagte Billy mit einem leichten Anflug von Zynismus in der Stimme. »Vielleicht wären wir ein Vergnügungspark, eine Art Disneyland von Ozean zu Ozean, und würden Franzosen und Deutschen fünftausend Dollar für ein Wochenende mit dem Thema ›Suche nach Visionen‹ und dreißigtausend für ein Schamanendiplom abknöpfen.«

Sie schüttelte den Kopf und schob sich die Sonnenbrille zurecht. »Du nimmst wohl nichts ernst, was, Billy?«

»Dich nehme ich ernst.« Er strich mit den Fingern über ihren nackten Oberarm bis an den Saum ihrer ärmellosen weißen Bluse.

Sie schniefte. »Ich glaube, ich bin gegen Wacholderpollen allergisch. Hast du Papiertücher?«

Ehe er antworten konnte, klappte sie den Handschuhkasten auf. Nachdem sie ihn angesehen hatte, zog sie die Vierundvierziger heraus. Sie legte die Waffe auf ihren Schoß und strich mit dem Finger über den Lauf.

»Ist sie geladen?«

Billy nickte. »Es ist völlig legal, in New Mexico eine geladene Waffe im Handschuhfach zu haben.«

»Denkst du, ich wollte fragen, ob es erlaubt ist?« Odessa schwenkte die Trommel nach außen und ließ eine der schweren Patronen in die offene Handfläche fallen. »Uran verwandelt sich in Blei, wenn man ihm lang genug Zeit zum Zerfall gibt. Also sind diese Kugeln in Wirklichkeit so etwas wie winzige Atombomben. In einem Menschen blüht das Blei auf wie eine Pilzwolke.«

»Wieso weißt du so viel über Waffen?« Billy wandte den Blick kurz von der Straße ab und sah Odessa an.

Sie spannte den Hahn des Revolvers. »Es gibt mehr als tausend Uranbergwerke, die auf Indianerland zurückgeblieben sind, und jedes einzelne davon ist ein Todesloch. Manchmal füllen sie sich mit Wasser, und die Tiere trinken dann den langsamen Tod. Manchmal gelangt auch Wasser aus solchen Löchern in das Trinkwasser von Indianerfamilien. Eine ganze Menge Indianerfamilien leben in Häusern, die aus Uranerz bestehen. Es ist so, als ob wir Indianer unser eigenes Hiroshima zu Hause hätten, bloß daß es länger dauert.«

»Vielleicht solltest du das Ding da weglegen.« Er sah auf den Revolver und dann wieder auf die Straße, wo von den plattgefahrenen Überresten eines kleinen, braunen Tieres ein Rabe aufflatterte.

»All die Navajo und Puebloleute haben stets den Tod im Nacken. Und die meisten von ihnen wissen es nicht einmal.« Sie sah ihn einen Augenblick lang von der Seite an. »Weißt du, wie man die Elemente nennt, die beim Zerfall von Radon freigesetzt werden? Man nennt sie Radontöchter. Vielleicht wird beim Zerfall von Kulturen dieselbe Art von Gift freigesetzt. Vielleicht bin ich eine Radontochter, Billy. Vielleicht hat es fünfhundert Jahre gedauert, mich zu erschaffen.«

Billy griff mit der rechten Hand nach der Waffe, schob sachte den Lauf beiseite und nahm sie ihr dann weg. Er sicherte sie und hielt dabei das Steuerrad mit dem Unterarm. Mit einer Hand klappte er die Trommel heraus und drehte ihn vorsichtig. »Ich habe den Hahn gern auf einer leeren Kammer«, sagte er und schwenkte die Trommel wieder zurück. »Und jetzt leg sie weg.«

Odessa schob den Revolver ins Handschuhfach zurück. »Ich mag es, wenn du so bestimmend bist.« Sie legte ihre Hand einen Augenblick auf seinen Schenkel und ließ sie dann zwischen seine Beine gleiten.

Vor ihnen senkte sich das Land ins Rio Grande Tal hinunter, und in der Ferne hoben sich braune, rosa und grüne Farbtöne vor der unregelmäßigen schattigen Silhouette schwarzer Berge ab. »Du bist keine Radontochter«, sagte Billy. »Du bist eine gottverdammte Atombombenexplosion.«

Der Pick-up schwebte fast lautlos die letzte lange Asphaltgerade auf die Stadt Socorro zu. Sie bestand aus einer Ansammlung hell gestrichener Gebäude, deren Blechdächer vor dem stumpfen Grün des Rio Grande im Hintergrund schimmerten. Bräunliche Hügel senkten sich mit der Straße von Magdalena auf die Stadt zu, und zwischen den Bäumen, die die Interstate am Ostrand der Stadt säumten, blitzten die Windschutzscheiben von Autos und Lastwagen. Als sie auf der gewundenen Straße in die Stadt fuhren, deutete Billy auf ein klobiges, sandfarbenes Gebäude.

Auf dem ausgebleichten zweistöckigen Ziegelbau war eine Eule vor einem blassen, gelben Mond abgebildet, die runden, fast unsichtbaren Augen des Vogels fixierten die Straße, und seine geschwungenen Flügel schienen bereit, alles in sich hineinzuziehen. Die Farben waren im Verlauf der vielen Jahre fast verschwunden und hatten eine graue Geistereule vor dem vom Wind glatt gescheuerten Mond hinterlassen.

Odessa starrte das Gemälde an, als sie vorbeifuhren. »Das wirkt ja unheimlich.« Sie fröstelte und rieb sich mit überkreuzten Händen die Schultern.

»Ich weiß, was du meinst. Siquani fährt hier nicht vorbei. Er zwingt mich immer hinten herumzufahren.« Billy schwenkte den Truck über eine Kurve wieder auf die Hauptstraße der Stadt. Als er die Hälfte der zehn Blocks hinter sich gebracht hatte, hielt er unter einer Leuchtreklame an. Sie stellte ein Cocktailglas dar, das so schräg hing, daß man bei jedem Aufblinken Angst haben mußte, es würde auslaufen. Die Aufschrift RUDY'S über dem bunten Glas wirkte, als ob jemand sie mit rotem Lippenstift hingeschmiert hätte.

»Und du willst ganz sicher hier rein?« Odessas Hand lag immer noch auf seinem Bein.

»Habe ich mich bis jetzt jemals getäuscht?« antwortete er.

Neunzehn

Siquani stand vor der Dämmerung auf, sah sich in dem Trailer um, ohne den Schatten von Arturo Cruz zu entdecken, und ging durch die Aluminiumtür auf die Scheune zu. In der Dunkelheit fand er eine Schaufel und lief die Straße hinauf, die von den beiden Trailers aufwärts führte. Mit mühevollen Tritten schaffte er es, in ein paar Minuten mitten in der Straße ein Loch freizuscharren, das etwa einen Fuß breit und ebenso tief war. Er ließ die Schaufel auf die Straße fallen und drehte sich um und sah sich überrascht der dunklen Gestalt von Arturo Cruz gegenüber.

»Sie haben mich nicht geweckt«, sagte Arturo.

»Ich wußte nicht, daß Sie schlafen. Ich wußte nicht, daß Geister schlafen.«

»Ich habe geträumt«, antwortete Arturo. »Daß ich wieder wie der Adler fliege, aber ich konnte nichts sehen, weil die Welt völlig dunkel war. Ich konnte nur Laute hören, die von unten kamen, als würden kleine Tiere um Hilfe rufen. Und dann bin ich aufgewacht und habe gespürt, daß Sie weggegangen waren.«

Der alte Mann schüttelte den Kopf, ging an Arturo vorbei und meinte über die Schulter gewandt: »Ich dachte, Sie würden üben, ein Geist zu sein.«

Ein paar Minuten später kam Siquani mit einem Arm voll zersplitterter Holzstücke zurück, die er zu dem Loch trug. Von Arturo beobachtet, errichtete der alte Mann daraus eine kleine Pyramide, die er dann mit einem Streichholz entzündete. Augenblicke später brannte sein Feuer. Er schob die größeren Holzspäne gegen die kleineren, bis die Splitter und Aststücke am Boden des Lochs in kürzester Zeit zu glühender Kohle geworden waren. Während die Glut noch schwelte, schaufelte er die Erde wieder über das Loch und kehrte mit Arturo zu seinem Trailer zurück.

Hinter ihm sagte Arturo: »Das war Holz von jener Fichte an der Quelle, in die der Blitz eingeschlagen hat, nicht wahr?«

Siquani lehnte die Schaufel an das kleine Podest. Er ging in den Trailer hinein und kam gleich darauf wieder mit einer kleinen Tonpfeife heraus. Er zündete sie an, ehe er ein paar Schritte nach Osten ging, wo er der noch nicht aufgegangenen Sonne Rauch entgegenblies.

Er warf Arturo einen irritierten Blick zu und wandte sich dann nach rechts, ging zum Süden des Trailers, und gab erneut eine kleine Rauchwolke aus der Pfeife von sich. Arturo stand an seiner Schulter und beobachtete ihn aufmerksam.

»Sie wecken in mir das Interesse an der Medizin meines eigenen Volkes«, sagte Arturo an Siquanis Ellbogen. »Ich hatte immer gedacht, Anthropologen seien so etwas wie Leichenfledderer, aber allmählich erkenne ich, wie interessant das sein kann. Das ist eine Falle für die Dunklen, nicht wahr, Großvater, so wie das Netz einer Spinne?«

Der alte Mann drehte sich um und sah Arturo an. »Ich habe noch nie gehört, daß jemand mit einem Toten gearbeitet hat, der ihm ständig auf die Nerven gegangen ist«, sagte er.

Arturo stützte sein Kinn auf die Hand. »Darüber habe ich nachgedacht. Zuerst hat es mir auch Sorge gemacht, aber ich bin zu dem Schluß gekommen, daß ich Ihnen helfen kann.«

»Wie?«

»Moralische Unterstützung.«

Immer noch hartnäckig von dem durchsichtigen Schatten Arturos gefolgt, schritt Siquani nach Westen hinter die beiden silberfarbenen Trailer, blies eine Rauchwolke in jene

Richtung und ging dann weiter zur Nordseite von Billys Trailer, wo er seine Aktion wiederholte. Als er wieder vor seinem Trailer stand, ging allmählich die Sonne auf, so daß die Gegenstände um ihn aus der Dunkelheit hervortraten. Ohne auf Arturo zu achten, ging er hinein und kam kurz darauf ohne die Pfeife wieder heraus, um sich zur Scheune zu begeben.

In der düsteren Scheune ragte der Landcruiser wie eine Felsformation auf. Siquani ging vorsichtig auf das Fahrzeug zu und berührte es am hinteren Kotflügel, so, wie er vielleicht ein gefährliches Pferd an der Flanke berührt hätte.

»Das ist ein Oldtimer, ein Sammlerstück«, sagte Arturo hinter ihm.

Siquani drehte sich um und sah die Silhouette eines Mannes, wobei das von den Ritzen der Scheunenbretter aufgeteilte Licht durch die Gestalt zu sehen war. Von dem Dach über sich hörte er das Geräusch von Krähenfüßen auf Blech und das streitsüchtige Krächzen der Vögel.

»Sehen Sie nach, ob der Schlüssel steckt«, sagte Arturo.

Der alte Mann zerrte unbeholfen am Türgriff, bis die Tür sich schließlich öffnete. Er steckte den Kopf hinein und zog ihn schnell wieder heraus, schloß die Tür. »Der Schlüssel ist da«, sagte er.

»Gut. Nehmen Sie ihn, dann sage ich Ihnen, was Sie tun müssen.«

Siquani blickte die Geistergestalt einen Augenblick lang an, ehe er die Tür wieder öffnete und mit einiger Mühe auf den Fahrersitz kletterte. Er zog die Tür zu und spähte um das große Steuerrad herum auf den Schlüssel im Zündschloß.

»Okay«, sagte Arturo vom Beifahrersitz. »Sehen Sie das Pedal bei Ihrem linken Fuß? Das nennt sich die Kupplung. Sie müssen es mit dem Fuß niederdrücken.«

Siquani berührte das Pedal mit der Spitze seines Tennisschuhs und drückte vorsichtig.

»Drücken Sie es ganz hinunter und halten Sie es fest«, sagte Arturo.

Der alte Mann rutschte auf dem Sitz nach vorn und schob sein Bein weiter unter das Steuer, um die Kupplung durchzutreten.

»Dieser Hebel ist zum Schalten.« Arturo hielt seine Hand über dem Kupplungshebel, der mitten aus dem Boden ragte. »Lassen Sie dieses Pedal durchgetreten und ziehen Sie den Hebel an diese Stelle in der Mitte dort. Spüren Sie, wie locker er jetzt ist? Das nennt sich Leerlauf. Wenn der Schalthebel dort ist, bewegt sich der Wagen nicht. Und jetzt schauen Sie hierher ins Handschuhfach.«

»Billy trägt beim Fahren keine Handschuhe.«

»Die Leute nennen es bloß so. Ich weiß auch nicht warum. Aber sehen Sie dieses Diagramm hier außen? Das zeigt an, wo die Gänge sind. Sie müssen den Schalthebel an diesen Punkt bringen, wo ›1‹ steht, um den Wagen in Bewegung zu setzen, und dann, wenn der Wagen fährt, wechseln Sie auf diese anderen Stellen. Ich kann Ihnen sagen, wann Sie schalten müssen. Und jedesmal, wenn Sie schalten, müssen Sie das Kupplungspedal bis zum Boden durchtreten und es dort festhalten, bis der Hebel in der neuen Position ist. Dann gehen Sie langsam wieder vom Pedal.«

Siquani drehte sich in dem Sitz zur Seite und starrte Arturo Cruz eine Weile mit ausdrucksloser Miene an.

»Ist schon in Ordnung, Grampa«, sagte Arturo. »Sie werden einen sehr guten Fahrer abgeben. Ich werde Ihnen zeigen, wie man diesen kleinen Hebel umlegt, wenn wir Vierradantrieb brauchen. Und jetzt sollten Sie vielleicht üben, den Schalthebel in verschiedene Positionen zu bringen.«

Siquani hielt die Kupplung mit seinem ausgestreckten linken Bein fest, während er sich nach rechts beugte und mit dem Schalthebel manipulierte. Als er einige Male bis zum vierten Gang geschaltet hatte, sagte Arturo: »*Muy bien, abuelo,* sehen Sie jetzt diesen kleinen Knopf dort?«

Der alte Mann sah mit zusammengekniffenen Augen auf das Armaturenbrett und nickte. »Das nennt sich Choke. Sie müssen den Hebel herausziehen, wenn Sie den Motor anlassen und ihn wieder hineinschieben, sobald der Motor ruhig läuft.«

Siquani zog den Choke heraus und wartete.

»Okay. Und jetzt lassen Sie den Schalthebel in mittlerer Position und drehen den Schlüssel um.«

Der alte Mann drehte den Schlüssel im Schloß, und der Motor kreischte.

»Schieben Sie den Choke halb hinein«, rief Arturo über den Lärm hinweg.

Siquani griff nach dem Knopf, das Fahrzeug setzte sich mit einem Ruck in Bewegung und stieß gegen die aufgestapelten Heuballen. Der Motor stotterte und ging aus.

»Das war ausgezeichnet«, lobte Arturo. »Aber Sie müssen aufpassen, daß Sie nicht an den Schalthebel stoßen. So, und jetzt müssen Sie das Kupplungspedal bis zum Boden durchtreten und den Ganghebel in die Mitte bewegen, ehe Sie den Motor wieder anlassen.«

Siquani spähte auf die grauschwarzen Ballen aus verfaulendem Heu, die vor dem Landcruiser heruntergepurzelt waren, und sah zu Arturo hinüber. Staubkörner schwebten in den Lichtpartien, die immer noch durch Arturos Umriß zu sehen waren, und ein helleres Licht schien hinter den Brettern der Scheune auf der anderen Seite des Fahrzeugs herein. »Sie sind nicht mehr so substantiell, wie Sie das einmal waren, Mr. Cruz.«

Arturo zuckte die Achseln. »Vielleicht ist es Zeit für den nächsten Teil meiner Reise. Vielleicht sollten wir uns besser beeilen. Okay, wir sind im Leerlauf. Also drehen Sie den Schlüssel wieder um.«

Als diesmal der Motor ansprang und kreischte, blieb der Landcruiser stehen und zitterte heftig. »Ausgezeichnet«, schrie Arturo. »Und jetzt den Knopf etwa halb hineinschieben.«

Siquani schob den Choke hinein, und der Motor beruhigte sich zu einem gedämpften Brummen.

»Sie haben ein natürliches Talent, mit Maschinen umzugehen«, sagte Arturo und lächelte. »Jetzt den Knopf ein wenig weiter hineinschieben.«

Siquani schob den Choke fast ganz hinein, und das Motorengeräusch ging in ein gleichmäßiges Brausen über.

»Fantastisch. Jetzt sind wir bereit. Sie müssen jetzt das Kupplungspedal bis zum Boden durchtreten und es dort lassen. Gut. Und jetzt ziehen Sie den Schalthebel in die ›R‹-Position dort drüben. Okay. Jetzt müssen Sie den Fuß ganz langsam von dem Pedal heben, damit der Wagen sich in Bewegung setzt.«

Siquani sah zuerst Arturo an und spähte dann durch das Steuerrad auf seinen Fuß hinunter. Langsam hob er den Fuß vom Pedal. Die Zahnräder griffen ein, und der Landcruiser schoß mit einem schrecklichen, mahlenden Geräusch rückwärts. Siquani packte das Steuerrad und beugte sich vor, um zur Windschutzscheibe hinauszustarren.

»Nein«, schrie Arturo. »Nach hinten sehen.«

Als Siquani sich umsah, ragte die riesige geschlossene Tür der Scheune in einer grauen, von Lichtbalken zerteilten Wand vor ihm auf; dann krachte der Landcruiser gegen die Tür und schoß in einer Explosion brüchiger, grauer Bretter nach draußen.

Draußen angelangt, beschrieb der Wagen einen Halbkreis und krachte gegen den massiven silbernen Stamm einer Zeder.

Als der Motor ausging und Stille herrschte, starrte Siquani lange Zeit die Front der Scheune an, wo ein gähnendes Loch jetzt ihr düsteres Innenleben zeigte.

»Fein«, sagte Arturo. »Jetzt müssen Sie den Motor wieder anlassen, aber diesmal mit dem Hebel genau in der Mitte.«

Zwanzig

Zäh wälzte sich der Verkehr vom Tramway zum Big-I. hin. Jace fluchte laut vor sich hin. Neben ihr röhrte ein tiefergelegter Chevy auf viel zu kleinen Reifen, dessen Fahrer hinter seiner Sonnenbrille starr nach vorn blickte. Vor ihm war in einem höhergelegten Pick-up im hinteren Fenster ein Gewehrhalter mit einer Schrotflinte und einem Lasso zu sehen, das von einem Haken des Gestells baumelte. Alle sind irgendwie verkleidet, dachte Jace und blickte dann an sich herunter auf die Cowboystiefel, die Jeans und das Chambray-Hemd.

Als sie die Ausfahrt zur 25 hinter sich gebracht hatte, überholte sie einen Tankwagen und trat aufs Gas. Der Jeep machte einen Satz, wobei er ein befriedigendes Grollen von sich gab, und sie brauste mit siebzig Meilen die Stunde durch die fünfundfünfziger Zone, die die Innenstadt von Albuquerque teilte. Nach wenigen Minuten zog sich die Interstate nach Westen über den Rio Grande und dann wieder nach Süden, vorbei am Isleta Pueblo und die Verlassenheit des Rio Grande Valley, wo es außer Felsen und Erde nichts zu sehen gab.

Im Klassiksender von Santa Fe schmetterte ein italienischer Tenor, also schaltete sie auf Suchlauf und stoppte ihn, als sie Dwight Yokum und Buck Owens die Straßen von Bakersfield besingen hörte.

Irgend etwas war mit Will im Gange. Ihre Telefongespräche endeten jedesmal in Wutausbrüchen, so sehr Jace sich auch darum bemühte, das zu vermeiden. Aber die letzten paar Gespräche waren ungewöhnlich gewesen. Als Jace an diesem Morgen noch in der Dunkelheit aufgewacht war, hatte sie ein Gefühl des Unbehagens erfaßt, zu dem die Erschöpfung einer schlaflosen Nacht kam, so daß sie über den Mann erstaunt war, der neben ihr lag. Minutenlang konnte sie sich nicht daran erinnern, wem das blonde, zerzauste Haar und die muskulösen Schultern gehörten, und dann stellte sich die Erinnerung des vorangegangenen Abends wieder ein. Es hatte mit ein paar Überstunden angefangen, die sie zusammen im Büro verbracht hatten, denen war logischerweise ein Abendessen und ein paar Drinks gefolgt. Er war der jüngste Partner in der Firma, ein Mann, der einige Jahre jünger als sie war, und das Ganze hatte in ihrem Bett geendet. Vor Anbruch der Morgendämmerung erinnerte Jace sich an die Stunden der Dunkelheit, in denen sein Mund und seine Zunge jeden Zoll ihres Körpers berührten und küßten, von ihren Fußsohlen hinauf bis zu ihren Brüsten, ihren Brustwarzen und ihren Lippen. Sie hatte das Gefühl gehabt, förmlich verschlungen zu werden und sich ihm mit einer genießerischen Ungezwungenheit hingegeben, die sie jetzt im nachhinein schockierte. Und dann war er in sie eingedrungen, zuerst unglaublich sachte und langsam, und am Ende hatten sie sich in einer Art von Verzweiflung aneinandergeklammert, die sie noch nie erlebt hatte.

Wie Jace so vor Anbruch des Tages dagelegen und sich in vagem Staunen an alles erinnert hatte, hatte er sich geregt und nach ihr gegriffen, eine Hand war ihren Arm hinaufgeglitten und zu ihrer Brust gewandert. Und als er sich näher zu ihr heranbewegte, hatte sie erstaunt festgestellt, daß sie erregt war. Das fremdartige, zeitlose Ineinander, in dem der Morgen und die Erinnerung sich miteinander verwoben, hatte eine Art Erregung in ihr aufkommen lassen, die ihr völlig fremd war. Sie hatte gespürt, wie ihr Begehren sie feucht werden ließ. Wie aus großer Distanz hatte sie wahrgenommen, daß ihr Körper sich ihm zuwandte, wie ihre Hüften sich weiteten, um ihn zuerst zu sanften und dann immer kräftiger werdenden Stößen zu ermuntern. Dann war er ganz in sie eingedrungen, und sie hatte wie von einem Balkon aus zugesehen, wie sie sich erneut geliebt hatten.

Er hatte sie auf die Wange geküßt und sich zur Seite gedreht, und sein Atem war wieder tief und regelmäßig geworden. Als sie wußte, daß er wieder eingeschlafen war, war sie aus dem Bett gestiegen und hatte schnell geduscht. Sie hatte ihre Kleider ins Wohnzimmer getragen, sich angezogen und einen Zettel geschrieben, den sie neben die Kaffeemaschine in der Küche gelegt hatte.

»Und jetzt, wo du deinen Chef gebumst hast, rennst du zu deinem Mann«, sagte Jace laut, während Dwight von Leuten sang, die noch nie über die Straßen von Bakersfield gegangen waren. Aber sie wußte, daß es das nicht war. Sie ging nicht zu Will wegen des Mannes, den sie in ihrem Bett zurückgelassen hatte. Das Bild von Will Striker stieg vor ihrem inneren Auge auf. Sie versuchte ihn sich vorzustellen, wie er mit einer anderen Frau im Bett lag; sie sehnte sich geradezu nach einem solchen Bild, aber es wollte sich nicht einstellen. Für Will schien das einfach nicht möglich. Er stand mit der Sonne auf und lebte jeden Tag nach einem bestimmten Rhythmus. Sie hatte von Anfang an gespürt, daß der Mann, den sie geheiratet hatte, bloß die Fassade für etwas anderes war, daß es hinter diesem sanften, ernsthaften Mann Landschaften gab, die sie sich nicht vorstellen konnte, Canyons und Bergkämme, für die es keine Landkarten gab. In ihrer Vorstellung war diese Region immer auf eine unbestimmte und vielleicht romantische Art indianisch gewesen, ein Ort, der eine Karte erforderte, die sie nie haben würde. Jace hatte beobachtet, wie ihre Kinder sich auf dem Schoß ihres Vaters zusammenkuschelten und sich an seine breite Brust schmiegten. Wie konnte jemand nach einem halben gemeinsamen Leben ein Fremder bleiben? Sie dachte an die Fotografie seiner Eltern auf dem Kamin, den dunkelgesichtigen Mann in dem bis zum Hals zugeknöpften Hemd und dem breitkrempigen Hut neben der weißen Frau, deren Gesicht nichts als Liebe verriet.

Sex hatte in ihrem Leben schon mehrere Jahre, bevor sie Will verlassen hatte, aufgehört eine Rolle zu spielen. Er hatte einfach das Interesse verloren. Küsse und Liebkosungen hatten zu nichts geführt. »Ich weiß nicht, Jace«, hatte er gesagt, als sie beide auf seinen schlaffen Penis hinuntergeblickt hatten. »Da ist wohl etwas kaputt, denke ich.« Sie hatte ihm vergeblich vorgeschlagen, zu einer Eheberatung zu gehen. Will hatte scheinbar das Versagen seiner Geschlechtsorgane mit nur beiläufigem Interesse und noch weniger Neugierde zur Kenntnis genommen, so, als ob das zu erwarten gewesen wäre. Und als die Ranch unter den heißen Winden immer mehr austrocknete und die kärglichen Rinder immer magerer wurden, war Will noch distanzierter geworden. Als ihre beiden Kinder nacheinander weggegangen waren, hatte Jace zugesehen und gespürt, wie ihr Mann aus ihrem gemeinsamen Leben davontrieb. Er kam nach Hause, wenn er mit den Rindern anderer Männer gearbeitet oder für andere Männer Zäune gebaut hatte. Ihr Bett war ein Ort des Schlafes geworden, zwei Körper, die bei jeder Berührung zurückzuckten. Schließlich hatte Jace sich an dem Ort gefunden, wo sie angefangen hatte: allein mit einem Fremden. Als sie ihm von ihren Plänen erzählt hatte, näher zu der Universität in Albuquerque zu ziehen, hatte Will genickt, nichts gesagt, und in jener Nacht hatte er angefangen, in dem kleinen Hinterzimmer zu schlafen, das einmal ihrem Sohn gehört hatte. An dem Tag, an dem sie ausgezogen war, hatte er die Stute für einen Ritt in den Canyon gesattelt, und sie war abgefahren, ehe er zurückgekehrt war.

Ein Teil ihrer eigenen Familie war in Bakersfield gewesen und wieder zurückgekommen. »Da draußen gibt es bloß zwei Arten von Menschen«, hatte ihre Großmutter zu Jace gesagt, als sie klein war. »Arme Leute und reiche Leute, die einander wie die Pest hassen. Das Ärgerliche ist, daß die armen Leute reich werden wollen, aber die reichen Leute nicht arm.« In Jace' Erinnerung war Kalifornien gleichbedeutend mit einem verblaßten grauen, von einem weißen Rand umgebenen Foto; es zeigte ein altes Auto mit Segeltuchsäcken voll Wasser, die an jedem Vorsprung hingen, sei es nun Spiegel, Kotflügel oder Kühlerfigur. Ihr Großvater saß hinter dem Steuer und starrte düster unter einem schmalkrempigen Hut nach vorn, während der Kopf ihres Vaters auf dem Rücksitz nur undeutlich zu sehen war. Hinter dem Wagen sah die graue Wüste wie ein seichtes Meer aus, dessen Ufer die zweispurige Straße war. Eine plötzliche Überschwemmung irgendwo in Arizona oder in der Wüste von Kalifornien hatte sie einen Tag lang aufgehalten, und ihre Großmutter hatte den Schnappschuß gemacht. Jetzt war das Foto ein Teil von Jace' Erinnerungen geworden, ein Beweis, daß sie selbst in dem alten Wagen eine Wüste durchquert hatte.

Als sie eine der zwei oder drei kleinen Ortschaften am Fluß zwischen Albuquerque und Socorro passierte, klappte sie die Sonnenblende herunter und sah in den Spiegel dort. Ihr rotblondes Haar war kurz und gepflegt. Ihre Augen blickten überraschend klar, und ihre grauen Pupillen hellten sich mit dem zunehmenden Tageslicht auf. Sie wußte, daß sie jünger als vierundvierzig Jahre aussah. Ihre Jeans lagen eng an ihrem einigermaßen schlanken und gutgebauten Körper. Aerobics, Schwimmen und überlegter Einsatz von minimalem Make-up hatten die Uhr zurückgedreht, seit sie die Ranch verlassen hatte und nach Albuquerque gezogen war. Männer machten oft Annäherungsversuche bei ihr; aber gewöhnlich auf subtile Art. Sie wußte, daß sie Männer einschüchterte.

Was Jace auf diese Fahrt nach Süden trieb, waren nicht Frank und die letzte Nacht. Aus einem Grund, den sie nicht näher analysieren wollte, verspürte sie keinerlei Schuldgefühle, nichts, außer einer Art von angenehmem Prickeln, das ihren ganzen Körper erfüllte, ein Gefühl, das sie schon seit vielen Jahren nicht mehr erlebt hatte. Sie wußte, sie würde es mit Frank nicht noch einmal so weit kommen lassen. Vielleicht würde sie die Anwaltsfirma verlassen; dieses Bedürfnis hatte sie schon eine ganze Weile. Aber das alles hatte nichts mit Will Striker zu tun. Kann ich einen Mann lieben und mit einem anderen schlafen? fragte sie sich.

Sie malte sich Wills Gesicht aus, versuchte, ihn so zu sehen, wie er um sechs Uhr morgens sein würde. Sie sah ihn an dem hölzernen Tisch, bereits mit Flanellhemd, Jeans und Stiefeln bekleidet, unrasiert, das allmählich ergrauende Haar lockig und zerzaust. Früh aufgestanden, aber wofür? Ein schmaler Streifen Sonne würde durch das zu kleine Küchenfenster hereinleuchten und die mit Lackfarbe überstrichenen Vertiefungen und Kratzer in der Theke beleuchten. Wieviele Morgen in fünfundzwanzig Jahren Ehe hatten sie einander so gegenüber gesessen? Ein angenehmes, warmes Gefühl breitete sich in ihrem Bauch aus und stieg in die Höhe, stieg durch ihre Brust und endete in einem süßen, salzigen Geschmack in ihrem Mund. Einen Augenblick lang fragte sie sich, ob das Gefühl von der Erinnerung an ihr Leben mit Will Striker kam, oder ob es bloß ein Überrest aus der Nacht und dem Morgen war. Und dann sah sie ihn, wie er bei der Beerdigung gewesen war. Sie hatte neben ihm gestanden, seine schwielige Hand gehalten und sich gewünscht, sie hätte das Paar gekannt, das da begraben wurde. In sich hatte sie schon damals ihr erstes Kind gespürt. Sie hatte gewußt, jenes Leben würde das, was immer sie hier begruben, weitertragen, das Indianische und das Weiße.

Als Jace die Serpentinen über Socorro hinauffuhr, begann sie, nervös zu werden. In Magdalena hielt sie Ausschau nach vertrauten Gestalten, die in das einzige Café gingen, erkannte aber keinen. Und als sie von der Asphaltstraße in die Zufahrt zur Ranch bog, spürte sie, wie so etwas wie Panik in ihr aufwallte. Etwas stimmte hier nicht. Der Himmel schien ihr näher bei der Erde, als sie sich erinnern konnte, die Wolkenfetzen feucht, voll Versprechen oder Drohung. Bin das nur ich, fragte sie sich, habe ich mich so weit entfernt, daß mein eigenes Leben mich bedroht? Oder war es der Verlust der Kinder, die Tatsache, daß ihre Tochter und ihr Sohn weggegangen waren, um ihr eigenes Leben zu leben und hinter sich eine unbewohnbare, trockene Wüste zurückzulassen?

Will sah den Jeep, als er vom Hühnerauslauf zurückkam. Er hielt in beiden Händen Steine, mit denen er vorgehabt hatte, nach den Bussarden zu werfen, aber die Vögel waren an diesem Morgen nicht aufgetaucht.

Mit herunterhängenden Händen stand er da und sah zu, wie das glänzende, dunkelgrüne Fahrzeug näherrollte. Erst als sie aus dem Jeep stieg, erkannte er seine Frau.

Jace blieb ein paar Schritte von ihm entfernt stehen und sah ihn mit zur Seite gelegtem Kopf an.

»Du hast dir einen Cherokee gekauft«, sagte er und ließ die Steine fallen.

Sie lächelte. »Ich habe mir schon gedacht, daß dich das stören würde.«

Er zuckte die Achseln. »Warum bauen die eigentlich keine Jeeps, die Japaner oder Deutscher heißen? Aber was soll's! Du siehst gut aus, Jace.«

»Du siehst schrecklich aus. Ich wette, du bist unter dem Hut nicht einmal gekämmt.«

»Ich habe Kaffee auf dem Herd stehen. Zwar nicht die Art, die du magst, aber immerhin heiß.«

»Ist mir recht«, sagte sie und ging vor ihm auf das Haus zu.

In der Küche füllte er zwei Tassen mit schwarzem Kaffee. »Milch habe ich leider keine. Ich nehme keine mehr.«

»Das riecht gut. Tust du immer noch Eierschalen in den Topf?«

Er nickte, nahm den Hut ab und hängte ihn über einen leeren Stuhlrücken.

»Dein Haar sieht aus wie ein Rattennest. Und außerdem müßte es geschnitten werden.« Ihr Blick wanderte an ihm vorbei in die hinteren Bereiche der Küche, über die Arbeitsplatte und die Regale.

»Ich denke, ich werde es mir lang wachsen lassen«, erwiderte er und strich es sich mit beiden Händen zurück. »So wie Billy.«

»Ist das dein Ernst?«

»Ich denke schon. Das ist ein angenehmes Gefühl.«

Dann saßen sie eine Weile schweigend da, und Jace fuhr fort, sich in der vertrauten Küche umzusehen. Die Lebensgewohnheiten all der Jahre schienen sich fest eingegraben zu haben, unsichtbare Wege führten vom Schlafzimmer zum Herd, zum Spülbecken, zum Schrank.

»Das tue ich auch noch«, sagte er.

»Was tust du?«

»Ich sehe mich nach Si und Holly um. Mir fehlen die umgekippten Cornflakesschachteln und die Milchgläser, die sie nie ausgespült haben. Man sollte ja eigentlich meinen, daß man sich nach einer Weile umgewöhnt, findest du nicht?«

»Sie sind ja nicht sehr weit weg«, antwortete sie. »Wir könnten sie anrufen. Unter Umständen könnten sie uns besuchen kommen.«

Er nickte. »Vielleicht später.«

»Wie ist es dir ergangen, Will?«

Er zuckte die Achseln und blickte langsam von seiner Tasse zu ihr auf. »Gut bis mittelmäßig, würde ich sagen.«

Während er das sagte, war plötzlich aus dem hinteren Teil des Hauses ein Krachen zu hören, und gleich darauf ein erschrecktes Aufheulen. Jace zuckte zusammen, verschüttete den Kaffee auf den Tisch. »Maggie muß dich gerochen haben«, sagte Will, »und wahrscheinlich war die Tür nicht ganz offen. Dieser Hund ist mit den Jahren nicht klüger geworden.«

Jace nahm das Handtuch, das am Kühlschrankgriff hing, und wischte den verschütteten Kaffee auf. »Ganz offen?« sagte sie, während sie das Tuch auf die Arbeitsplatte zurückwarf und sich wieder setzte.

»Ich lasse sie immer für Maggie und Molly ein Stück offenstehen.«

»Molly kommt ins Haus?«

Billy verzog das Gesicht. »Die beiden haben mich rumgekriegt. Außerdem ist sie wirklich ein verdammt sauberes Schwein.«

Laut winselnd kam Maggie in die Küche gerannt, wobei der Gipsverband an der Vorderpfote ihren Versuch, sich flach auf den Boden zu pressen, wie einen komplizierten Tanz aussehen ließ. Ehe Jace aufstehen konnte, war der Hund auf ihren Schoß gesprungen.

Jace' Stuhl kippte um. Maggie, die mit ihrem schmutzigen Gips über Jace hinweggeschossen war, lugte neben dem Stuhl hervor. Mit einem durchdringenden Quieken befreite sich das Schwein unter dem zusammenbrechenden Stuhl und schaffte es dabei, Frau und Hund seitlich auf den Dielenboden zu kippen und selbst in den Flur zu rennen. Maggie stieß sofort ein klagendes Bellen aus und versuchte mit der verbundenen Pfote Halt zu finden.

Will rannte schnell um den Tisch herum, hob den Hund mit beiden Beinen hoch, zog ihn neben dem Spülbecken in stehende Position in die Höhe und drehte sich dann mit ihm zu Jace herum.

Jace lag auf dem Boden neben dem umgekippten Stuhl auf der Seite und blickte mit verblüffter Miene auf. Dann fing sie an zu lachen.

Will trat um den Hund herum und streckte seiner Frau die Hand hin. Als sie die Beine anzog und aufstand, legte er die andere Hand auf ihre Schulter.

»Alles in Ordnung, Jace?«

»So hast du also gelebt, Will Striker? Was ist denn mit Maggie passiert?« Sie kauerte sich nieder, legte dem Hund beide Arme um die breiten Schultern und drückte das Gesicht in den dicken Pelz über dem Verband. »Armes Mädchen.«

»Ein kleiner Unfall. Aber vergiß nicht, das ist dein Hund und dein Schwein.«

Jace kuschelte sich immer noch an den Hund, der vor lauter Wohlbehagen gar nicht mehr wußte, wie er sich noch fester an sie schmiegen sollte. Mit halberstickter Stimme sagte Jace: »Du kannst sie beide haben. Die gegenseitige Zuneigung ist nicht zu übersehen.«

»Ich will sie nicht. Billy hat vorgeschlagen, daß wir ein Grillfest veranstalten.«

»Viel zu spät, und wenn Billy die Finger nicht von Molly läßt, kommt er auf den Grill.«

Als Jace wieder mit Maggie zu ihren Füßen am Tisch saß, drehte Will sich zum Herd um, nahm den Deckel vom Kaffeetopf und sah hinein. »Vielleicht sollte ich den Kaffee noch einmal aufwärmen.«

Jace schnitt eine Grimasse. »Ist schon gut. Ich denke, für heute morgen habe ich genug Kaffee gehabt.«

Er riß ein Streichholz an, zündete den Brenner unter dem Topf an und kam wieder an den Tisch zurück. »Was gibt es denn, Jace?«

»Ich weiß nicht. Mich hat es einfach gedrängt, die Ranch zu sehen. Zu sehen, wie es dir geht. Du gehst nicht ans Telefon. Du rufst nicht an. Kein einziges Mal in drei Monaten«, sagte sie.

Er stand auf und goß den Kaffee aus seiner Tasse ins Spülbecken, ehe er sie sich aus dem Topf wieder füllte.

»Irgend etwas stimmt nicht. Das habe ich an deiner Stimme gehört, als ich anrief.«

»Was soll nicht stimmen?«

Sie studierte sein Gesicht. »Hast du in letzter Zeit Arbeit gehabt?«

Er zuckte die Achseln. »Ich habe gelegentlich für den Forstdienst gearbeitet, einen Feuergraben da drüben bei Quemado ausgehoben. Letzten Monat habe ich für Ruiz Rinder zusammengetrieben.« Er schob die Augenbrauen hoch. »Der alte Kenden hat mich vor ein paar Wochen gefragt, ob ich ihm helfe, seine Truthähne zu impfen. Eines von diesen verdammten Biestern hätte mir beinahe den Arm gebrochen.«

»Du solltest diese Raupe verkaufen. Du würdest eine Menge Geld dafür bekommen.«

»Das ist komisch, Nate hat das auch gesagt. Aber dieser Caterpillar hat meinem Dad eine ganze Menge bedeutet.«

Jace schüttelte den Kopf. »Daran erinnere ich mich. Du hast gesagt, er wollte damit überall Wassertanks anbringen, aber er ist nie dazu gekommen, und du wirst das auch nie tun, oder?«

Ein schmallippiges Lächeln ging über seine Züge. »Ohne Wasser ist ein Tank nicht viel wert. Und Vieh habe ich ja auch keines. Und wer will schon dauernd Riesenlöcher in der Erde machen?«

»Nun, du weißt ja, daß ich dir helfen könnte.« Ihr Blick wanderte durch die karg wirkende Küche. Neben dem Spülbecken lehnte ein Fünfundzwanzig-Pfund-Rupfensack mit getrockneten Pintobohnen und ein Zehn-Pfund-Plastikbeutel mit Kartoffeln. Daneben stand eine riesige Flasche Backöl. »Auf deine Cholesterinwerte achtest du wohl nicht sehr?«

Er schnitt eine Grimasse. »Alles in Ordnung, Jace. Wie geht es dir denn?«

»Vielleicht trinke ich doch noch einen Schluck Kaffee, wenn er noch heiß ist?«

»Mit deinem Job alles in Ordnung und so?« fragte er, während er Kaffee eingoß.

»Ich habe mir überlegt, ob ich kündigen soll. Vielleicht ist es Zeit, etwas Neues zu probieren.«

»Du bist doch erst zwei Jahre in der Firma, oder?«

Sie zuckte die Achseln. »Die Menschen ändern sich.«

»Und was hast du jetzt vor?«

»Ich weiß nicht. Vielleicht dir die Haare kämmen.«

Er sah auf seine Tasse und die schwielige Hand, die sie hielt. Über den Handrücken verlief eine schmale, ausgebleichte Narbe, die wie ein Blitz aussah, und er dachte an das sterbende Fohlen, dessen Huf plötzlich zur Seite gezuckt war und ihm die Hand aufgeschlitzt hatte.

»Ich habe mir die Haare lange Zeit selbst gekämmt, Jace«, sagte er.

»Aber was dabei herausgekommen ist, sieht recht lausig aus.«

Will dachte an das Geld. Vielleicht würde es nicht mehr so schwer auf ihm lasten, wenn er ihr davon erzählte. Er war nicht mehr an der Quelle gewesen, seit er den Sack dort versteckt hatte. Er verspürte große Neugierde darauf, wie sie reagieren würde. Was würde sie sagen?

Er sah in ihre grauen Augen und erkannte, daß er nichts darüber sagen konnte. Das hätte eine Intimität erfordert, die ihm gefährlich erschien.

Das Klingeln des Telefons schrillte durch die Küche. Er nahm den Hörer mit einem Gefühl der Erleichterung ab.

»Will?«

»Ja«, antwortete er.

»Ich bin es, Billy. Der Landcruiser ist weg.«

»Was soll das heißen weg?«

»Einfach verschwunden. Er ist nicht in der Scheune.«

»Wie lange ist er schon weg? Hat Siquani etwas gesehen?«

»Er war weg, als ich heute morgen hinausgegangen bin, und die ganze Scheunentür ist eingedrückt. Grampa ist auch weg.«

Will hielt den Hörer in der Hand und sah seine Frau an.

»Ich komme rüber«, sagte er.

Er legte den Hörer auf und wandte sich ihr zu. »Das war Billy. Ich muß zu ihm.«

»Ich möchte mitkommen. Ich habe Billy eine Ewigkeit nicht gesehen.« Jace schob den Stuhl zurück und stand auf, worauf der Hund sich ebenfalls erhob und sie aufmerksam beobachtete.

Will schüttelte den Kopf. »Das ist keine gute Idee.«

»Warum nicht?«

»Das kann ich dir jetzt nicht erklären, Jace. Es ist einfach keine gute Idee. Du kannst ja hierbleiben, wenn du willst.«

Sie verschränkte die Arme vor der Brust und starrte ihn skeptisch an. »Ich weiß es zu schätzen, daß du mir erlaubst, in meinem Haus zu bleiben«, sagte sie.

»Du weißt, was ich meine, Jace. Bleib eine Weile bei deinem Hund und deinem Schwein. Maggie hat ja jetzt schon Angst, daß du wieder weggehst.«

Er ging an den Gewehrschrank, nahm die Dreißig-dreißiger heraus und stopfte sich eine Schachtel Patronen in die Tasche.

Jace sah auf den Hund hinab und sagte, ohne dabei ihren Mann anzusehen: »Was geht hier vor, Will?«

»Nichts.«

»Seit wann nimmst du ein Gewehr mit, wenn nichts los ist?«

Er nahm sich seinen Hut und ging auf die Tür zu. »Steckt der Schlüssel in deinem Jeep?« fragte er beinahe schroff.

Als sie nickte, sagte er: »Ich werde ihn in der Scheune parken, ehe ich weggehe. Die Null-Sechser im Schrank ist geladen, und Maggie meldet dir, wenn jemand kommt.«

»Herrgott, Will, wenn du mir nicht sagst, was hier nicht stimmt, dann fahre ich sofort wieder weg und werde nie wieder einen Fuß in dieses Haus setzen.«

Er blieb an der Tür stehen und sah sie über die Schulter hinweg an. »Das mußt du entscheiden, Jace.«

Einundzwanzig

Das erste, was Will bemerkte, als er auf Billys Ranch eintraf, war das Loch in der Scheune. Die große Schiebetür war nach außen zerborsten. Die zerfetzten Bretter hingen wie halb ausgefallene Zähne in der Metallschiene.

Billy schritt aus der Scheune, und es sah aus, als würden die Schatten an ihm hängenbleiben, als er in das fahle Morgenlicht hinaustrat. Will stieg aus dem Pick-up und ging auf die Scheune zu.

»Das war der Cruiser«, sagte Billy. Er deutete auf den Boden. »Er ist durch dieses Loch herausgekommen und in einem verrückten Halbkreis gegen den Baum dort drüben geprallt.«

Will warf einen Blick auf die Reifenspuren und ging dann zu dem Baum hinüber, um die abgeschrammte Rinde zu inspizieren.

»Odessa und ich waren nach Socorro gefahren«, erklärte Billy, der hinter Will stand. »Als wir um halb sieben heute morgen zurückkehrten, haben wir das hier vorgefunden.«

Will ging in die Scheune und kam gleich darauf wieder heraus. »Grampa Siquani ist weg?« sagte er.

Billy nickte.

»Grampa Siquani kann nicht fahren, oder?«

Billy schüttelte den Kopf. »Soweit ich weiß, ist er sein ganzes Leben lang nie gefahren. Jemand muß hiergewesen sein, während wir weg waren.«

»Warum sollte jemand Siquani mitnehmen? Das gibt doch keinen Sinn.«

Billy schüttelte mit finsterer Miene den Kopf. »Ich habe die Spuren bis zum Highway verfolgt. Sie sind nach Westen gefahren.«

Die Tür des Trailers schloß sich, und beide drehten sich um, als sie das Geräusch hörten. Odessa kam auf sie zu. Das lange Haar hing ihr lose über das weiße T-Shirt. Will verspürte eine ihm fremd gewordene Regung in seinem Bauch, als er sie beobachtete.

»Guten Morgen, Will.« Ihr strahlendes Lächeln blitzte ihn an. »Billy sagt, Siquani und der Landcruiser sind beide weg.«

»Ich denke, Will und ich sollten nach ihm suchen«, sagte Billy. »Ich hole mein Gewehr.«

»Meine Dreißig-dreißiger ist im Pick-up«, erwiderte Will.

Billy, der bereits zum Trailer unterwegs war, sagte über die Schulter hinweg: »Ich denke, ich werde mir die Zwei-Siebziger holen.«

Als Billy im Trailer verschwunden war, trat Odessa neben Will und legte ihm die Hand auf den Arm. »Was ist hier eigentlich los, Will?« sagte sie.

Er atmete ihren seltsam scharfen Duft ein und versuchte, sich darüber klar zu werden, woran er ihn erinnerte. »Das kann ich Ihnen im Augenblick nicht erklären. Ich weiß nicht einmal, ob ich es könnte, wenn ich das wollte. Sie können ja später Billy fragen.«

Odessa sah ihm in die Augen, und ihre Hand schloß sich etwas fester um seinen Arm. Plötzlich war er sich jeder Einzelheit dieser Frau bewußt, von den dunklen Augen und dem langen, schwarzen Haar bis zu den Rundungen ihrer kleinen Brüste, den Brustwarzen unter dem weißen T-Shirt und den langen Beinen in ihren engen Jeans.

»Billy will mir auch nichts sagen. Glauben Sie nicht, daß ich das Recht habe, es zu wissen, wenn Leute von der Ranch entführt werden, auf der ich mich aufhalte?«

Will rang um Worte und sagte schließlich: »Ich werde mit Billy reden. Vielleicht erklärt er es Ihnen, wenn wir zurückkommen.«

Billy trat mit dem Gewehr in der Hand aus dem Trailer und winkte. »Los jetzt«, rief er Will zu.

Odessa nahm langsam die Hand von Wills Arm, und ihre Fingerspitzen strichen dabei von der Schulter zum Ellbogen. »Bitte?« sagte sie.

Er nickte und spürte, wie ihn ein leichtes Frösteln durchlief, als er sich von ihr abwandte.

Im Pick-up sah Billy ihn mit seltsamer Miene an. »Was wollte sie?« fragte er.

Will warf einen Blick auf die Treibstoffanzeige und sagte: »Sie hat mich gefragt, was hier vorgeht. Sie hat gesagt, du würdest es ihr nicht sagen.«

»Meinst du, daß ich das sollte?«

»Noch nicht.«

Zweiundzwanzig

Der Junge führte ein schwarzes Pferd zum Fluß. Von den weißen Cottonwoods fielen gelbe Blätter, schwebten langsam auf das grünschwarze Wasser herunter, fingen sich in den Weidenzweigen und trieben langsam in der Strömung. Wie ein blauer Funke, der aus dem klaren Himmel herunterzuckt, stieß ein Falke inmitten des Blätterregens hinab und stieg dann wieder hoch, um sich auf einem kahlen, grauen Ast niederzulassen. Von dort beäugte er den Jungen und das schwarze Pferd, wie sie sich durch das helle Gestrüpp bewegten.

Paco Ortega sah zu, wie Falke, Pferd und Junge gemeinsam ein herbstliches Tableau bildeten, obwohl es erst im Hochland wirklich Herbst geworden war. Ein Gefühl angenehmer Erschöpfung hüllte ihn ein. In der Nacht hatten die Hirsche im Pueblo getanzt, und das schlafende Dorf hallte noch wider vom Dröhnen der Trommeln und der stampfenden Füße. Aus dem Augenwinkel sah er den störenden Umriß einer Fernsehantenne.

Die Jeansjacke bis zum Hals zugeknöpft und den schwarzen Hut aus der Stirn geschoben, lehnte er sich gegen den Zaun aus verkrümmten Pinien und schaute auf den Fluß. Er floß meilenweit durch den tiefen Canyon, bis er sich hier am Pueblo weitete und zu dem Land in der Tiefe öffnete. Das Wasser änderte sich ständig, hielt aber in seinem spiegelnden Antlitz denselben Himmel, dieselben Bäume, den Falken, den Jungen und das Pferd fest. Wenn man ins Wasser sah, glaubte man zuerst, dort das Spiegelbild eines Menschen zu sehen, aber dann verschwammen die Umrisse jedesmal, und das Spiegelbild wich endlosen Tiefen. Der Fluß war schon immer durch den Canyon geflossen, hatte den Sandstein und den Granit durchschnitten, Bewegung in den Fels gemeißelt, so wie er die Menschen an seinen Ufern geprägt hatte. Über Generationen hinweg hatten sie die Jahreszeiten und die Bewegungen des Wassers kennengelernt; das Blut, das durch sie strömte, begann mit dem Fluß und kehrte wie das Wasser zu Erde und Himmel zurück.

Paco blickte auf seine braunen Handrücken hinunter, auf die sich verzweigenden Venen unter der glatten Haut, und spürte den Strom des Flusses in seinem Körper. Die Weißen bauten überall Dämme; das war, als würde man das Blut seines Herzens anhalten. Alles floß im Kreis, und wenn der Fluß angehalten wurde, starb der Körper.

Der Junge mit dem Pferd erinnerte ihn an seinen Neffen, Arturo Cruz. Er besaß dieselben leichten Bewegungen, den geraden Rücken, die gewölbten Schultern, die sich der Flanke des Pferdes entgegenneigten. Es gab eine Zeit, als sie zusammen den langen Arroyo nach Westen hinaufgeritten waren, hinaus auf die große Mesa, an einem Morgen, als die Luft sich so brüchig angefühlt hatte, daß man hätte meinen können, ein einziges Wort müsse ausreichen, damit sie zersprang. Der gelbe und rote Felsstaub war von den Füßen der Pferde aufgewirbelt worden, und der Atem der Tiere hatte in blauen Dampfwolken in der kühlen Luft gehangen, als sie sich das letzte Stück des steilen Pfades nach oben hinaufgemüht hatten. Und als sie die Hochebene der Mesa erreicht hatten, hatte der Schrei eines rotschwänzigen Falken über den Himmel gehallt. Er hatte das für ein gutes Omen gehalten. Schon damals, das wußte er jetzt, hatte er die Zukunft des Jungen geplant. Gerade von der Indianerschule in Santa Fe zurückgekommen, bereitete sich der Neffe bereits darauf vor, die Universität in Albuquerque zu besuchen. Vier Jahre Studium würden nur eine kurze Zeit sein, dann wäre der Junge bereit, seinen Platz in der Geschichte einzunehmen, die gerade im Gang war. Arturo war zuverlässig und hatte ein großes Herz, aber da war auch Ehrgeiz in dem Jungen, etwas, das er in der Welt der Weißen aufgesogen hatte. Arturo Cruz, der Sohn seiner Schwester, würde eines Tages den Platz von Paco Ortega in dem größeren Plan einnehmen, und die weiße Welt würde daran teilhaben, ihn ihre eigene Zerstörung zu lehren. Aber etwas war schiefgelaufen. Der Junge, der von der Universität nach Hause gekommen war, hatte sich verändert. Er sah nur die naheliegenden Dinge, materielle Dinge. Paco hatte den Jungen mit in die Organisation aufgenommen, ihm aber vieles verschwiegen, hatte auf Anzeichen gewartet, daß das Herz des Jungen ihn ins Innere der Dinge sehen ließe, durch die harte, widerstandsfähige Oberfläche hindurch. Und bei dieser Entwicklung helfen die alten Zeremonien nicht.

Aber am Morgen jenes Ritts war da ein ganz anderes Gefühl dagewesen. Sein eigenes Herz hatte sich geweitet, um die ganze Welt in sich aufzunehmen. So weit er sehen konnte, in allen Richtungen, war eine Indianerwelt, so wie sie immer gewesen war, und nur das Ächzen ihrer Sättel erinnerte ihn an das, was hinter ihnen lag. An jenem vollkommenen Morgen hatte ihn eine Sehnsucht erfaßt, dem Jungen von seinem Plan zu erzählen, die Vision mit ihm zu teilen, die über ein ganzes Leben hinweg ganz langsam in ihm gewachsen war. Aber er wußte auch, daß er sie noch eine Weile würde für sich behalten müssen.

Das ältere Dorf war stromaufwärts hoch auf einem Felsvorsprung erbaut. Als junger Mann war Paco einmal zum Sonnenaufgang dorthin gegangen, danach aber niemals wieder dorthin zurückgekehrt, weil es ihm dort zu eng erschienen war, weil der Atem und die Rufe seiner Ahnen schwer in der stickigen Luft gelegen hatten. Es hatte immer Feinde gegeben. »Du mußt brav sein, sonst holen dich die Navajos«, hatte so manche Mutter ihr unartiges Kind gewarnt, lange bevor die Weißen gekommen waren. Und dann waren da immer die Apaches gewesen, die wie Adler mit ausgestreckten Krallen in den Canyon hineingestürzt kamen. Aber die Europäer waren eine neue Art von Feind. Anfänglich hatten sie die Menschen versklavt und getötet, bis die ersten wieder in den Süden zurückgetrieben worden waren und man ihre Kirchen verbrannt hatte. Aber die Spanier waren zurückgekehrt, mächtiger als zuvor, und waren mit den anderen Europäern dageblieben.

Bei ihrer Rückkehr hatten die Spanier das Dorf stromaufwärts zerstört, hatten viele getötet, und die Menschen waren zu diesem Ort gezogen, der weiter flußabwärts lag, an einer Ausweitung des Canyons und hatten die Namen ihrer Eroberer angenommen. Ihre Häuser aus Erde hatten sich scheinbar um die Missionskirche gesammelt, waren aber in Wirklichkeit der aufgehenden Sonne zugewandt. So war das Volk immer gewesen: nicht Konfrontation, sondern Ausweichen. Und am Ende, nach fünfhundert Jahren, kurz vor dem Beginn eines neuen Jahrtausends, war eine alte Saat aus der Neuen Welt im Fleisch der Eindringlinge aufgegangen, hatte ihre Wurzeln tief in Gewebe und Knochen ausgestreckt, eine wunderschöne Pflanze, die sich an der Angst der Eroberer weidete, sich daran ergötzte.

Paco versuchte, sich die Inkapriester vorzustellen, die dabei zusehen müssen, wie die Spanier den heiligen Stein zerschlugen, der jeden Winter die Sonne anpflockte. Er wußte tief in seinem Blut, daß die Priester schon damals die Pflanze in ihren Fäusten festgehalten haben mußten, die eines Tages die eigene Saat der Ausländer vergiften würde. Er betrachtete gern das weiße Pulver, das einen langen Weg nach Norden zu ihm zurückgelegt hatte, und stellte sich das Labyrinth aus Zeit und Ironie der Geschichte vor, für das es stand. Zweifellos hatten die Priester das alles vorhergesehen.

Aber in der Nähe einer Ortschaft, die sich Magdalena nannte, waren Komplikationen aufgetreten. Sein Neffe war mit viel Geld verschwunden. Arturo würde nicht stehlen, aber andere waren ebenfalls verschwunden. Die Anzeichen verhießen Unheil. Paco richtete sich auf, als der Junge und das Pferd am Ufer seinen Blicken entschwanden. Er sah nach Norden und studierte die schroffen Umrisse der Felsformation, die sich in Schichten zu der engeren Canyonwand emportürmte. Von den Bergspitzen strömte der Tag zu ihm herunter wie auf den Schwingen großer Vögel. Dichte Schatten hingen dort oben. Mit schnellen, entschlossenen Schritten ging er auf einen zerbeulten Pick-up-Truck am Rande des Feldes zu. Er öffnete die Tür, holte ein Handy heraus, drückte schnell eine Nummer ein und hielt das Telefon dann ans Ohr.

»Zeit zu gehen«, sagte er. »Bereite dich gut vor, Duane.«

Er legte das Telefon wieder in das Fahrzeug und drehte sich nach Süden. Irgend etwas ging dort unten vor sich, und die Wärme in seinem Blut erinnerte ihn an weit zurückliegende Zeiten und an Geschichten, die er gehört hatte, als der Schnee auf dem Boden lag. Der Junge mit dem schwarzen Pferd, der blaue Falke, die gelben Blätter und die Weiße des kahlen Astes schienen ein Netz für das tiefer werdende Rot der Sonne zu flechten.

Dreiundzwanzig

Als Wills Truck nicht mehr zu sehen war, ging Odessa in den Trailer und kam gleich darauf mit Billys Schlüsseln wieder heraus. Sie sprang in den großen Dodge und ließ ihn an, ließ den Kies aufspritzen, als sie anfuhr und schnell auf das Gatter zubrauste, die Krähen in den wolkigen Himmel scheuchend. Ihre Schreie gingen im Brausen des Trucks unter, als der Schwarm schwarzer Vögel dem rumpelnden Pick-up über das Viehgitter auf den Asphalt folgte.

Dort angelangt, stoben die Vögel wild durcheinander und flatterten dann wieder zur Scheune zurück, während ein Blitzstrahl auf die Magdalenas herunterfuhr.

Odessa sah den verlorenen Blitz im Rückspiegel des Pick-up und lauschte dann, als der Donner rollte und beinahe zu reden schien. Eine Sprache nur aus Konsonanten, dachte sie und trat das Gaspedal durch. Eine seltsame fremde Sprache, die vielleicht irgendwann einmal jemand verstanden haben mußte. Aber vergessene Sprachen und vergangene Zeiten waren Dinge, die sie schon lang aufgegeben hatte. All die wirklichen Geschichten ereigneten sich jetzt, geschahen in diesem Augenblick. Die Vergangenheit war eine Illusion des weißen Mannes, die Zukunft ein Traum des weißen Mannes. Was die Indianer hatten, waren Geschichten, und jedesmal, wenn man sie erzählte, wurden die Geschichten neu geboren. Auf das Erzählen kam es an, und jede Geschichte konnte verändert werden, mußte verändert werden. Es kam ganz darauf an, wer sie erzählte.

Sie kurbelte das Fenster herunter und atmete die feuchte elektrizitätsgeladene, nach Salbei und *chamiza* schmeckende Luft tief ein. Sie hatten ihre Geschichten zu lange erzählt. Jetzt war sie an der Reihe. Zum Teufel mit den Worten und ihren Welten. Sie schaltete das Radio ein und lachte über den Countrysong, der behauptete, daß einsame Frauen gute Geliebte seien.

Als sie wußte, daß sie allein war, ging Jace an den Gewehrschrank und sah durch das Glas. Sie öffnete die Tür, hob die Dreißig-Null-Sechser aus dem Gestell, stellte sie dann aber wieder zurück und schloß den Schrank. Sie sah sich im Zimmer um und nahm jetzt zum ersten Mal den zerschossenen Fernseher wahr. Will hatte zwar alle Glasscherben weggefegt, aber aus irgendeinem bizarren Grund das zerschossene Gerät stehenlassen.

Sie ging den Flur hinunter zu dem Raum, der beinahe ein halbes Leben lang ihr Schlafzimmer gewesen war. Maggie humpelte hinter ihr her, und als Jace die Tür öffnete und das Licht anknipste, ging der Hund geradewegs auf das Bett zu, kletterte dann schwerfällig auf die Daunendecke und ließ sich mit einem zufriedenen Seufzen nieder.

»Maggie!« schrie Jace. »Pfui.«

Maggies Kopf schoß in die Höhe, sie suchte wild nach Halt, ehe sie sich schließlich über die Bettkante plumpsen ließ, mit einem schmerzerfüllten Winseln zu Boden krachte und von dort verwirrt zu Jace aufblickte.

»Du weißt, daß du nicht aufs Bett darfst«, sagte Jace, trat dann näher an das Bett heran und sah die Schmutzflecken und die Hundehaare darauf.

»Dieser Mistkerl«, sagte sie halblaut zu sich, drehte sich zu Maggie herum und kraulte den Hund am Kopf. »Ist schon gut, Mädchen. Das hätte ich wissen müssen. Wahrscheinlich hat er Molly auch hier schlafen lassen, oder?« Jace sah sich in dem Staub und den Spinnweben um, die man anscheinend ein- oder zweimal mit einem Lappen bewegt und dann sich selbst überlassen hatte, um ein bizarres Muster zu bilden. Einige der Bücher wirkten makellos, während andere von einer dicken Staubschicht bedeckt waren. Spinnweben hingen halbzerfetzt in den Ecken, an der Lampe und den Regalen, während andere Netze in wunderschöner Symmetrie noch intakt waren. Nachdem sie das ganze Chaos eine Weile betrachtet hatte, ging sie aus dem Zimmer und in den hinteren Bereich des Hauses, wobei der Hund ihr dicht auf den Fersen folgte.

Das Zimmer, das Will für sich genommen hatte, war makellos sauber. Der Tisch mit seinem Angelzeug war aufgeräumt, die Bücher über Fliegenfischen auf einer Apfelkiste neben dem Tisch aneinandergereiht. Die Wände waren immer noch mit Zaumzeug, alten Reatas und sonstigen Utensilien bedeckt, an denen ihr Mann so hing. Die schmale Pritsche bedeckte eine rot und orange gemusterte Pendleton-Decke, die so straff gespannt war, daß kein Fältchen zu sehen war. Auf einer zweiten Kiste am Kopfende des Bettes lag ein aufgeschlagenes Buch. Sie beugte sich vor, um den Titel lesen zu können. »Custers Tod. Du lieber Gott«, sagte sie laut.

Jace nahm das Buch, setzte sich auf das Bett, stopfte sich das Kissen in den Rücken und lehnte sich zum Lesen zurück. Als Maggie sich auf dem kleinen Navajo-Teppich neben dem Bett niederließ, war ein Schnüffeln an der Tür zu hören. Das Schwein kam hereingetrottet, sein ganzer rundlicher Körper ließ sein Glücksgefühl darüber erkennen, daß es einen Raum gefunden hatte, der sicherer war als die Küche. Nachdem es Jace am Schenkel angestubst und einen Grunzer von sich gegeben hatte, legte das Schwein sich neben Maggie auf den Teppich und schloß die Augen.

Maggies lautes Bellen riß Jace aus tiefem Schlaf. Einen Augenblick lang versuchte sie ratlos, sich zu erinnern, wo sie eigentlich war, erinnerte sich an den Mann, der neben ihr geschlafen hatte und an ein Bild von Will Striker in einer Tür, dann sah sie das Gesicht einer Frau mit halb zugekniffenen

Augen, die fast so schwarz wie das Haar waren, das ihr Gesicht einrahmte.

»Tut mir schrecklich leid«, sagte die Frau, und Jace erwachte jetzt ganz, sah Maggie auf den Beinen, die Nackenhaare gesträubt, hörte das tiefe Knurren, das aus ihrer Brust kam.

»Ich war auf der Suche nach Billy und Will«, sagte die Frau. »Ich dachte, sie wären vielleicht hier und hätten mein Klopfen nicht gehört.«

Jace schwang die Beine über die Bettkante und stand auf, wobei das Buch auf den Boden fiel, und spürte dabei die Umrisse von Molly, die sich, soweit ihre Körperfülle das zuließ, unter das Bett gezwängt hatte. »Wer sind Sie?« fragte Jace, immer noch vom Schlaf halb benommen.

Wieder lächelte die Frau. »Ich bin Odessa Whitehawk, eine Freundin von Billy.«

Jace spürte, wie ihre Nackenmuskeln sich spannten, als die Frau sprach.

»Es tut mir wirklich furchtbar leid, daß ich Sie so erschreckt habe«, sagte Odessa. »Ich hatte nicht erwartet, daß außer Will oder Billy jemand hier sein würde.«

»Kommen Sie immer einfach so in das Haus meines Mannes?«

»Oh.« Odessa trat einen halben Schritt vor. »Sie sind Jace. Billy hat mir viel von Ihnen erzählt.« Sie zuckte um Nachsicht bittend die Achseln. »Tatsächlich war ich noch nie hier. Es ist mir wirklich schrecklich peinlich, daß ich so hereingeplatzt bin. Ich war sicher, daß Billy und Will hier wären. Ich gehe jetzt.«

Als Odessa auf die Tür zuging, sagte Jace schnell und zu ihrer eigenen Verblüffung: »Nein. Warten Sie bitte. Ich glaube, in der Küche ist noch Kaffee, falls es Sie nicht stört, daß er aufgewärmt ist.«

Odessa drehte sich mit einem dankbaren Lächeln um, und

Jace spürte, wie ein plötzliches Gefühl der Wärme ihren immer noch schläfrigen Körper durchpulste. »Das wäre großartig.«

Jace beugte sich vor, um Maggie zu streicheln. Ihre Finger spürten dabei das lautlose Knurren, das immer noch in den breiten Schultern des Hundes vibrierte. »Kommen Sie in die Küche«, sagte sie zu Odessa.

Als Odessa beiseite trat und Jace dann folgte, Maggie dicht auf ihren Fersen, sagte Jace über die Schulter gewandt: »Sie sind gerade von Billys Ranch herübergekommen, nehme ich an?«

Nach einer fast unmerklichen Pause antwortete Odessa: »Ja. Billy und Will sind in Wills Truck weggefahren, ohne mir etwas zu sagen, und da dachte ich, sie wären hier herübergefahren.« Sie lachte kurz, als wolle sie sich entschuldigen. »Ich war wohl ein wenig wütend. Ich mag es nicht, wenn man mich einfach stehenläßt. Billy ist ein wenig altmodisch. Macho, Sie wissen schon.«

»Aber recht attraktiv, nicht wahr?« Jace erwiderte ihren Blick. »Ich mag es auch nicht, wenn ich nicht Bescheid weiß.« Sie ging an den Herd und hob mit exakt derselben Bewegung wie ihr Mann vor ein paar Stunden den Deckel des Emailtopfes, um dessen Inhalt zu begutachten. Sie schüttelte den Kopf, zündete den Brenner an und deutete auf einen Stuhl.

»Dieser Kaffee wird uns wahrscheinlich Schäden zufügen, die wir unser ganzes Leben nicht mehr los werden, aber ich fürchte, es gibt keine Alternative. Nehmen Sie doch Platz.«

»Ich mag starken Kaffee«, sagte Odessa, als sie sich beide gesetzt hatten. »Ich denke, das ist genetisch in Indianern verankert.«

Jace sah sich in der Küche um und hatte das Gefühl, als habe sich seit dem frühen Morgen etwas verändert. Ihr Blick schweifte über die Schränke und Schubladen, sah aber nichts, das sich wirklich verändert hatte.

»Sie sind Indianerin«, sagte Jace.

Odessa nickte. »Mescalero.«

»Von der anderen Seite des Tals.«

»Aus San Francisco, um es genau zu sagen. Aber meine Eltern stammen aus dem Reservat.«

Jace sah die andere Frau schnell an, stand dann auf und spürte, daß sie die dunklen, etwas schrägen Augen, die ausgeprägten Backenknochen und die vollen Lippen dauernd anstarren wollte. Wenn ich ein Mann wäre, dachte sie, würde ich Odessa Whitehawk küssen wollen. Nein, wenn ich ein Mann wäre, würde ich viel mehr als nur das wollen.

»Kennen Sie Billy schon lange?«

»Nein, leider nicht. Nur etwa eine Woche.«

»Sie leben zusammen?«

Als Odessa sie stumm ansah, fügte Jace schnell hinzu: »Entschuldigung. Ich glaube, die Arbeit in einer Anwaltskanzlei bekommt meinen Umgangsformen nicht. Ich bin es einfach gewöhnt, dauernd Fragen zu stellen.«

»Geht in Ordnung. Ich nehme Ihre Entschuldigung an.«

»Also, was geht hier vor, Odessa?«

»Der Kaffee kocht«, erwiderte Odessa, und als Jace sich zum Herd umdrehte, fügte sie hinzu: »Sie glauben, daß hier etwas vorgeht? Mit Billy?«

Jace fand zwei nicht sonderlich saubere Tassen im Schrank und goß Kaffee ein. Er war kohlrabenschwarz. »Zumindest mit Will. Zucker? Milch hat Will leider keine.« Sie hielt Odessa eine Tasse hin.

Odessa nahm die Tasse mit beiden Händen und führte sie zum Mund. »Ich mag schwarzen Kaffee.«

Jace setzte sich. »Hat Billy ein Gewehr mitgenommen, als sie weggefahren sind?«

»Ja.«

»Will auch. Ich will wirklich nicht neugierig sein, aber Sie *wohnen* doch in Billys Trailer, oder?«

»Sie können wirklich nicht vergessen, daß Sie Anwältin sind, was?«

»Ist Ihnen an Billy etwas Seltsames aufgefallen? Oder an Will?«

Odessa schüttelte den Kopf. »Es tut mir leid, aber ich habe Ihren Mann kaum zu Gesicht bekommen. Billy und ich haben gerade angefangen, einander kennenzulernen.«

Jace schob die Augenbrauen hoch. »Ich kenne Billy Keene jetzt seit zwanzig Jahren«, sagte sie. »Er und Will sind wie Brüder. Vielleicht stehen sie sich sogar noch näher als Brüder.«

»Das spüre ich daran, wie Billy von Will spricht. Es gibt nicht viele Leute, die jemanden haben, der ihnen so nahesteht. Wie ist das mit Ihnen, haben Sie solche Freunde?«

Jace überlegte einen Augenblick, und plötzlich kam ihr ihr Leben, das sie noch vor vierundzwanzig Stunden als erfüllt, ja geradezu als aufregend bezeichnet hätte, leer und karg vor. Sie schüttelte den Kopf. »Ich habe meine Kinder.«

»Erwachsen?«

Jace studierte das Gesicht der Jüngeren. »Sie sind beide ein wenig jünger als Sie, nehme ich an.«

»Sehen Sie und Will sie oft?«

»Sie wissen ja, wie es ist. Die beiden führen ihr eigenes Leben.«

»Ich wollte nicht neugierig sein.«

»Will und ich leben für eine gewisse Zeit getrennt, um Ihre nächste Frage zu beantworten«, sagte Jace. »Seit ich nach Albuquerque gezogen bin, um mein Jurastudium zu beenden. Zuerst wollte ich bloß kurze Zeit weggehen, aber ... ich weiß nicht. Zuerst haben wir einander alle ein, zwei Wochen gesehen, dann jeden Monat, und dann war es einfach bequemer, es bleiben zu lassen.«

»Er ist ein kraftvoller Mann. Im Indianersinn, meine ich.«

»Ich weiß, was Sie meinen.« Jace rieb sich den Hals und die Schulter. »Ich glaube, ich muß beim Einschlafen falsch gelegen haben.«

Odessa schob den Stuhl zurück und ging um den Tisch herum. »Lassen Sie mich mal sehen, was ich da machen kann.«

»Oh, ich ...«

Ehe Jace noch etwas sagen konnte, stand Odessa hinter ihrem Stuhl, und ihre Hände hatten bereits angefangen, Jace' Schultermuskeln zu kneten.

Jace schloß die Augen. »Das tut gut«, sagte sie.

»Ich habe ein paar Kurse in Massagetherapie genommen, während ich an meiner Dissertation schrieb«, erwiderte Odessa. »Ich hatte gedacht, ich könnte das meinem Freund beibringen, und dann könnte er mithelfen, den Streß aus meinem Leben loszuwerden.«

»Und hat es funktioniert?« fragte Jace immer noch mit geschlossenen Augen.

»Daß ich nicht lache. Der Mistkerl hat immer nur an sich gedacht. Sogar im Bett mußte er immer unten sein.« Ihre Hände schoben sich hinten an Jace' Hals hinauf und dann wieder hinunter, kneteten die Oberseite ihrer Schultern und wanderten an ihren Oberarmen hinunter.

Jace lachte laut auf. »Du großer Gott, fühlt sich das gut an. Worüber haben Sie Ihre Dissertation geschrieben?«

»Über Stammesrecht und Souveränität. Damals dachte ich, ich würde einmal eine berühmte Professorin in Stanford oder Harvard werden.«

»Und jetzt wollen Sie das nicht mehr? Haben Sie promoviert?«

»Die Doktorarbeit habe ich abgeschlossen, aber die

schleimigen Akademiker sind mir nach einer Weile auf den Geist gegangen. So wie mein Freund. Ich glaube, ich habe das noch nicht erwähnt, aber er war Juraprofessor.«

»Ich glaube, mit Massagetherapie könnten Sie reich werden«, murmelte Jace.

»Sie sind völlig verspannt. Wenn Sie sich hinlegen, würde das viel besser gehen. Wie wäre es, wenn Sie sich auf das Bett legen, wo Sie geschlafen haben?«

Nach kurzem Schweigen antwortete Jace: »Okay. Sie machen das wirklich sehr gut.«

Odessa folgte ihr in das Zimmer und sagte, als sie drinnen waren: »Wenn Sie Ihr Hemd und den BH ausziehen würden, ginge es besser.«

Als Jace nicht gleich antwortete, fügte Odessa hinzu: »Keine Angst, ich bin garantiert heterosexuell, man könnte sogar sagen, auffallend heterosexuell.«

Jace lachte und fing an, ihr Westernhemd aufzuknöpfen.

»Ich hatte immer das Gefühl, daß Frauen ein gewisses Etwas fehlt, das ich in puncto Sex für wesentlich halte«, sagte Odessa, während Jace ihren BH aufhakte und Hemd und BH auf die Apfelkiste neben dem Bett legte.

Als Jace auf dem Bauch lag, setzte Odessa sich auf die Bettkante und begann, noch einmal ihre Schultermuskeln zu massieren, ließ dann die Hände langsam an ihrem Rücken hinunterwandern.

»Du lieber Gott, ist das ein herrliches Gefühl«, murmelte Jace.

»Die Beine ein wenig auseinander«, sagte Odessa und schob Jace' Beine auseinander, um zwischen Jace' Schenkeln knien zu können. »Wenn ich so sitze, komme ich nicht richtig hin.« Ihre Hände wanderten wieder an Jace' Wirbelsäule hinauf, dann zum Triceps eines jeden Armes hinüber und an den Seiten herunter, wobei ihre Finger am Ansatz ihrer Brüste entlangtasteten.

Jace spürte, wie ihre Brustwarzen auf der Pendleton-Dekke hart wurden, und verlagerte das Gewicht ihrer Beine ein wenig. Odessas Hände bewegten sich nach unten über die Rippen zum Wirbelsäulenansatz und weiter, ihre beiden Handballen preßten sich tief in Jace' von Bluejeans bedeckte Pobacken und Schenkel.

Jace bewegte sich leicht. Eine ungewöhnliche Wärme breitete sich wie eine Art Elektrizität von ihrem Bauch nach allen Seiten aus. Als Odessas Hände sich sanft um ihre linke Schulter schlossen und sie hochhoben, ließ Jace zu, daß ihr Körper dem Drängen der Hände folgte und sich vom Bauch auf den Rücken drehte, wobei sie die ganze Zeit die Augen fest geschlossen hielt.

Odessas Hände begannen, die Deltamuskeln zu massieren, ihre Finger jagten Flammen über Jace' Hals und Arme, dann verspürte Jace mit einer Mischung aus unwiderstehlichem Wohlbehagen und schierer Panik, daß die Hände weiter nach unten wanderten, die Handballen sich in die Brustmuskeln preßten, die Finger dann die Umrisse ihrer Brüste nachzogen.

»Sie sind sehr schön«, sagte Odessa fast im Flüsterton, als ihre Hände über Jace' Rippen nach unten wanderten, die Vertiefung zwischen Schenkel und Leistenpartie erforschten und dann federleicht wieder nach oben wanderten. »Sie erinnern mich an jemanden, den ich vor langer Zeit gekannt habe.«

Jace spürte, wie Daumen und Zeigefinger ihre Brustwarzen erfaßten, und sie versuchte, die Willenskraft zu finden, um »Halt« zu sagen, aber ihr Körper schien in eine Art Traumzustand entglitten zu sein, der ihre Zunge lähmte. Sie spürte, wie Lippen die ihren berührten, fremde, gespensterhafte Lippen, die niemandem gehörten, spürte weiches Haar, das über ihr Gesicht fiel und das Licht verdeckte. Verblüfft spürte sie, wie sie reagierte, die fremden Lippen suchte, wie ihre Zunge sich streckte, um zurückzugeben, was sie selbst genoß. Und dann waren Lippen auf ihren Brüsten, eine Zunge liebkoste sanft ihre Brustwarzen und wanderte dann glühend heiß wie eine Fackel über ihrem Bauch nach unten. Sie spürte, wie eine Flut in ihr aufwallte, wie ein Damm sich bis zum Bersten füllte.

»Ich denke, ich sollte jetzt besser gehen«, flüsterte eine weit entfernte Stimme.

Als Jace die Augen aufschlug, kniete Odessa über ihr, und ihre geschlossenen Lippen lächelten sanft.

Jace versuchte, den Mund zu öffnen, etwas zu sagen, aber ihre Zunge schien wie festgeschweißt, ihre Lippen bewegungsunfähig. Stumm sah sie zu, wie Odessa sich von ihrem Bett erhob und immer noch lächelnd durch die Tür verschwand.

Jace lag lange Zeit auf dem Rücken, betrachtete den aufgesprungenen Verputz der Adobedecke und lauschte Maggies schlafendem Atem. Müßig fragte sie sich, was wohl aus Molly geworden sein mochte.

Schließlich nahm sie einen anderen Impuls wahr, der allmählich in ihrem Bewußtsein aufstieg. Sie malte sich ihren Mann und Odessa Whitehawk aus, seinen muskulösen Körper und Odessas lange Beine und breite Schultern. Es war unmöglich. Der Will Striker, den sie am Morgen in der Küche gefunden hatte, war von einer Aura der Einsamkeit umgeben, die ihr undurchdringbar schien. Wenn er und Odessa Whitehawk sich geliebt hätten, dann hätte er ihre Eindrücke wie ein Brandmal an sich getragen.

Jace legte den Arm über die Augen, um das Licht auszusperren, und spürte, wie die Wärme stetig in ihr brannte. Ihr Bewußtsein verlangte nach Rationalität, einer Hinterfragung der jüngsten Ereignisse, einem Verhör von Odessa Whitehawk, aber jene Türen schlossen sich ruckartig, drängten ihre Gedanken in dunklere Regionen. Wieder spürte sie das Gefühl einer dicht bevorstehenden Veränderung. Von draußen war das Geräusch gedämpften Donners zu hören, jene Art Donner, die regenlose Hitzeblitze begleitet. Sie atmete tief durch, nahm den Arm von den Augen, schwang gleichzeitig die Beine zu Boden und stand auf.

Wieder in der Küche angelangt, nahm sie einen Schluck von dem scheußlichen Kaffee, um wach zu werden, und sah sich dann aufmerksam in dem Raum um. Schließlich wurde ihr bewußt, was sie gestört hatte. Die Tür des Besenschranks stand offen, und sie war sicher, daß sie am Morgen geschlossen gewesen war. Sie ging ins Wohnzimmer. Alles schien ihr völlig normal. Sie kehrte in den Flur zurück, öffnete den Schrank im Flur, wo sie immer die dicken Wintersachen aufbewahrt hatten. Das Innere des Schranks war ein völliges Chaos, ein paar dunkle Wolljacken zusammengeknüllt über Stiefeln und Handschuhen. Ein Besen mit abgebrochenem Stil lehnte an der Wand. Sie schloß die Tür und ging ins Schlafzimmer.

Dort sah alles so aus wie vorher. Jace packte die Steppdekke, zerrte sie vom Bett und warf sie in einem Haufen auf den Boden. Sie schüttelte den Kopf, wischte sich mit beiden Händen Staub und Hundehaare aus dem Gesicht, riß dann die Decken und modrigen Laken vom Tisch und warf sie auf die Steppdecke. Dann breitete sie beide Arme weit aus, um den ganzen Haufen zu packen, und trug ihn, die Hälfte am Boden schleifend, aus dem Zimmer.

Ein paar Minuten später kehrte sie mit dem zerbrochenen Besen und ein paar Küchentüchern zurück. Sie wickelte das größte Küchentuch um den Strohbesen, riß von einem zweiten einen Streifen ab und band das erste damit fest. Sie reckte sich, um mit dem abgebrochenen Besen überall hinzukommen, und fing an, Spinnweben aus den Ecken zu fegen, fuhr dabei heftig über die Decke und die Oberseite des Bücherregals. Als die Decke frei von Spinnweben war, entriegelte sie das Fenster und schob die beiden Flügel nach draußen, so daß das schwache Licht und die feuchte Spätsommerluft in den Raum fluteten. Sie wandte sich wieder dem Bett zu, griff mit beiden Händen unter die Matratze, stemmte und schob, um die schwere übergroße Matratze auf der anderen Seite vom Bett zu schieben. Sie trat auf den Bettenrost und schob, bis die Matratze umkippte, stieg dann quer über das Bett und auf der anderen Seite herunter, ehe sie anfing, die Matratze wieder auf das Bett zu hebeln, so daß die Oberseite jetzt unten war. Während sie sich so abmühte, sah sie die ganze Zeit Odessa Whitehawk vor sich. Odessas Umrisse waren von unnatürlicher Klarheit, eine scharfe Kontur, die sich auf eine Art und Weise von ihrer Umgebung abhob, wie Jace noch nie etwas gesehen oder gefühlt hatte. Das Gefühl von Odessas Händen war immer noch in ihren Schultermuskeln, auf ihrem Rücken und ihren Schenkeln zu spüren.

Sie verließ das Zimmer und kam gleich darauf mit einem Staubsauger zurück, fing sofort an, Spinnweben, Staub und eingetrocknete Insektenleichen von den langen Bücherregalen zu saugen. Als die Bücher sauber aussahen, schob sie den Staubsauger zur Tür hinaus und riß den Lappen von dem Besen, wischte sich mit dem Hemdärmel die Stirn, ehe sie in einer Ecke zu fegen anfing und Staub, Schmutz und Tierhaare vor sich zur Tür des Schlafzimmers hinauswischte. Minuten später kam sie mit einem Eimer und einem Mop zurück.

Als das Schlafzimmer nach Fichtennadeln duftete und in das graue Licht aus dem offenen Fenster getaucht schien, ließ sie Mop und Eimer vor der offenen Tür stehen und ging ins Badezimmer am Ende des Flurs. Vor dem Spiegel, den sie Will Jahre zuvor neben der Tür hatte aufhängen lassen, begann Jace, sich auszuziehen, ließ ihre Kleider auf den Boden fallen und schob sie mit dem Fuß zu einem kleinen Häufchen zusammen. Der Körper vor ihr schien in den Tiefen des Spiegels zu stehen, unendlich weit weg und fremd.

Sie trat zur Seite und sah zu dem kleinen Badezimmerfenster auf den mit Wacholderbüschen bestandenen Hang hinaus. Ein Schaudern ging durch ihre Brust, als ein schöner graugeflügelter Falke über den Hang huschte, die spitzen Flügel anzog, hinabtauchte und dann seitlich aus seinem Sturzflug herauskippte und dem Licht entgegenflog. Sie spürte, wie ihr Atem stockte, und begann dann lautlos zu weinen.

Als sie den Duschgriff zur Seite drehte, kam ein schwacher Sprühregen rostigen Wassers aus der Brause und vereinte sich dann zu einem kleinen dunklen Wasserfall. Sie blickte lange Zeit in die plätschernde Flüssigkeit, ehe sie in die Duschzelle trat und sich langsam unter dem Rinnsal drehte, so daß ihr Körper zuerst auf der einen und dann der anderen Seite naß wurde, und hörte sich dann selbst, wie sie zu schluchzen anfing.

VIERUNDZWANZIG

Der Schatten eines Mannes schob sich über das Rund der Sonne. Feuer brannte an seiner Silhouette, und ein rotgoldenes Licht flammte in seiner Brust. Die Sonne, die gerade anfing, den weit entfernten Bergkamm zu berühren, warf ihre warmes Licht auf eine zweite Männergestalt, die auf dem Boden hockte.

Siquani stand auf, hielt die Tonpfeife mit beiden Händen vor sich ausgestreckt. Er ging zu einem der Wacholder, die in der Nähe wuchsen, zwickte mit Daumen und Zeigefinger ein Stück Zweig ab und krümelte es dann in den mit Tabak gefüllten Kopf der Pfeife; anschließend wühlte er in seiner Hemdtasche herum und brachte schließlich ein Zündholz zum Vorschein, das er an seinem Hosenboden anriß. Er hielt das Zündholz über den Pfeifenkopf, paffte und drehte sich langsam im Kreis, blies würzige Rauchwolken in alle vier Himmelsrichtungen. Als er den Kreis vollendet hatte, wandte er sich wieder dem Geist von Arturo Cruz zu, der in diesem Augenblick aus der Sonne heruntergestiegen war.

»Das hier nennen wir wiederaufbereiteten Tabak«, sagte Siquani. »Und dies ist starker Wacholder, also wird es vielleicht wirken.« Er sah Arturo mit gerunzelter Stirn an. »Aber ich weiß es nicht. Im allgemeinen gilt es als schlecht, tote Leute um sich herum zu haben, wenn man so arbeitet.«

»Sie meinen, wenn man eine Medizin macht, um alles zu beschützen. Möchten Sie, daß ich zu dem Allrad zurückkehre, damit es nicht ganz so aussichtslos ist?«

Siquani schüttelte den Kopf, so daß die grauen Zöpfe über seiner schmalen Brust tanzten, und spähte dann an Arturo vorbei nach Westen. Die Sonne schien jetzt über dem Kamm der am weitesten im Westen liegenden Bergkette gleichsam in der Schwebe zu hängen, ein roter Ball in einer gefährlich wirkenden Balance. »Jetzt, wo ich Medizin für diesen Großvaterbaum mache, denke ich, daß es für das, was wir tun müssen, besser ist, wenn du bleibst. Man muß neue Dinge ausprobieren. Das wichtige ist nicht dieser Tabak, sondern das, was im Herzen ist.«

»Sie sind ein starker Mann, daß Sie die Maschine so weit gefahren haben. Ich glaube nicht, daß Sie viel kaputtgemacht haben. Sie könnten einer von diesen Rennfahrern sein wie die Unsers in Albuquerque.«

Siquani sah mißtrauisch auf eine Motorsäge hinab, die nahe der Stelle lag, wo er auf dem Boden gehockt hatte. »Ich hätte schon lange lernen sollen, wie man eines von diesen Dingern führt; es ist gar nicht so schwierig. Jetzt hoffe ich nur, daß diese alte Säge anspringt.«

Er bückte sich und hob die Säge auf, drehte sich dann um und ging mit der Säge in der Hand auf den verkrüppelten Wacholder zu, der ein paar Meter weiter hügelaufwärts stand. Er legte sie hin, kehrte um und holte einen Rupfensack, den er neben die Säge fallen ließ. Der östliche Himmel schien plötzlich einen Funken von der Sonne zu fangen, und goldenes Feuer breitete sich von einem Ende des Himmels bis zum anderen aus, verdunkelte sich an den Rändern der aufgetürmten Wolken. Die Leiche auf dem Baum sah dunkel und kantig aus, wie ein ausgemergelter dürrer Vogel.

»Ich hoffe, daß diese alte Säge anspringt.« Siquani setzte seinen kleinen, in einem Tennisschuh steckenden Fuß in den Handgriff der Säge, um sie festzuhalten, und packte den Seilzug mit beiden Händen. Er zog daran, richtete sich ruckartig auf; die Säge stotterte und ging aus. Er beugte sich wieder vor, faßte das Seil erneut mit beiden Händen und riß ein zweites Mal daran. Diesmal stotterte die Säge wieder, sprang aber an und erwachte zu ohrenbetäubendem Leben.

»Ich wünschte«, setzte Arturo laut an, aber der alte Mann gebot ihm mit einer Handbewegung Schweigen und hob die Säge auf.

Die Säge gegen sein dünnes, in Bluejeans steckendes Bein gestemmt, drückte Siquani das Sägeblatt gegen den Baum. Die Kette schnitt sofort ins Holz, die Säge sprang ihm aus den Händen, landete auf der Seite und rollte ein paar Fuß den Hügel hinunter.

»Sie müssen es ein wenig langsamer machen«, sagte Arturo. »Ich denke, Sie müssen die Säge fester halten.«

Der alte Mann hob stumm die immer noch laufende Säge auf und ging zu dem Baum zurück. Wieder stemmte er die Säge gegen seinen Schenkel und drückte das Sägeblatt gegen den Baum. Diesmal hielt er fest, als die Zähne sich in das Holz fraßen und zog die Säge rückwärts halb um den Stamm herum. Als der Schnitt fertig war, schaltete er die Säge ab und legte sie auf den Boden, ließ sich daneben niedersinken und starrte angewidert zu dem Geist von Arturo Cruz auf.

Arturo kam zu ihm und setzte sich daneben. »Wissen Sie, ich war mal ein recht guter Holzfäller«, sagte er. »Als ich ein kleiner Junge war, haben wir im *bosque* Holz gemacht, und bei den Häusern große Haufen davon aufgetürmt. Ich war wirklich gut. Manchmal sind wir sogar im Schnee hinausgegangen und haben Holz gesägt, und wenn man dieses Holz verbrennt, riecht es süß.« Arturo sah auf seine Hände, die er zwischen den Knien verschränkt hielt. »Ich glaube, das wird mir fehlen. Wenn im Winterschnee alles so ruhig wird, und man riechen kann, wie die Leute in allen Häusern Pinien und Wacholderholz verbrennen, und all die kleinen Vögel mit den dunklen Köpfen draußen im Schnee sind. Meine Großmutter hat immer frischen Schnee in einem großen Topf gesammelt und Sirup und ein wenig Sahne hineingemischt. Wir Kinder haben das wie Eiscreme gegessen.«

Siquani nickte; er hatte den Kopf jetzt etwas zur Seite gelegt und blickte zum Himmel. »Ja«, sagte er. »Manchmal, wenn Billy nicht da ist, und ich lange Zeit niemanden zu sehen bekomme, dann fühle ich mich wie Kanati, der Jäger, vor unendlichen Zeiten, als er ganz allein auf der Erde war, ehe Erste Frau kam. Ich glaube, für mich ist es auch Zeit, nach Hause zurückzukehren.« Er nahm einen seiner Zöpfe in die Hand und musterte ihn. »Ich war wie viele andere, als jene weißen Männer das erste Mal kamen. Ich dachte, es würde schon gut sein, dachte, wir könnten mit ihnen zusammenleben, wie wir es mit anderen getan haben. Selbst als wir ein wenig zu kämpfen anfingen, dachte ich, das wäre schon in Ordnung, weil wir ja immer unsere Kämpfe hatten, manchmal mit anderen Völkern. Das war eben so. Als die Indianermenschen anfingen, all die Hirsche zu töten, um ihre Häute an die weißen Männer zu verkaufen, kam Awi Usdi, der Kleine Hirsch, und bat mich zu helfen. Mein Volk wird weggehen, hat er gesagt, wenn nicht etwas getan wird. Aber niemand wollte auf ihn hören, und die Hirsche mußten sich an Orten verstecken, wo selbst Indianer sie nicht finden konnten. Dann habe ich gesehen, wie die weißen Menschen uns alles Land genommen und kleine Kinder und alte Leute in Pferche gesteckt haben, um sie dort sterben zu lassen. Und dann haben sie uns gezwungen, in das Dunkler Werdende Land zu gehen. Und auf dem ganzen Weg dorthin haben wir gesehen, wie die schwarzen Raben und Bussarde uns beobachtet haben; wir haben gehört, wie die Thunder Boys uns gewarnt haben. Und eines Nachts, als es sehr kalt war, und ich hören konnte, wie überall die Babys geschrien haben, da kam Awi Usdi und hat mir gesagt, ich sollte aufpassen und mir alles merken. Das sei meine Aufgabe, haben die gesagt. Eines Tages, haben sie gesagt, würden die Indianer wieder stark sein und die Hirsche auch. Du mußt dir alles merken, haben die gesagt.«

Der alte Mann stand auf und beugte sich über die Kettensäge. Er stellte wieder den Fuß in den Griff und ließ die Säge diesmal mit einem einzigen Ruck an. Als er aus einer Seite des Baums eine breite Kerbe geschnitten hatte, ging er langsam um den Baum herum und drückte die Säge erneut ins Holz.

Nach wenigen Minuten begann der ganze Wacholder zu zittern und zu beben, und schließlich knackte es. Ganz langsam neigte der Baum sich zur Seite, beugte sich wie ein alter Mann, und seine Äste griffen wie Hände nach der Erde. Langsam kippte der Baum vom Gewicht seiner Äste zur Seite gezogen, und veranlaßte Siquani dazu, einen Sprung nach rückwärts zu machen, als die Äste durch den Geist von Arturo Cruz herunterfuhren.

»Hey, alter Mann«, rief Arturo, als er aus dem gefällten Baum heraustrat. »Schau, was du getan hast.«

Siquani schaltete die Säge ab und ließ sie zu Boden fallen. Er ging um die Äste des großen Baumes herum und sah Arturo bedächtig an.

»Er ist mitten durch dich hindurchgefallen. Du bist überhaupt nicht verletzt.«

»Ich nicht«, sagte Arturo und deutete. »Das da.«

Der Kopf der Leiche hing ganz für sich allein zwischen zwei Ästen, und seine leeren Augenhöhlen starrten sie an. Ein paar Fuß von dem Baum entfernt lag der Torso zwischen moosbedeckten Felsen, während andere Teile von Arturo Cruz zwischen den silbernen Überresten des toten Wacholders verstreut waren.

»Ich glaube, das waren die Vögel und die Witterung«, sagte Siquani.

»Ihr Cherokee habt wohl gar keine Ehrfurcht vor euren Toten.«

»Natürlich haben wir Ehrfurcht. Du bist ja nicht verletzt.« Der alte Mann ging zu dem Rupfensack und zog ein weißes Laken heraus, das er auf dem Boden ausbreitete. Dann stand er einen Augenblick lang da und sah den leeren Sack an. Schließlich wanderte sein Blick zu den Leichenteilen, die zum Teil in dem gefällten Baum hingen und zum Teil über das niedrig wachsende Moskitogras und den sich in Büschen zusammendrängenden Salbei verteilt waren. »Cherokee mögen Geister auch nicht mehr, als das andere Leute tun. Das hier ist gefährlich, Arturo. Als das andere Mal so viele auf dem Pfad gestorben sind, waren die anderen Alten stärker als ich.«

»Der Tabak wird dich vielleicht schützen«, antwortete Arturo. »Außerdem ist es wahrscheinlich ein wenig anders, weil in diesem ganz speziellen Fall ja ich der Geist bin.«

Siquani sah Arturo einige Augenblicke lang an und schürzte dann die Lippen. »Ist schon besser, als wenn man ganz verschwindet«, sagte er, und fing dann an, die Leichenteile einzusammeln und sie auf das Laken zu legen. Plötzlich stieß ein Rabe, der von einem nahestehenden Wacholder aus zugesehen hatte, herunter, packte sich etwas und flog dann mit trägen Flügelschlägen auf die Hügel zu.

»Meine Hand«, schrie Arturo. »Er hat meine Hand genommen.«

Siquani sah zu, wie der Vogel im Wald weiter oben verschwand. »Wahrscheinlich wollte er den Ring«, sagte er. »Vielleicht ist es besser, wir bringen dich zu deinen Leuten, damit die das richtig machen können.«

Arturo blickte in die Richtung, in der der Vogel verschwunden war, und schüttelte traurig den Kopf. »Nein, Großvater. Ich glaube nicht, daß wir das tun können.«

»Aber so gehört es sich. Wir können ja die Maschine dorthin fahren.«

Arturo schüttelte den Kopf, drehte sich dann um und sah die Leichenteile auf dem Laken an. »Was von mir übriggebliebenen ist, riecht nicht sonderlich gut«, sagte er. »Wir können mich nicht zurückbringen, weil meine Familie dann alle möglichen Fragen über mich stellen wird. Sie werden die Stammespolizei rufen, und die wird das FBI holen. Das FBI wird dann alles herausfinden.«

»Vielleicht muß es so sein«, erwiderte Siquani. »Vielleicht ist das die einzige Möglichkeit.«

Arturo schüttelte den Kopf. »Die Polizei wird Ihren Enkel und seinen Freund verhaften. Nein, ich denke, wir sollten mich auf der Ranch Ihres Enkels begraben, so wie wir das geplant haben, vielleicht dort, wo Sie das Blitzholz für Ihr Feuer lagern.« Er deutete auf eine ein paar Fuß entfernte Stelle. »Da drüben ist noch ein Stück von mir. Auf die Weise können Billy und Will das Geld behalten.«

Siquani hob das Fragment auf und ließ es auf das Laken fallen. »Sie sollten das Geld vielleicht nicht behalten.«

»Vielleicht können sie das Geld dazu benutzen, um diesem Land zu helfen«, sagte Arturo. »Vielleicht wird es die böse Macht von jenem Geld brechen, wenn sie es hier irgendwo der Erde zuführen.«

Siquani blickte zum westlichen Horizont, wo die Sonne inzwischen verschwunden war. »Aber der Weg meines Enkels führt ins Nachtland. Manche Dinge kann man nicht ändern.« Er packte die vier Ecken des Lakens und band sie mit großer Mühe zusammen. »Wir können später noch einmal hierherkommen und die Säge holen, aber jetzt müssen wir dich zu der Maschine hinunterbringen. Wir werden dich oben an der Quelle begraben. Fließendes Wasser hat große Kraft.«

»Für meine Leute haben die Toten eine wichtige Aufgabe«, sagte Arturo, als sie zusammen den Hügel hinuntergingen, Siquani unter dem Gewicht des Lakens gebeugt. »Die Toten bringen den Leuten den Regen.«

Fünfundzwanzig

»Da schau sich einer diese Scheißdinger an. Wie lauter gottverdammte Augen, die alles anstarren. Das hat uns dieses Land angetan. Ganz besonders euch Indianern. Ich wette, die zielen mit diesen Dingern genau auf Indianerland. Damit sie sehen, ob ihr Rothäute wieder auf den Scheißkriegspfad gehen wollt.«

Auf der einen Seite der zweispurigen Straße konnte man weit verteilt auf der hohen, kargen Ebene die weißen Schüsseln der Teleskope stehen sehen; jede der auf drei Beinen ruhenden Schüsseln beweglich, auf eigenen Stahlgleisen, siebenundzwanzig Gesichter der nach Norden gerichteten Radioteleskope. Hinter dem Array stieg das Land etwas an und war mit einigen wenigen verkrüppelten Bäumen bestanden, die sich zu Wald verdichteten, als das Land zu den dunkleren Bergen anstieg. Drahtige gespenstische Fäden von blauweißem Blitz waberten über den Bergen. Ein schwarzer Maschenzaun grenzte die Regierungsanlage von der Straße ab und umgab die Schüsseln auf allen Seiten.

»Ich habe gelesen, diese Dinge sind mit anderen verbunden, die über den ganzen beschissenen Planeten verteilt sind. Die koppeln sie mit Computern zusammen und sehen Milliarden von Lichtjahre in den Weltraum hinaus. Was die einem nicht sagen, ist, daß sie hier unten auch alles damit sehen können, wenn sie wollen. Die können aus tausend Meilen Entfernung ein Foto von einer Warze auf deinem Arsch machen. Und weißt du was – diese Scheißkerle tun das auch.«

Der Sprecher kurbelte das Fenster hinunter und beugte sich hinaus, um sich in dem zersprungenen Seitenspiegel des Pick-ups zu betrachten. Er lächelte, stocherte mit dem Fingernagel zwischen seinen Zähnen herum und fuhr sich dann zufrieden mit derselben Hand über sein schwarzes kurzgeschnittenes Haar.

»Hast du schon von dem neuen Scheißzeug gehört, das die in den Sandialabs entwickelt haben? Das ist eine Art Knarre, die so'n Plastikzeug verschießt, das einen an die nächste Wand oder so was kleben kann. Die können diesen Scheiß in eine Menschenmenge schießen, und dann ist das wie Fliegenkleber. Da, schau dir diese Gabelantilopen an.« Er blickte zu einem halben Dutzend Tieren mit weißen Bäuchen, die auf der gegenüberliegenden Straßenseite vor ihnen davonhetzten. »Die Leute meinen, daß das Antilopen sind, dabei sind sie nicht einmal verwandt. Diese großen verdammten Oryx, die sie drüben in White Sands haben, diese siebenhundert Pfund schweren Biester aus Afrika, das sind echte Antilopen. Sechs Fuß lange Hörner haben die. Die können sogar einem afrikanischen Löwen gefährlich werden. Stell dir mal vor, wie so ein dürrer kleiner Scheißer von Kojote sich fühlt, wenn er eines von diesen Biestern vor sich sieht. Scheiße, müssen diese Kojoten sich denken, wo zum Teufel kommt dieses Ding wohl her.«

»Mister Kojote würde seinen Verstand benutzen«, sagte Paco Ortega. »Ich wette mit dir, der sieht im Augenblick gerade zu, wie er diese afrikanischen Antilopen überredet, in seine Bratpfanne zu hüpfen. Wahrscheinlich lernt er ein paar neue afrikanische Tanzschritte und ein paar Lieder obendrein.« Er lächelte mit geschlossenen Lippen, und dort, wo seine Sonnenbrille aufhörte, bildete sich ein Geflecht winziger Fältchen. »Kojoten haben sich noch nie lange überraschen lassen und sich immer gut angepaßt. Hör gut zu, Duane, dann hörst du nachts im Lied der Kojoten einen leichten afrikanischen Akzent.«

Scales schnaubte. »Dann steht Mister Kojote einiges an internationaler Küche bevor. Hast du von dieser Herde von persischen Steinböcken gehört, die sie in den Florida-Bergen ausgesetzt haben, zähe, kleine Ziegen mit einem Bart, der bis zum Boden hängt? Heutzutage findet man diese Scheißdinger schon in Mexiko und drüben in Texas. Und dann diese Barbaryschafe, die sich überall ausbreiten und die Maultierhirsche vertreiben. Richtig verrückt geht das hier zu. Ich hab gelesen, wie da so ein Arschloch aus dem Büro für Wild und Fischerei gesagt hat, die hätten da ein paar leere Nischen im Ökosystem gefunden, die sie füllen könnten, und deshalb hätten sie all den Scheiß ins Land gebracht. Jetzt frage ich dich, was sind da für Arschlöcher am Werk, Paco? Leere Nischen im verdammten Ökosystem? Und all diese Arschlöcher von Ranchern sind sauer, weil die Behörden in White Sands wieder mexikanische Wölfe einführen wollen. Jetzt haben wir schon all diese Rednecks, die sich auf Kosten des Steuerzahlers Rancher nennen dürfen und sich aufregen, weil die Wölfe ihre kleinen Kühe auffressen, die gratis auf Regierungsland in geschütztem Wildnisgebiet grasen, wo sie das Gesetz brechen, indem sie mit Bulldozern Wassertanks anbringen. Kann man so etwas glauben? Verdammt, ich würde hundert Stück von ihren Kühen kaufen, um die gottverdammten Wölfe damit zu füttern. Auf eigene Kosten. Hast du von diesem Navajo gehört, der mit einem Büffel zusammengeprallt ist? Sein Pick-up hatte Totalschaden und der Büffel auch. Auf dieser Straße hier. Ein Stückchen weiter hinten in der Nähe von Springerville. Scheißbüffel, Mann. So wie ihn Jane Fonda und der Typ, den sie geheiratet hat, züchten wollen. Ich hab' selbst gehört, wie der Typ gesagt hat, er und Jane würden etwas für die Umwelt tun, weil sie manchmal abends kacken gehen, ohne die Spülung zu ziehen. Umweltschützer! Daß ich nicht lache.«

Paco Ortega sah zu seinem Passagier hinüber und wandte sich dann wieder der Straße zu. Seine dunkle Sonnenbrille blitzte, und sein langes, schwarzes Haar flog über das ausgebleichte Blau seiner Jeansjacke. Dann sagte er leise: »Ich habe dir gesagt, du sollst das Zeug nicht selbst nehmen, Duane. Du weißt, daß es nicht gut für dich ist.«

»Scheiß drauf, Ortega. Als ob ich ein Junkie wäre. Ich denke bloß über all den Unfug nach. Das ist scheißwichtig, Mann. Die Zukunft des ganzen Scheißplaneten – davon rede ich hier.« Die Augen von Scales zogen sich zu schwarzen Schlitzen zusammen, und sein braunes Gesicht verdunkelte sich vor der Landschaft, die draußen am Fenster vorbeizog. Ortega sah ihn an und blickte dann auf eine graue Taube, die vor ihnen über die Straße schoß.

»Ich kapiere bloß nicht, wie ihr Indianer euch das alles gefallen laßt«, fuhr Scales fort, und seine Stimme klang wie ein Reibeisen. »Man kann hinsehen, wo man will, Mann, und man sieht, was weiße Typen wie ich euch angetan haben. Wenn ich Indianer wäre, würde ich jeden Tag einen Scheißkrieg anfangen.«

»Duane, du würdest jeden Tag einen Krieg anfangen, ganz gleich, wer du bist. Wenn du damit durchkommen könntest.« Ortega lächelte. »Ich bewundere ja dein Umweltbewußtsein, aber hast du je darüber nachgedacht, daß der Krieg, von dem du redest, vielleicht schon angefangen hat, und daß du mittendrin steckst? Vielleicht bist du so etwas ähnliches wie diese Indianerscouts, die Custer zum Little Big Horn geführt haben. Und noch eines, Duane, ich habe mich immer gefragt, weshalb du dich eigentlich als einen Weißen bezeichnest, wo du doch brauner bist als ich.«

Scales rutschte auf seinem Sitz herum, zog die Schultern hoch und kratzte sich dann abwesend unter seiner schwarzen Lederjacke am Hals. »Ich habe eine Menge schwarzes Irenblut in mir, und Cajunblut auch. Meine ganze Familie ist dunkelhäutig. Deshalb arbeite ich ja so gern mit euch Typen. Ich spüre die Bürde des weißen Mannes. Indianerscout, daß ich nicht lache. Du könntest sagen, daß ich einfach ein verflachter Idealist bin, dem das nicht paßt, was der weiße Mann seinem gottverdammten roten Bruder angetan hat.« Sein Gesicht zersprang in ein gelbzahniges Lächeln. »Der edle braunhäutige rote Mann. Sieht so aus, als ob diese Apaches sich dazu entscheiden würden, einen Haufen beschissenes Plutonium in ihrem Reservat zu vergraben. Das hat uns gerade noch gefehlt.«

»Die Welt braucht mehr überzeugte Umweltschützer wie dich, Duane«, antwortete Ortega, ohne den Blick hinter seiner Sonnenbrille von der Straße zu wenden. Seine Stimme war beinahe ein Flüstern. »Du hast nur die Interessen von Mutter Erde im Herzen, oder nicht? Profit bedeutet für einen Mann deiner Integrität nichts. Aber ich will dir was sagen ... weißer Mann.« Die beiden letzten Worte kamen ganz leise heraus, so daß Scales die Ohren spitzen mußte, um sie zu hören.

»Ich kenne mich in Geschichte aus, Duane. Ich weiß beispielsweise, daß die Spanier dort drüben in Acoma«, er deutete mit einer Kopfbewegung nach Nordwesten, »jedem erwachsenen Mann den rechten Fuß abgeschnitten und die Frauen und Kinder als Sklaven verkauft haben. Und das ist nur der Anfang. Im Osten gab es einen britischen General namens Amherst, der auf die glänzende Idee kam, mit Pokken infizierte Decken an Indianer zu verteilen. Diese Decken haben Tausende und Abertausende von Menschen umgebracht. Ganz besonders die Kinder und die Babys und die Alten, und in ihrer Dankbarkeit haben die weißen Leute eine Stadt und eine Universität nach ihm benannt. Ich kann all die Kinder immer noch schreien hören, Duane, all die Indianerbabys. Die haben neunzig Prozent aller Indianer getötet, die einmal auf diesem Kontinent gelebt haben. Als die Nazis das getan haben, haben sie es Völkermord genannt, aber die Nazis haben das nicht annähernd so gut gekonnt wie die

Amerikaner. Heute nehmen sie statt Decken Alkohol und toxische Abfallstoffe.«

»Hör schon auf mit dem langweiligen Quatsch«, antwortete Duane. »Ich war schon auf dem College. Es ist ganz einfach. Solange es Menschen gibt, hat jeder jeden umgebracht. Meinst du, was diese mongolischen Scheißkerle getan haben, als sie ganze Städte vom Antlitz der Erde ausgelöscht haben, war besser? Allen die Hälse durchschneiden? Diese Typen waren vermutlich deine Vorfahren. Und waren vielleicht diese Azteken, die mit den Köpfen ihrer Nachbarn Ball gespielt haben, zivilisierter? Und die alten Juden in der Bibel, die ganze Volksstämme mit dem Schwert ausgelöscht haben, weil Gott es ihnen aufgetragen hat? Die Großen fressen die Kleinen, und die Größten fressen die meisten. Das habe ich in einem Buch gelesen.«

Ortega zuckte die Achseln. »Ich sehe, wir haben unterschiedliche Auffassungen. Aber die Wahrheit ist, daß wir, von meiner Warte aus betrachtet, Duane, daß wir beide, du und ich, die Rechnung ein wenig ausgleichen. Genauer gesagt«, ein schwaches Lächeln zog über seine Lippen, »ich würde dich gern als meinen getreuen Begleiter sehen, meinen ganz persönlichen bösen Lone Ranger.«

»Lone Ranger, daß ich nicht lache.« Scales schnitt eine Grimasse. »Herrgott, du kannst einem ja noch mehr auf den Geist gehen als ich selbst. Laß uns einfach das Geld finden, Kemo Sabe, die Scheißkerle alle machen, die es haben, und hier verschwinden.«

»Noch einmal, Duane, du zeigst wieder die typische Ungeduld des weißen Mannes. Das ist, weil du wie alle weißen Leute, selbst die mit brauner Haut, in etwas existierst, was ihr euch als entropisch lineare Zeit vorstellt. Ihr müßt euch einen anderen Zeitbegriff zulegen, Duane, und begreifen, daß in dem großen Kontinuum alles gleichzeitig existiert. Daß im endlosen Zyklus der Zeit alles mit allem anderen in Verbindung steht. Ihr müßt einfach aufhören, an diese schrecklichen europäischen Lügen von der Fragmentation und dem Fortschritt zu glauben, und – das ist wichtig, Duane – ihr müßt dem Rauschgift aus dem Weg gehen. Rauschgift wird euch töten. Vielleicht sollte ich dir eine Geschichte erzählen.«

»Wenn du mir jetzt wieder eine von diesen gottverdammten Kojotengeschichten erzählst, dann steige ich sofort aus.«

»Auf die Weise unterrichten wir die jungen Leute.«

Sie sahen zu, wie ein mit Vieh beladener Neunachser an ihnen vorbei nach Westen rollte.

»Du solltest in mir einfach den Älteren sehen, Duane.«

»Und du in mir den Typen, der dir jetzt diesen Schalthebel in den Arsch rammt, wenn du wieder anfängst, Geschichten zu erzählen, Ortega. Laß uns einfach das beschissene Geld holen und hier verduften. Mir ist von diesem Land speiübel.«

»Deshalb bist du für mich so wertvoll. Deine Ungeduld und dein Glaube an eine Art endgültiges Ziel machen dich zu einem Mann der Tat.« Ortega zog ein rotes Bandanna aus der Hüfttasche und wischte sich die Stirn, ehe er sich mit einer Hand die Brille zurechtschob. Das flache Land auf beiden Seiten der Straße war jetzt allmählich in sanfte, mit Wacholder und Pinien bewachsene Hügel übergegangen, die von tiefen Arroyos durchzogen waren. Im Süden ragte eine Felsformation wie eine blauschwarze Wand auf, und hinter der Wand türmten sich höhere Berge dem ausgewaschenen Himmel entgegen. In kurzen Abständen zuckten Blitze durch die Wolkentupfer über den Bergen.

»Bloß, weil ich nicht an die Scheiß-Indianerzeit glaube«, antwortete Scales. »Zwei Uhr bedeutet fünf Uhr, heute bedeutet vielleicht morgen, vielleicht auch die gottverdammte nächste Woche. Immer *mañana,* schlimmer als die

Scheißmexikaner. Ihr Typen könnt wahrscheinlich in der modernen Welt gar nicht richtig funktionieren. Mag ja sein, daß ihr die richtige Einstellung zur Umwelt habt. Aber ansonsten seid ihr verdammt primitiv.«

»Das ist das Lustige dran«, fügte Paco Ortega hinzu, ohne dabei seinen Fahrgast anzusehen. »Die Männer, die das Geld haben, sind auch Indianer.« Er drehte sich kurz herum, um zu sehen, wie das Gesagte auf den anderen wirkte.

»Ehrlich? Was für welche?«

»Cherokee.«

»Echte Cherokee? Dieselben wie die, auf die sie Ben und Rudy angesetzt haben? Hast du eine Ahnung, was aus Ben und Rudy geworden ist?«

Ortega schüttelte den Kopf.

»Das ist wirklich Wahnsinn. Ich meine, zuerst verschwindet Arturo und dann diese Typen. Du meinst, diese Cherokee haben sie erwischt?«

Ein Wagen kam ihnen auf der Gegenfahrbahn entgegen, und Ortega schien ihn zu studieren, ehe er antwortete: »Ich denke jedenfalls, daß wir aufpassen sollten.«

»Aufpassen auf ein paar unechte Indianer, die sich einbilden, daß sie plötzlich reich geworden sind?«

Ortega schüttelte den Kopf. »Rudy hat gesagt, die beiden seien echte Halbblut-Cherokee. Echte Cherokee-Indianer. Einer von ihnen hat einen vollblütigen Großvater, der bei ihm lebt.«

»So was gibt es doch gar nicht. Was meinst du denn, daß mit Arturo passiert ist?«

Ortegas Gesicht blieb ausdruckslos. »Das würde ich gerne herausbekommen.«

»Mal sehen, ob ich das richtig mitgekriegt habe. Arturo hat das Zeug dreißig Meilen vor dem geplanten Zielort abgeworfen, und dann ist das Flugzeug einfach verschwunden?«

Paco blieb eine Weile stumm. Er schob sich mit der rechten Hand die Sonnenbrille und dann den Hut zurecht, zog sich die Krempe tiefer in die Stirn. »Niemand weiß, was Arturo zugestoßen ist. Jemand hat das Flugzeug auf einer Piste außerhalb von Springerville gefunden. Der Pilot, ich glaube nicht, daß du ihn gekannt hast, war noch in der Maschine.«

»Absturz?«

»Jemand hat ihn erschossen.« Ortega atmete tief und ließ den Atem dann langsam heraus.

»Aber die können das nicht zu uns zurückverfolgen.«

Ortega schüttelte den Kopf. »Keine Gefahr. Ben und Rudy haben den Signalgeber bis hierher verfolgt, aber er hat aufgehört zu senden, ehe sie ihn erreicht haben. Und jetzt kommt das Ungewöhnlichste.«

Er nahm die Sonnenbrille ab, schob den Hut wieder zurück und wischte sich mit dem Bandanna die nassen Kreise um seine Augen, ehe er die Brille wieder aufsetzte und sich den Hut zurechtschob. »Sie haben eine große Explosion am Himmel gesehen, und in der Zeitung steht, die Polizei hätte einen Hubschrauber gefunden, der in der Gegend abgestürzt ist.«

Scales kaute eine Weile auf seiner Unterlippe und sah auf die Straße. Schließlich sagte er: »Du meinst, Arturo hat das Geld vorzeitig abgeworfen, damit jemand, der in dem Chopper saß, es aufheben konnte?«

»Arturo würde das nicht tun.«

»Sagst du das, weil er der Junge deiner Schwester ist, oder weil du es wirklich glaubst? Also laß mich mal sehen, ob ich das richtig kapiere. Jemand hat das Geld zu früh abgeworfen, und irgendwie haben diese Cherokee-Scheißkerle es gefunden. Richtig? Aber die haben doch sicher nicht das Flugzeug nach Arizona geflogen oder den Piloten erschossen oder Arturo verschwinden lassen. Da ist etwas, was du mir nicht sagst, *pendejo*. Ich kenne dich jetzt lange genug, um das zu wissen. Du glaubst nicht, daß Arturo mit diesen Cherokee-Cowboys zusammengearbeitet hat? Ich glaube, da hast du recht. Arturo würde uns nicht bescheißen. Also ...«

»Ich habe dir schon mehr gesagt, als du wissen mußt, Duane. Das ist mein Geld, und du arbeitest für mich. Das sollte klar sein. Du weißt, daß Rudy sehr gründlich war. Er und Ben haben einen alten Landcruiser aus der Nähe der Stelle kommen sehen, wo der Helikopter explodiert ist, und sie haben einen Kotflügel gefunden, der von dem Landcruiser abgebrochen ist. Der Kotflügel hatte Einschußlöcher. Sie sind nach Magdalena gegangen, haben dort ein paar Fragen gestellt und herausgekriegt, daß einem der Cherokee der einzige Landcruiser im ganzen County gehörte. Die Leute haben gesagt, die beiden hätten aneinander angrenzende Ranches und stecken auch immer zusammen wie Brüder, also habe ich Rudy gesagt, er soll die Cherokee finden. Er hat auch noch gesagt, die Cherokee seien mit irgend so einem Biker hier in der Gegend befreundet, der ein wenig dealt – Kleinkram, Peanuts, und das ist das Letzte, was ich von ihnen gehört habe.«

»Irgend etwas ist da faul. Ich rieche einfach die Scheiße, Ortega. Du hast zwei von meinen Freunden hierher geschickt, die nicht zurückgekommen sind.« Scales drehte sich im Sitz halb herum und starrte den Mann am Steuer an. »Du baust Scheiße wegen irgend so einem Scheißspiel, das du treibst, und von dem ich nichts weiß. Und ich werde dafür sorgen, daß es dabei genauso um deinen Arsch geht wie um meinen.«

Ortega schüttelte den Kopf. »Du und ich, wir beide wissen, daß du keine Freunde hast, Duane. Aber ich glaube, daß du deine Drohung ernst meinst. Und das ist einer der Gründe, weshalb ich dich mag. Du bist nicht unterwürfig, und doch tust du, was man dir anschafft. Aber dein Gefühl könnte in diesem Fall durchaus richtig sein. Ich werde dir sagen, was du meiner Ansicht nach wissen mußt, so wie ich das immer getan habe. Und das ist alles. Aber hier unten sind Dinge im Gang, die einfach keinen Sinn ergeben, Dinge, die ich nicht erklären kann, Gefühle, die mir fremd sind.«

Ortega sah Scales jetzt voll an. »Wir haben es hier möglicherweise mit mystischen Kräften zu tun, die wir auch nicht annähernd begreifen, Duane.« Seine Mundwinkel verzogen sich in der Andeutung eines Lächelns.

»Mystische Kräfte – jetzt mache ich mir gleich in die Hosen! Auf Leute wie Rudy und Ben kann man ja vielleicht mit solchem Rothäutescheiß Eindruck machen, aber bei mir kannst du dir den Bockmist sparen.«

»Nun ja, Duane, so weit mir bekannt ist, gibt es in diesem ganzen Spiel bloß einen Joker, und den habe ich gut markiert. Trotzdem sollten wir besser sehr vorsichtig sein. Außer dir und mir, Duane, weiß niemand, daß dieses Geld existiert, mit Ausnahme von dem- oder denjenigen, der es jetzt hat.«

»Dann kann ich nur hoffen, daß du diesen sogenannten Joker wirklich gut markiert hast, was auch immer du mit diesem Indianerbockmist meinst. Ich habe jedenfalls keine Lust, mir die Eier abschießen zu lassen, weil Paco Ortega sich irgendwelchen hirnverbrannten Stuß in den Kopf gesetzt hat.«

Die Straße senkte sich plötzlich, und in der Ferne konnte man eine kleine Ortschaft sehen.

»Pie Town«, sagte Scales und deutete hin. »Früher haben die dort Kuchen verkauft.«

»Würdest du gerne in Pie Town anhalten und dir ein Stück Kuchen kaufen, Duane?«

»Die haben vor fünfzig Jahren aufgehört, hier Kuchen zu machen. Die Cowboys haben früher alle ihre Kuchen gegessen. Die haben massenweise Kühe aus Arizona durch diesen Paß getrieben. Kuhfladen. All die gottverdammten Mormonen-Rancher. Heute gibt es hier bloß noch alte Knochen.«

Ortega schüttelte den Kopf. »Denkst du manchmal über den Tod nach, Duane?«

»Nein, zur Hölle. Ich habe schon genug, worüber ich nachdenken muß.«

»Das solltest du aber, wo der Tod doch dein Geschäft ist.«

Scales griff unter sein Jackett und zog eine Neun-Millimeter-Glock heraus, deren Lauf auf Ortegas Brust wies. Er lud die Waffe durch, drehte sie um und hielt sie seinem Weggefährten mit dem Kolben voran hin.

»Weißt du, was ich vom Tod halte? Komm, blas mir meinen Scheißschädel herunter. Es braucht dazu bloß ein wenig Druck auf den Abzug, und dieses Stück Scheiße von einem Truck ist über und über mit meinem Hirn bedeckt. Nur zu, tu es doch.«

Er fuchtelte mit der Waffe herum. »Komm schon, Boß. Ist mir scheißegal.«

Ortega schüttelte langsam den Kopf. »Duane«, sagte er leise. »Das Leben selbst ist wertvoll. Das muß es sein, denn schließlich ist es unser einziges Tauschmittel, nicht wahr? Denk mal darüber nach, Duane. Wenn ein Leben, selbst deines, so wertlos wäre, was würde dann dieser kleine Krieg, den ich führe, bedeuten, was würden dann die letzten fünfhundert oder die letzten fünf Millionen Jahre bedeuten?«

»Du steckst so voll Scheiße, Ortega, daß ich jetzt ein Bier brauche.«

Ortega schüttelte den Kopf. »Ich habe gelesen, daß man mit einem Eßlöffel Bier zehntausend Neuronen in seinem Gehirn töten kann. Es ist Gift.«

»Aber es bringt nur die Schwachen um.« Scales grinste. »Du denkst, daß diese Typen Rudy und Ben umgelegt haben, nicht wahr? Das soll dieser ganze Unsinn von wegen Tod, oder? Also, so wie ich es sehe, weiß keiner einen Dreck vom Tod. Was gibt es da also viel nachzudenken? Du machst irgend so einen Mistkerl kalt, oder er macht dich kalt. Und dann tut einer von beiden nicht mehr, was er vorher getan hat. Es ist wirklich ganz einfach. Alles läuft einfach so weiter wie vorher, bloß daß es einen nicht mehr gibt. Und keiner kümmert sich darum, weil da noch mindestens eine Quadrillion Leute wie du draußen sind, über die man sich den Kopf zerbrechen muß. Es ist so wie all die armen Kerle, die die Regierung voll Plutonium gepumpt hat, ohne ihnen was zu sagen. Denkst du etwa, diese Wissenschaftler dachten, daß menschliches Leben wertvoll sei? Zum Teufel, wenn jeder auf dem ganzen beschissenen Planeten sich morgen einfach bloß umdrehen und den kaltmachen würde, der neben ihm steht, wären immer noch zu viele Arschlöcher am Leben, und für die Umwelt wäre das viel besser. Der Mensch ist eine beschissene Seuche. Das ist der Grund, weshalb all diese neuen Krankheiten aus dem Dschungel und dem Regenwald herauskommen. Dieses Ebola-Virus und der ganze Scheiß. Wir sind eine beschissene Seuche, und Mutter Erde hat endlich angefangen, etwas dagegen zu unternehmen.«

»Mein Volk weiß eine ganze Menge über den Tod«, erwiderte Ortega. »Wir haben Geschichten, die davon erzählen.«

»Jetzt fang bloß nicht wieder mit einer von deinen Geschichten an. Alles, was *dein* Volk hat, ist eine Unmenge Märchen, die ihr euch ausdenkt, damit ihr euch wohlfühlt, so wie alle anderen auch. Tatsache ist, daß keiner von uns sehr lange lebt. Ich meine, denk doch mal an diese gottverdammten Bäume oder überhaupt an irgend so ein Scheißding dort draußen.« Er gestikulierte zum Fenster des Pickup hinaus. »Einige von diesen Bäumen sind ein paar hundert Jahre alt, stimmt's? Und die gottverdammten Felsen, aus denen sie herauswachsen vielleicht eine Milliarde. Wenn ein

Mensch länger als hundert Jahre lebt, dann fangen alle an, 'rumzuhüpfen und zu sagen, das sei ein gottverdammtes Wunder, so wie diese Tante in Frankreich, die gerade hundertzwanzig geworden ist, und alle hüpfen 'rum und verleihen ihr Orden und so. Scheiß drauf. Das ist gar nichts. Ich sage, laß uns diese Typen finden, unser Geld zurückholen und sie ins Jenseits befördern. Oder vielleicht, und so wird es ganz bestimmt nicht kommen, aber vielleicht schicken *die uns* ins Jenseits. Wie auch immer! Ich meine, keiner von uns beiden wird, wenn wir großes Glück haben, noch länger als zwanzig oder dreißig Jahre leben. Und das ist für diese Felsen dort draußen nichts, nicht einmal ein Krümel Dreck. Ist einfach egal. Das will ich sagen. Und was zum Teufel auch immer nachher passiert, ist mir wirklich scheißegal.

Wenn du über den Tod nachdenken willst, dann geh doch in das Atomenergiemuseum in Albuquerque. Die haben dort diese zwei Bomben, die sie über Japan abgeworfen haben. Und vor jeder steht eine kleine Tafel, auf der steht, wie viele Leute sie umgebracht haben. Alles ganz schlicht in der Vergangenheit. Die haben die verdammte Bombe abgeworfen und eine Zahl X von beschissenen Menschen ist geröstet worden. Schlicht und ergreifend. Und rings um die zwei kleinen schwarzen Scheißdinger haben die ein richtiges Arsenal von hübschen, bunten Lenkwaffen mit Namen wie Thor und dergleichen aufgebaut und davor Tafeln, auf denen steht, was passieren *könnte* oder passieren *würde* oder *vielleicht* passieren *könnte,* wenn sie das jeweilige Scheißding jemals einsetzen würden. Das haben die aus dieser Welt gemacht.« Er verstummte und fing an, mit dem Daumennagel in den Zähnen herumzustochern.

»Du bist sowohl Umweltschützer als auch Skeptiker, Duane«, erwiderte Ortega. »Aber du solltest Kinder und Enkelkinder haben, damit zu begreifst, was Zeit ist.«

»Ich kann Kinder nicht ausstehen. Aber ich will dir sagen,

was ich begreife. Ich begreife, daß du diese Blechkiste verschrotten solltest, das du fährst. Dieser gottverdammte Sitz fühlt sich an, als ob er mit Blechbüchsen ausgestopft wäre. Ich begreife wirklich nicht, warum du nicht den Range Rover genommen hast.«

»Hör dir *den* Motor an. Er singt wie ein Vogel, oder etwa nicht? Benutze doch deinen Kopf ein einziges Mal zum Denken, Duane. Was wird den Leuten im ländlichen New Mexico zuerst auffallen, ein neunundsiebziger Ford Pick-up, der genauso aussieht wie jeder andere Pick-up im ganzen County oder ein funkelnagelneuer Range Rover um siebzigtausend Dollar?«

»Dieses verdammte Scheißding wird jetzt gleich mitten auf der Straße in Stücke gehen. Was zum Teufel machst du eigentlich mit all dem Kies, Ortega? Ich meine, du ziehst dich an wie ein beschissener Schuhvertreter, dem noch das Wasser vom Rio Grande in den Haaren klebt, durch den er aus Mexiko herübergekommen ist. Du fährst einen fünfzehn Jahre alten Schrotthaufen und kaufst für deine Handlanger Range Rovers um eine Million Dollar und wohnst in einer beschissenen Lehmhütte mitten im Niemandsland.«

Ortega konzentrierte sich auf die Straße. »Nun, die traurige Wahrheit ist die, Duane, daß der Range Rover zusammen mit den Leuten verschwunden ist, die du als deine Freunde bezeichnet hast. Aber gerade du solltest jedenfalls kapieren, daß man den Erfolg nicht in materiellem Gewinn mißt. Denk doch mal darüber nach. Ich wohne in der Gemeinschaft, in der meine Familie gelebt hat, solange jemand sich erinnern kann. Du könntest sagen seit aller Ewigkeit. Ich kenne meine Verwandten, alle kenne ich sie. Ich kenne die Geschichten, die mir sagen, wo mein Volk herkommt, wo wir sind, und wo wir hingehen. Wie viele Leute in Amerika können das von sich sagen? Ist das nicht eine Art von Reichtum, nach der sich fast alle auf der Welt sehnen? Die Leute kennen mich als einen einfachen Mann, der Schafe züchtet, ein wenig Mais und ein bißchen Chili anbaut und in Albuquerque mit Immobilien ein bißchen Geld verdient. Ich gehöre dorthin, wo ich bin. Ich habe den Range Rover gekauft, weil er sich gut dafür eignet, an schwierigen Stellen Sachen abzuholen, als wichtiges Gerät, weil man eben gutes Handwerkszeug haben muß. Aber stell dir einmal vor, ich würde anfangen, zu Hause einen auffälligen Wagen wie den Range Rover zu fahren oder teure Kleidung tragen, wie du das tust. Oder stell dir vor, ich würde auf die Idee kommen, aus dem Pueblo wegzuziehen und mir eines von diesen großen, teuren Häusern in Santa Fe bauen so wie das deine. Was würden die Leute denken?«

»Rauschgift, würden sie denken. Aber was soll das dann alles? Wenn du das beschissene Geld nicht ausgeben kannst, ist es doch nichts wert. Warum dann all die Mühe?«

»Erinnerst du dich an all die pockenverseuchten Decken, die die an die Indianer verteilt haben? Es ist ganz einfach. Ich gebe ihnen die Decken zurück, Duane. Das Rauschgift wird dieses Land zerstören. Ich gebe das Geschenk zurück.«

»Das ist ja krankhaft, Mann. Völlig verquer und verdreht.«

Ortega drehte sich zur Seite und schob die Sonnenbrille hoch, so daß man seine braunen Augen sehen konnte, ausdruckslos und flach. »Natürlich ist es das.«

»Und wie wollen wir diese Arschlöcher finden?«

Ortega schien einen Augenblick lang nachzudenken. »Wir könnten in der Ortschaft herumfragen, aber wenn sich das vermeiden läßt, würde ich das lieber nicht tun. Rudy hat mir gesagt, wo ihr Freund, der Biker, lebt. Ich denke, man kann ihn dazu überreden, daß er uns führt.«

»Was zum Teufel machst du denn mit all dem Geld?«

Ortega sah Duane an und schüttelte den Kopf.

Sechsundzwanzig

»Ich denke, es gibt eigentlich keinen Grund, diese Tür zu öffnen.«

Arturo studierte die Scheunentür einen Augenblick lang. »Nein, ich denke, da haben Sie wahrscheinlich recht«, erwiderte er, als Siquani auf das gähnende Loch in der Scheune zielte und dann, die knochigen Hände ruhig auf das Steuerrad gelegt, den Landcruiser auf geradem Kurs hielt.

»Vielleicht sollten Sie ein wenig auf die Bremse treten.«

Siquani nahm den Fuß vom Gas und stieß ihn kurz auf das Bremspedal, aber die Sohle seines Tennisschuhs glitt vom Pedalrand ab in den Zwischenraum zwischen Bremse und Gas. Er wollte den Fuß zurückreißen, aber er blieb da, wo er war.

»Mein Fuß hängt fest«, sagte er.

Arturo sah auf die näherkommende Scheune und anschließend auf Siquanis Schuh hinunter. »Vielleicht sollten Sie dann den Schlüssel umdrehen«, meinte er.

Siquani griff nach dem Zündschalter in dem Augenblick, als der Landcruiser die Tür erreichte, und passierte das Loch mit absoluter Präzision, riß nur noch ein paar Holzsplitter von den ausgefransten Rändern. Als der alte Mann nach dem Schlüssel tastete, prallte der Landcruiser auf die vorderste Reihe der in sich zusammensackenden Heuballen, was dazu führte, daß er vom Steuer zurück in den tiefen Sitz gedrückt wurde. Die Reifen griffen und zerrten entschlossen an den Ballen, schufen sich selbst eine plötzliche Rampe aus schon teilweise verrottetem Stroh und kletterten höher, zerrten weitere Ballen herunter und zerfetzten sie, bis die oberen Bereiche des Stapels ins Kippen gerieten und in einer Lawine auseinanderfallender Ballen herunterrutschten.

Der Landcruiser tauchte tiefer in das Heu hinein, bis die Räder sich festgefressen hatten, und der Motor zuerst zu rukkeln, dann zu ächzen begann und schließlich verstummte.

In der beinahe völligen Dunkelheit, in die nur durch das Loch, das sie in die Scheunentür gerissen hatten, schräg Licht fiel, saßen Siquani und Arturo wie Astronauten auf den Sitzen des steil hochgekippten Landcruiser und starrten auf die schwarze Heumasse, die die Windschutzscheibe bedeckte.

»Das haben Sie gut gemacht, Großvater«, sagte Arturo schließlich. »In Ihrer ersten Lektion haben Sie eine sehr schwierige Maschine in die Berge gelenkt und wieder zurück zu der Stelle, wo Ihre Reise angefangen hat. Das hätten nicht viele Männer geschafft.«

Siquani zog den Hebel an der Tür und lehnte sich mit seiner schmalen Schulter dagegen. Langsam öffnete sich die Tür, und modriges Heu fiel in den Landcruiser. Der alte Mann blickte durch den Spalt zwischen der offenen Tür und dem Sitz nach unten.

»Ist schon in Ordnung«, sagte er und schwang beide Beine nach draußen auf das Trittbrett. Vorsichtig ließ er sich in sitzender Position auf den Abhang aus Heu hinab und rutschte dann die paar Fuß bis zum Scheunenboden hinunter.

»Seien Sie vorsichtig, wenn Sie die Tür öffnen«, sagte Arturo. Er stand im hinteren Teil des Landcruiser und studierte die Hecktüren.

Siquani blickte einen Augenblick lang ernsthaft auf die Silhouette von Arturo Cruz. »Du erinnerst mich an eine Frau, die ich einmal hatte«, sagte er, als er sich auf Zehenspitzen reckte, um an den Türgriff zu kommen und ihn herunterzuziehen. »Die hat mich auch ständig gewarnt.«

Die Tür ging auf, und die Leiche von Arturo Cruz purzelte heraus, ein kleines, rundes Bündel, das in das verknotete Laken eingeschlagen war.

»Wie bringen wir dich jetzt zu dieser Quelle?« fragte Siquani.

Arturo lächelte. »Das habe ich mir gerade überlegt«, sagte er. »Ich glaube, die Antwort ist das hier.« Er deutete auf einen schon etwas baufälligen Schubkarren, der an der Wand lehnte.

Arturo stand mit vor der Brust verschränkten Armen in dem silbernen Licht. »Ich würde Ihnen wirklich gerne helfen«, sagte er.

Siquani hielt mit halb erhobener Schaufel inne und setzte sich dann auf den Rand des Loches, das er gerade ausgrub, wobei seine Füße fast den Boden berührten. »Jetzt haben Sie schon hundert Mal gesagt, daß Sie mir helfen wollen.« Er studierte die Silhouette seines Freundes. »Ich kann Sie nicht mehr so gut sehen wie vorher«, sagte er. »Arturo, haben Sie schon einmal darüber nachgedacht, wie ein Mann eine Geschichte aus seinem Leben macht?«

»Pläne«, erwiderte Arturo leise. »Ich denke, ein Mann muß einen Plan von seinem Leben in seinem Kopf haben, damit er nicht verrückt wird. Ich denke, die Verrückten sehen die Dinge nie im Gleichgewicht. Ich war lange Zeit verrückt, und als ich dann aus dem Himmel gefallen bin, habe ich alles klar und deutlich gesehen. Da habe ich die Erde gesehen, so wie ein Adler sie sieht, und konnte erkennen, daß alles Teil von allem anderen war, wissen Sie, alles im Gleichgewicht, wie die alten Leute immer gesagt haben. Das ist schwer zu sehen, wenn man hier unten ist, mitten drin.«

»Wir müssen aufpassen, Arturo. Wir Cherokee glauben, daß die Macht eines menschlichen Wesens in seinen Augen und in seinem Denken ist. Der Rote Mann ist in letzter Zeit über dieses Land gegangen, und seine beiden Söhne haben geredet, Tso:suwa und So:suwa, die Thunder Boys. Ich habe sie jeden Tag gehört. Sie warnen uns, denke ich. Und sie sind gekommen, um zu helfen. Ich glaube, mein Enkel ist so, wie Sie waren; er hat seine Augen noch nicht geöffnet. Ich fühle mich verantwortlich für ihn.«

»Die Alten sagen, daß wir für alles verantwortlich sind«, erwiderte Arturo, als Siquani wieder zu graben anfing. »Und jetzt verstehe ich das. Aber ich glaube nicht, daß das bedeutet, daß wir alles verändern können, so wie Sie das vorher gesagt haben. Wir müssen nur aufpassen, wie Sie gerade gesagt haben. Das ist auch etwas, was ich beim Fallen gelernt habe. Wir müssen uns bewußt sein, so wie der Adler sich eines jeden Schattens und eines jeden Atemzugs unter ihm auf der Erde bewußt ist. Es ist gut, daß Sie ein weißes Laken gefunden haben. So wie Sie es zusammengeknotet haben, ist es wie eine von diesen Wolken.« Er deutete mit einer Hand auf die paar grauen Wolken am Himmel. »Ich habe mich gefragt, weshalb ich nicht das getan habe, was man von mir erwartet hat. Selbst ein Geist muß einen Plan haben, denke ich.«

»Ich glaube, jetzt ist es tief genug.« Siquani kletterte aus dem Loch. »Es ist ja nicht so, als ob wir Sie in einem langen Loch begraben müßten.« Er sah auf das kleine, runde Bündel, zu dem er das Laken und seinen Inhalt zusammengeknotet hatte.

Arturo starrte mit kritischem Blick auf die drei Fuß tiefe Grube. »Wir können Felsbrocken über mein Grab legen«, sagte er.

Hundert Meter entfernt rieselte die dünne Quelle aus ihrer Wand in das brackige Wasser des Tümpels. Über ihnen kreisten bereits sieben Bussarde im Licht der frühen Morgendämmerung auf gleichmäßigen Bahnen. Die Sonne begann, über den Hügeln weit im Osten in einem diffusen rotgoldenen Leuchten heraufzusteigen, und mit dem Kommen der Sonne breitete sich der süße Duft des Morgens über die Landschaft.

Siquani ließ das Laken vorsichtig in das Grab hinuntergleiten. Er holte einen Beutel aus der Hosentasche und öffnete ihn, sprenkelte etwas aus dem Beutel um die Ränder des Loches.

Dann sah der alte Mann zu Arturo hinüber und sagte: »Jetzt haben Sie die Kraft von zwei Völkern in sich.«

Arturo trat einen Schritt zurück, sagte nichts, und seine aufrechte Gestalt zeichnete sich dunkel vor den röter werdenden Wolken ab. Siquani sah zu, wie ein Rabe lautlos auf einem Wacholder in der Nähe landete und den Kopf zu ihnen herüberdrehte; dann begann der alte Mann, Erde und Steine in das Loch zurückzuschaufeln.

Als das Grab von einem Erdhaufen bedeckt war, beugte Siquani sich vor und verteilte sorgfältig kleine Felsbrocken über den Hügel, bis er ganz damit bedeckt war. Als er sich aufrichtete und wieder Arturo zuwandte, schoß der Rabe aus dem Wacholder und flatterte aufwärts in die inzwischen aufgegangene Sonne, wurde einen Augenblick lang zu einer roten Flamme, ehe er am östlichen Himmel verschwand.

Als der Rabe weg war, blickte der alte Mann auf die Stelle, wo Arturo Cruz gestanden hatte. Aber der Geist war verschwunden. Siquani drehte sich im Kreis herum, stellte fest, daß er allein an dem flachen Hang stand. Über ihm lösten die Bussarde sich aus ihrem Kreis und begannen ostwärts zu treiben, wo auch der Rabe verschwunden war, hinaus über die flache Silhouette des Ranchhauses, bis sie zu winzigen Punkten und schließlich zu nichts geworden waren.

»Der Rote Rabe ist bei dir, Arturo«, sang der alte Mann laut. »Dein Weg führt zum Sonnenland. Der Rote Mann ist mit dir.«

Er ging an den Rand des Tümpels, trat in die ausgetrockneten Spuren von Hirschen, Antilopen und verwildertem Vieh. Am Ufer des Wassers zog er zuerst die Schuhe und dann die Kleider aus. Als er nackt war, beugte er sich vor, um eine kleine Weidengabel aus seiner auf dem Boden liegenden Jacke zu nehmen und watete in das unbewegte Wasser. In der Mitte des Tümpels kauerte er sich auf die Hacken nieder, und das kalte Wasser stieg ihm bis zur Brust. Er begann zu singen, zuerst auf Cherokee und dann auf Englisch. »*Ne!*« tönte er. »Jetzt kommt eine Wolke. *Ne!* Jetzt kommt Wasser.« Und dann ließ er sich langsam rückwärts tiefer sinken, bis nur noch die Hand mit der Weidengabel sichtbar war, und die Sonne legte eine rote Bahn über das Wasser und beleuchtete den zitternden Zweig.

Ein roter Pfad erschien vor ihm, und er betrat den Pfad und begann zu tanzen. Ein stampfender Tanz, der die Erde erschütterte und den Anschein erweckte, als würde er rote Blätter aus dem baumlosen Himmel fallen lassen. Er streckte die Hand aus, um ein zu Boden schwebendes Blatt aufzufangen, und seine Handfläche füllte sich mit Blut. Mitten in dem Blättersturm tauchte auf dem Weg vor ihm ein winziger Hirsch auf, keine sechs Zoll groß, mit hoch aufragendem Geweih und Augen von brennendem Rot. *Folge mir,* sagte der Hirsch, *wir müssen uns beeilen.* Die Erde wurde still und reglos, die Luft leerte sich, und Siquanis Tanz ging in ein schlurfendes Laufen über, hinter dem kleinen Hirsch eine kleine Anhöhe hinauf, die den Blick über graues, kahles Land bot. In der Mitte der schwärmenden Schatten bewegte sich das Volk auf eine abgedunkelte Sonne zu, und der Treck aus abgerissenen Planwagen und Menschen, die zu Fuß gingen, war so lang, daß er weder Anfang noch Ende sehen konnte. Aus der Menge der Alten und Jungen, der Männer und Frauen erhoben sich klagende Rufe und verschmolzen zu einem einzigen Lied, und der Nebel schwebte darüber wie Rauch aus hundert Lagerfeuern. Als er sich seinen Weg zwischen ihnen hindurch bahnte, begannen die Menschen zu fallen, Mütter schmiegten sich an eingeschrumpelte Kindergestalten, Männer lagen neben ihren Frauen. Die Erde unter seinen Mokassins war kalt und hart, und er sah das am Boden festgefrorene Haar einer Frau, die versuchte, sich von der blauen Erde zu erheben, und das vereiste Haar spannte ihr Gesicht, als sie ihm beim Vorübergehen flehend nachblickte. Er überwand die nächste Bodenerhebung und sah den kleinen Hirsch weit vor sich, eine winzige Silhouette vor dem roten Himmel. Und über die leere Landschaft hallte ein Geräusch wie aus ferner Vergangenheit, und er wußte, es war der Tanz der Knochen.

Er erhob sich aus dem Wasser und ging mit schlurfenden Schritten auf den schlammigen Rand des Tümpels zu. Ein Wind schien durch das eingeschrumpfte Mark seines Körpers zu singen, seine Eingeweide waren wie ein eingetrockneter Klumpen, und sein Herz ein Stein in seiner rasselnden dünnen Brust. Er stand eine Weile am Rand des Tümpels, die Augen geschlossen, lauschte. Aus dem Westen war ein Rascheln zu hören, so wie wenn Maiskolben aneinander reiben. Das Rascheln wuchs zu einem Murmeln von zwei wispernden Stimmen, das Flüstern wurde lauter und tiefer. Die Muskeln in seinem Greisenkörper spannten sich, und seine Haut straffte sich. Schließlich riß der Himmel auf und zerbrach mit dem Dröhnen eines Donnerschlags.

Siebenundzwanzig

Der von Hand bemalte türkisfarbene überbreite Trailer balancierte auf einem flachen Hügel zwischen verkrüppelten Eichen und Pinien eine Meile außerhalb der Ortschaft. Ein Pick-up-Truck und zwei Harleys standen auf dem festgetrampelten Boden vor der Eingangstreppe, und ein halbes Dutzend rote und weiße Hühner kratzten zwischen zerdrückten Bierdosen im Schatten des Trailers auf dem Boden herum.

Scales schob sich lautlos um das eine Ende des Trailers herum und die Stufen hinauf, eine Pistole in der rechten Hand. Ortega kam von der anderen Seite und bezog neben den Stufen Stellung. Als Ortega nickte, schob Scales die mit Fliegengitter bespannte Außentür auf und legte die Hand auf den inneren Türgriff. Mit einem Ruck drückte er die Klinke herunter und schob, ließ sich mit der sich öffnenden Tür in den Trailer fallen.

Mouse Meléndez und Gordo saßen am Küchentisch, vor sich Karten und Pokerchips. Beide sahen als erstes die Pistole und erstarrten.

»So ist es gut, ihr Scheißkerle«, sagte Scales. »Daß sich keiner rührt.«

Ortega kam hinter Scales herein, sein untersetzter Körper schob sich in einer fließenden Bewegung um Scales herum. Er nickte den beiden am Tisch zu. »Bitte verzeihen Sie, daß wir versäumt haben anzuklopfen, Gentlemen«, sagte er mit leiser Stimme. »Ich bin sicher, Sie werden Verständnis haben.«

»Wer sind Sie?« wollte Mouse wissen.

»Leute, die Informationen benötigen, die Sie liefern können, Mister Meléndez.«

Gordos Blick wanderte zwischen Scales und Ortega hin und her, sein mächtiger Brustkasten weitete sich bei jedem Atemzug, und seine schwarzen Augen verengten sich. Auf dem Tisch hielt seine narbige Hand fünf gleichmäßig aufgefächerte Karten, und die Muskeln an seinen Unterarmen spannten sich unter den Tätowierungen zu harten Strängen. Karton aus einer Cheerios-Schachtel bedeckte eine zerbrochene Fensterscheibe hinter ihm; silbernes Isolierband klebte zwischen der Pappe und dem Metallrahmen.

»Was?« sagte Mouse.

Ortega nahm die Sonnenbrille ab, hielt sie vor seiner Brust und kniff die Augen zusammen. »Man hat mir gesagt, daß Sie mich zur Ranch eines Mannes namens Billy Keene bringen können.«

»Nie von dem Mann gehört. Du etwa, Gordo? Hast du je von ihm gehört?«

Gordo schüttelte den Kopf, und sein langer, schwarzer Bart fegte über die Tischkante. »Nicht nur, daß ihr beide verlogene Säcke voll Scheiße seid«, sagte Scales und richtete dabei die Waffe auf die Brust von Mouse, »sondern dieser beschissene Trailer stinkt auch noch nach Scheiße. Schafft ihr eigentlich nie euren Müll nach draußen? Ich wette, ihr habt nicht einmal eine Kläranlage.«

»Mund halten, Duane.« Ortega zog das Bandanna aus seiner Hüfttasche und begann seine Sonnenbrille zu putzen. Durch die Neonbeleuchtung im Trailer nahm das Weiße seiner Augen einen gelblichen Schimmer an. »Es ist mir unangenehm, mich so in Ihr Leben zu drängen, und ich würde mir wünschen, ich könnte das alles auf feinfühligere Art erledigen, Gentlemen. Aber wir haben es leider eilig. Ich wäre Ihnen daher dankbar, wenn Sie sich bereitfinden würden, als unsere eingeborenen Führer zu fungieren.«

»Ich habe Ihnen doch gesagt, daß wir noch nie von dem Mann gehört haben«, erwiderte Mouse.

Ortega sah Scales an und deutete dann mit einer Kopfbewegung auf Gordo. Scales Waffe richtete sich auf ihn, und er feuerte. Gordo wurde nach rückwärts geschleudert, glitt vom Stuhl und war unter dem Tisch zu einer formlosen Masse zusammengesunken, als Scales das zweite Mal feuerte. Hinter der Stelle, wo der korpulente Mann gesessen hatte, war die Wand mit einem roten Muster versehen.

Mouse starrte die Wand mit offenem Mund an. Schließlich sagte er: »Ich kann Ihnen zeigen, wo er wohnt.«

»Gut.« Ortega winkte mit dem Finger. »Wir werden Ihren Pick-up nehmen, wenn es Ihnen nichts ausmacht. Und seien Sie sicher, daß wir Sie ganz bestimmt töten werden, falls es zu irgendwelchen Schwierigkeiten kommen sollte. In dem Fall müssen wir dann eben Mister Keenes Haus allein finden, was aber nicht unmöglich sein sollte.«

Ortega stieß die Tür auf und verließ den Trailer. Scales machte eine drohende Bewegung mit seiner Pistole und ging dann hinter Mouse nach draußen.

In dem Pick-up saß Mouse zwischen den beiden. Ortega hatte das Steuer übernommen, und Scales drückte Mouse die Waffe in die Seite.

Ortega musterte den Himmel durch das Fenster auf der Fahrerseite. »Sieht so aus, als ob es bald regnen würde. Ich hoffe, Ihr Truck ist in gutem Zustand«, sagte er. »Es wäre wirklich unangenehm, wenn wir eine Panne hätten, bevor wir unser Ziel erreichen.«

»Der ist in Ordnung«, stieß Mouse mit halb erstickter Stimme hervor.

Am Ende der Zufahrt hielt Ortega den Pick-up an und sah Mouse an. »Rechts abbiegen«, sagte Mouse. »Er wohnt dort drüben.«

»Für einen Typen, der Meléndez heißt, sind Sie ganz schön weiß.« Als Scales das sagte, starrte er Mouse durchdringend an. »Sie reden nicht einmal wie ein Mexikaner.«

Ortega lächelte. »Duane ist eifersüchtig«, sagte er. »Er hat das Gefühl, daß er für einen weißen Mann zu braun ist.« Ohne den Blick von der Straße zu wenden, fügte er dann hinzu: »Du mußt aufhören, so vordergründig zu sein, Duane. Ich denke, Mister Meléndez ist das, was man einen Kojoten nennt. Er ist ein Mischling, wie die meisten von uns, aber im Falle von Mister Meléndez ist das weiße Erbgut genetisch dominant. Das ist, glaube ich, eine Frage des Phänotypus. Mischlinge gibt es in allen Farben. Identität ist natürlich nicht eine Frage der Farbe, sondern der Kultur.«

»Ich stamme von Spaniern ab«, murmelte Mouse. »Meine Familie ist mit Oñate im sechzehnten Jahrhundert hierhergekommen.«

»Oh?« Ortegas Stimme hob sich interessiert. »Dann waren Ihre illustren Vorfahren also diejenigen, die die Leute von Acoma massakriert haben. Sie müssen stolz auf Ihre Familie sein.«

Ortega starrte geradeaus, wo auf ihrer Fahrspur ein mit Heu beladener Lastwagen vor ihnen herzockelte. »Ich bin auf überhaupt nichts stolz«, sagte er. »Ich versuche bloß, mir meinen Lebensunterhalt zu verdienen, und die Geschichte ist nicht meine Schuld.«

»Die Formulierung ›meinen Lebensunterhalt verdienen‹ gefällt mir«, erwiderte Ortega. »Das heißt, daß wir sterben, wenn wir es nicht schaffen, unseren Lebensunterhalt zu verdienen. In einem solchen Satz liegt etwas von einer fundamentalen Ehrlichkeit, einer Ehrlichkeit, die ich in einem großen Teil der englischen Sprache vermisse, und ich habe schon immer bewundert, auf wie unglaublich vielfältige Weise die Leute sich ihren Lebensunterhalt verdienen. Aber ich glaube, was die Geschichte angeht, haben Sie Unrecht, Mister Meléndez. Die Geschichte ist exakt Ihr Fehler und der Fehler jedes einzelnen.« Ortega bog aus seiner Fahrspur aus und überholte mit quietschenden Reifen den mit Heu beladenen LKW. Als sie sich wieder auf ihrer Fahrspur befanden, fuhr er fort: »Das ist es, was in diesem Land nicht in Ordnung ist. Es gehört doch zum amerikanischen Traum, vor keiner Gemeinheit zurückzuschrecken, wenn man dadurch nur vorwärts kommt, und dann so zu tun, als ob es nie passiert wäre?

Sehen Sie, ich habe auf dem College amerikanische Geschichte studiert. Die Geschichtsbücher nennen Wounded Knee die letzte große Indianerschlacht auf den Plains. Ist es denn eine Schlacht, wenn man Frauen mit dem Bajonett absticht und Babys die Köpfe an Felsbrocken einschlägt? Wie kann ein Mann das tun und dann zu seinen eigenen Kindern nach Hause gehen? Die Antwort muß in der Vorstellung liegen, die die Amerikaner von sich haben, und ich glaube, das ist deshalb so, weil alles in der Psyche dieses Landes den Menschen einredet, daß sie die Vergangenheit einfach hinter sich zurücklassen können, daß sie für gestern nicht verantwortlich sind.«

Scales pfiff langgezogen und stieß Mouse die Pistole in die Rippen. »Mit dem Unfug sollte man ihn nie anfangen lassen«, sagte er. »Ich habe ihn schon erlebt, wie er den ganzen beschissenen Tag lang nichts anderes quatscht.«

»Worauf ich hinausmöchte«, fuhr Ortega fort, »ist, daß Sie das völlig falsch sehen, daß Sie Unrecht haben. Wir *sind* verantwortlich. Die Geschichte existiert nur jetzt in diesem Augenblick; sie ist nicht etwas, das wir hinter uns lassen können, und«, er drehte sich halb herum und sah Mouse an, »ich glaube, es ist mein Job, diese Situation in Ordnung zu bringen. Sie könnten sagen, daß das die Art und Weise ist, wie ich mir meinen Lebensunterhalt verdiene.«

»Paco meint«, erläuterte Scales, »daß er ausgezogen ist, um euch Scheißkerle alle zu vernichten, indem er euch genau das gibt, was ihr haben wollt.« Er grinste und klappte das Handschuhfach des Pick-ups auf. »Ich wette, Sie haben hier irgendwelchen Scheiß drinnen. Ihr kleines Dealerpack habt das Zeug immer so verstaut, daß die Highway-Patrouille es finden kann.«

Scales wühlte in dem Handschuhfach herum, brachte alle möglichen Papierfetzen zum Vorschein, eine zerbrochene Sonnenbrille, einen kleinen Umschlag voll Sicherungen und warf alles auf den Boden, bis seine Hand schließlich mit einer kleinen, dunklen Plastikdose wieder herauskam, die er zwischen Daumen und Zeigefinger hielt.

»Was mag das wohl sein?« sagte er und grinste.

Mit dem Daumen schob er den Deckel der Box zurück, so daß man eine kleine Menge weißes Pulver sehen konnte. »Das ist sicher ein Reinigungsmittel«, sagte er. »Macht es Ihnen etwas aus, wenn ich mal koste?«

»Laß die Finger von dem Zeug, Scales«, zischte Ortega, aber Scales hatte die Plastikdose bereits auf den offenen Deckel des Handschuhfachs gelegt und tippte jetzt mit angefeuchtetem Finger in das Pulver. Mit einem breiten Grinsen leckte er sich über die Fingerspitze, hob dann die kleine Schachtel an seine Nase und atmete tief ein. Als er die Schachtel wieder hinstellte, waren seine Augen geschlossen und Oberlippe und Nase mit dem Pulver bedeckt. Mit immer noch geschlossenen Augen murmelte er durch seine zusammengebissenen Zähnen: »Rühr dich bloß nicht von der Stelle, Junge. So eine abgefeilte Kugel richtet hier eine gewaltige Sauerei an.« Er schlug die Augen wieder auf, seine zusammengebissenen Zähne lösten sich voneinander, und er fügte hinzu: »Außerdem ist mein Boß in der direkten Schußlinie, und das würde mir wirklich mein beschissenes Herz brechen.«

»Es sind bloß noch ein paar Meilen«, sagte Mouse mit kaum hörbarer Stimme.

Ortega beschleunigte, und der Pick-up gab ein röhrendes Geräusch von sich. »Vergiß nicht, Duane. Wir müssen mit diesem Cherokee reden. Er muß uns sagen, wo es ist, ehe du ihn tötest. Bau jetzt keinen Mist.«

»Keine Sorge«, antwortete Scales. »Ich bin scharf wie eine beschissene Bombe. Stimmt's Meléndez? Dein Truck braucht 'nen neuen Scheißauspuff und neue Kolbenringe, weißt du das eigentlich, du Arschloch? Mit diesem Stück Scheiße verschmutzt du die Umwelt wahrscheinlich genausoviel wie ein gottverdammter städtischer Bus.«

Achtundzwanzig

»Was machen wir jetzt?« Während Billy das sagte, sah er zu, wie sich ein Lichtstrom von der Sonne löste und über den Damm der östlichen Berge ins Tal des Rio Grande floß. Die letzten zwei Stunden waren vom Westen Wolken hereingezogen, miteinander immer wieder kollidiert und hatten sich am heller werdenden Himmel aufgetürmt. Will sah ebenfalls dem Spiel des Lichts zu, das wie die Wasser eines neuen Sees aus dem fernen Tal aufzusteigen schienen. »Also, ich denke, ich sollte dich vielleicht zu Hause absetzen und dann hinüberfahren und nachsehen, ob er aus irgendeinem Grund vielleicht in meinem Haus ist. Er ist ja früher oft hinüber gegangen, erinnerst du dich?«

»Vor zwanzig Jahren.«

»Wenn er nicht dort ist, sollten wir uns vielleicht trennen und anfangen, die Straßen abzusuchen. Besonders schnell kommt er mit diesem Landcruiser sowieso nicht voran, ganz gleich, wohin er gefahren ist.«

»Zum Teufel, der könnte in zehn verschiedene Richtungen von hier gefahren sein.«

Will nahm eine Hand vom Steuer, um sich den Hut zurechtzuschieben. »Hast du eine bessere Idee?«

Billy sagte nichts, als Will durch das Ranchtor fuhr. Als dann aber die Trailers sichtbar wurden, sagte er: »Mein Truck ist weg.«

Will beschleunigte, so daß der alte Pick-up in den ausgefahrenen Rinnen der Zufahrt heftig zu klappern anfing. Als sie vor Billys Trailer anhielten, stiegen beide Männer schnell aus. Billy ging in den Trailer und kam Sekunden später wieder heraus.

»Odessa ist weg«, sagte er.

»Hat sie eine Nachricht hinterlassen oder so etwas?«

Billy schüttelte den Kopf und stand einen Augenblick mit den Händen in den Hosentaschen da. »Das paßt nicht zu ihr«, meinte er dann.

»Vielleicht ist sie in die Ortschaft gefahren, um irgend etwas zu besorgen.«

Billy nickte und sah zu Boden. »Wahrscheinlich hat sie Tampax gebraucht oder so etwas. Sie kommt bestimmt bald zurück. Warum fährst du nicht zu dir nach Hause und siehst nach, ob dort eine Spur von Grampa zu finden ist? Sobald Odessa mit dem Pick-up zurückkommt, rufe ich dich an.«

Will stieg wieder in den Truck und kehrte viel zu schnell zu der asphaltierten Straße zurück, fuhr mit Schwung über die Viehsperre am Tor, so daß die Stoßdämpfer des Pick-up aufsetzten.

In seinem Haus war keine Spur von irgend jemandem; sogar die Bussarde waren von der Scheune und dem Korral verschwunden, und einen Augenblick lang erfaßte ihn so etwas wie Panik, bis er sich daran erinnerte, daß er Jace' Wagen in die Scheune gefahren hatte.

Jace saß mit einem alten Denimhemd und Jeans bekleidet am Küchentisch und hielt eine Tasse schwarzen Kaffee in beiden Händen. Auf dem Boden halb unter dem Tisch wedelte Maggie zur Begrüßung, und der Gips scharrte über die Dielen, als sie eine hilfslose Geste machte, die zeigen sollte, daß sie aufstehen würde, wenn es nicht so schwierig wäre.

»Alles in Ordnung?« fragte Jace, als er Jacke und Hut auszog und beides auf einen Küchenstuhl fallen ließ.

Sie stand auf und ging um den Tisch herum. Als sie vor ihm stand, legte sie die Arme um ihn und lehnte den Kopf an seine Brust.

Er ließ die Arme etwas linkisch auf ihre Schultern fallen, roch die Frische ihres Haars und spürte eine Aufwallung von Wärme, die von ihr ausstrahlte.

»Grampa Siquani ist verschwunden«, erwiderte er.

Jace ließ ihre Wange an seiner Brust ruhen. »Verschwunden? Wie lange schon?«

»Seit heute morgen, denke ich.«

Sie löste sich von ihm und trat einen Schritt zurück, um sein Gesicht sehen zu können.

»Er hat wahrscheinlich einen Spaziergang gemacht«, sagte sie. »Ich erinnere mich noch, daß er immer zum Beten in die Berge gegangen ist. Damals hat sich niemand Sorgen um ihn gemacht.«

Er stand mit herunterhängenden Armen da und sah sie an. »Wahrscheinlich hast du recht. Wahrscheinlich wird er in Kürze wieder auftauchen.«

Sie streckte den Arm aus, legte die Hand auf seine Schulter und sagte leise: »Würdest du die Arme um mich legen, Will? Bitte?«

Er stand einen Augenblick lang reglos da und legte dann locker die Arme um sie. Sie drückte sich an ihn, und der Flanellstoff seines Hemds dämpfte ihre Stimme.

»Zwanzig Jahre sind eine so lange Zeit, Will.«

Er zog sie enger an sich und hatte dabei das Gefühl, seine Arme würden sie zugleich zu sich herziehen und wegschieben. Das Haus hatte sich in seiner kurzen Abwesenheit verändert, als hätte ihre Rückkehr nicht nur die Temperatur, sondern auch die Qualität des Lichts und das Gewicht der alten Adobemauern verändert. Er fühlte sich unvermittelt wie ein Patient, der aus der Narkose erwacht, spürte, wie Blut in längst ausgetrocknete tote Zellen strömte, spürte wie Nervenenden an winterlichen Zweigen aufblühten. Plötzlich wurde ihm die ganze Dürftigkeit seines Lebens bewußt.

Jace' griff nach seinem Gesicht. Seine Augen schlossen sich, und er hatte das Gefühl, wie ein Fremder neben sich zu stehen, zu beobachten, sich zu fragen. Er spürte, wie ihre

Lippen leicht über die seinen strichen, und dann folgte er ihr zu dem großen Schlafzimmer.

Sie öffnete die Tür und führte ihn ins Zimmer, wo ihn das viele Licht verblüffte. Das Fenster stand offen, die Vorhänge waren verschwunden, und fleckiges, von Wolken durchbrochenes Augustsonnenlicht lag auf dem Holzboden und der Steppdecke, die so sauber war, daß sie wie neu wirkte. Wände und Bücherregale waren von Staub und Spinnweben befreit, der ganze Raum schien in neuem Leben zu erstrahlen.

Jace knöpfte ihr Hemd auf und ließ es auf den Boden fallen. Er war überrascht, ihre Brüste frei unter ihrem Hemd zu sehen. Sie zog ihre Levis und Socken aus und trat dicht an ihn heran. Ihr Körper leuchtete golden in dem Licht, das vom Fenster hereinfiel, als sie anfing, sein Hemd aufzuknöpfen.

Als sie beide nackt waren, schlug sie die Steppdecke zurück und schlüpfte, immer noch seine Hand haltend, zwischen die sauberen, weißen Laken. Sie lag über ihm, küßte seine Wangen, seinen Mund und wanderte dann über seine Brust zu seinem Bauch herunter. Ihre Zunge zeichnete die Umrisse seiner Brustwarzen und seiner Rippen nach und wanderte dann weiter nach unten, nahm seinen Penis in den Mund, bevor sie die Suche wieder nach oben fortsetzte und die Erkundung mit ihrem Mund auf dem seinen beendete. Ihre Zunge fuhr jetzt die Umrisse seiner Lippen nach, während ihre Hand nach unten griff, um ihn in sich einzuführen. Draußen hallte schwacher Donner aus dem Westen.

Er blickte zu ihren Augen auf, als sie sich ganz behutsam über ihm bewegte, und plötzlich stellten sich die Jahre ihres gemeinsamen Lebens bei ihm wieder ein. Er spürte, wie seine Hände den beinahe vergessenen Konturen ihrer Brüste folgten, wie seine Finger über ihre so fernen, glatten Schultern und ihren Rücken hinunterglitten. Ihr Mund beugte sich zu seiner Brust hinunter, und sie neckte seine Brustwarzen mit Zähnen und Zunge. Dann lehnte sie sich weg, rollte sich zur Seite, so daß er ganz unvermittelt über ihr war, und ihre Hände zogen ihn noch tiefer in sich hinein. Ihre Augen waren jetzt geschlossen, und ihr Mund zeigte ein schmales Lächeln.

Er sank in sie hinein, und seine Arme glitten unter ihre Schultern, preßten ihre Brust an die seine, wobei er sein Gesicht an ihrem Hals vergrub. Er spürte, wie die Spannung in ihm anstieg, als sie zu zittern anfing und ein schwacher, entfernt vertrauter Schrei über ihre Lippen kam; nun stieß er noch tiefer in sie hinein, bis sein ganzer Körper sich in einer Flut zu entleeren schien, die immer noch wuchs, bis er sich vollkommen ausgehöhlt fühlte und sie beide lautlos und ohne sich zu bewegen, gleichsam schlafend, beieinander lagen.

Ein weit entferntes Grollen des Donners ließ sie zusammenzucken, sie glitt aus seiner Umarmung und setzte sich auf die Bettkante.

»Ich muß zurück«, sagte sie.

Er beobachtete die Rundung ihres Nackens, die weichen Spitzen ihrer Wirbelsäule, die sich elegant von ihren Pobakken bis zu ihrem glatten Hals hinaufschwangen. »Um Himmels willen, Jace«, sagte er. »Jetzt?«

Sie drehte sich zu ihm herum, und ihr Gesicht wirkte ernst und gefaßt. »Ich spüre, daß ein Sturm kommt, und ich möchte zurück sein, ehe es richtig losgeht.«

Als er nichts sagte, fügte sie hinzu: »Ich weiß nicht, was ich tun werde, Will. Ich muß zurück und mir über vieles klar werden.«

»Kannst du das hier draußen nicht tun?«

Sie schüttelte den Kopf und griff nach ihren Kleidern auf dem Boden.

»Dann fährst du also zurück.«

Sie zog sich das Hemd über die nackten Brüste, knöpfte es zu und stieg in die Levis. Als sie sich das Hemd in den Hosenbund stopfte, sagte er: »Du vergißt da ein paar Sachen.« Er hielt ihr schwarzes Höschen in der Hand.

»Ist schon in Ordnung«, erwiderte sie, während sie in die Socken schlüpfte und dann in die Stiefel stieg. »Tut mir leid, Will. So nahe bei dir kann ich nicht denken. Es ist, als würdest du eine Art Kraftfeld ausstrahlen.«

Als sie angezogen war, streckte sie die Hand aus und berührte seine Wange; als er darauf nicht reagierte, verließ sie schnell das Zimmer. Will saß auf der Bettkante, die Ellbogen auf die Knie gestützt und sah ihr nach, wie sie verschwand. »Verdammt sollst du sein, Jace«, sagte er. »Verdammt.«

Neunundzwanzig

Aus der Ferne sah Odessa, wie der Pick-up-Truck von Mouse von Westen in die Einfahrt bog und durch das Ranchtor fuhr. In der Fahrerkabine drängten sich drei Männer. Sie lenkte Billys Truck an den Straßenrand und trat die Bremse durch, was den Pick-up kurz rutschen und die Tüte mit den Lebensmitteln auf den Boden kippen ließ. Sie beobachtete, wie der Truck langsam vor Billys Trailer zum Stillstand kam. Verschwommene Bewegungen deuteten darauf hin, daß die Männer aus dem Truck auf die Trailertür zugingen. Abwesend stellte sie fest, daß eine der Bierdosen ein Leck bekommen hatte und jetzt auf die Papiertüte mit ihren Einkäufen schäumte.

Im Trailer lehnte Billy in der winzigen Küche am Spülbekken und stützte die Stirn auf seine beiden Handflächen. Sein Kopf schmerzte von der Sauftour am vorigen Abend. Er öffnete den Schrank neben dem Spülbecken, holte eine Flasche mit Aspirin heraus, schluckte drei und beugte sich dann vor, um aus dem Wasserhahn zu trinken. Dann griff er wieder in den Schrank und fand eine Dose mit Corned Beef. Er öffnete die Dose, schaufelte ihren Inhalt in eine Pfanne. Als die Gasflamme brannte, ging er zum Bett zurück, setzte sich wieder hin und stützte erneut das Gesicht auf die Hände.

Siquanis Abwesenheit und Odessas Verschwinden mit dem Dodge waren in seinem Kopf in einer Art Wirbel zusammengeflossen, der jeden Gedanken und jedes Gefühl ansaugte und Wellen schwarzer Panik aussandte. »Schmutziges Geld«, sagte er laut. »Will hat recht gehabt.« Als jemand an die Trailertür klopfte, sprang er auf, riß die Tür weit auf und sah Mouse Meléndez mit merkwürdigem Gesichtsausdruck davorstehen.

»Mouse?« sagte er, als sie einander ungläubig ansahen.

»Tut mir leid, Billy«, sagte Mouse, und dann bemerkte Billy die beiden anderen links und rechts von Mouse gerade am Rand seines Gesichtsfeldes. Das nächste, was er sah, war die auf seinen Bauch gerichtete Pistole.

»Mister Meléndez war so liebenswürdig, uns den Weg zu Ihrer – äh – Ranch zu zeigen.«

Billys Blick wanderte von der Waffe zu dem Mann, der gesprochen hatte. Er war viel kleiner als der andere und hatte langes gerades, schwarzes Haar unter einem schwarzen, breitkrempigen Hut und ein rundes, dunkles Gesicht. Seine Augen waren hinter einer schweren Sonnenbrille verborgen. Ein entspanntes, freundlich wirkendes Lächeln spielte um seine Lippen.

»Vielleicht wollen Sie uns zum Eintreten auffordern, damit wir in einer behaglicheren Umgebung sprechen können«, fügte der Mann hinzu.

»Geh schon, Arschloch.« Der größere Mann machte eine knappe Bewegung mit der Pistole, trat vor und packte den Rand der Tür, wobei seine Pistole immer noch auf Billys Bauch gerichtet war.

Billy trat zurück, als Mouse und die zwei Männer den kleinen Trailer betraten.

»Ich denke, da brennt vielleicht etwas an«, sagte Paco Ortega. »Würden Sie sich vielleicht darum kümmern, Mister Meléndez?«

Mouse ging an den Herd und starrte das verkohlende Corned Beef einen Augenblick lang verwirrt an, ehe er den Herd ausschaltete.

»Vielen Dank. Corned Beef, nicht wahr? Meine Mutter hat immer Corned Beef mit Eiern gekocht. Eine wunderbare Kombination.«

»Cholesterinbombe«, sagte Scales und blickte angewidert auf die Pfanne. »Bedeutet Ihnen denn Ihre Gesundheit gar nichts?«

»Wer zum Teufel sind Sie?« sagte Billy.

»Macht es Ihnen etwas aus, wenn ich Platz nehme?« Ortega zog sich einen Stuhl unter dem Tisch heraus, setzte sich und machte dabei eine für Billy bestimmte Handbewegung.

Billy setzte sich auf den Rand seiner Bettes, die Ellbogen auf den Knien, und beobachtete den Mann am Tisch. Mouse stand am Kühlschrank, sein breites Gesicht wirkte bedrückt. »Es tut mir leid, Billy«, sagte er. »Sie ...«

Die Waffe fuhr plötzlich wieder hoch, und Mouse sackte gegen die Kühlschranktür, rutschte, sich mit beiden Händen die Stirn haltend, zu Boden. Das Blut rann ihm zwischen den Fingern hervor und über seine Handgelenke.

»Sie Mistkerl«, sagte Billy und richtete sich auf.

»Vorsichtig, Billy. Duane ist, wie Sie deutlich sehen können, primitiv und brutal zugleich. Das war sinnlos, Duane.«

Scales wandte sich Ortega zu. »Wozu mußt du ihm meinen Namen sagen?« Er sah wieder Billy an und ließ dann den Blick schnell durch den Trailer wandern. »Sportsmann, wie? Da sieh sich einer all den Scheiß an.« Die Waffe immer noch auf Billy gerichtet, streckte er die Hand aus und griff eine Fliege von einer Weste, die an der Tür des Kleiderschranks hing. Er nahm das winzige künstliche Insekt vorsichtig mit den Fingern, um es sich aus der Nähe anzusehen. »Sie drücken sogar den Haken platt. Äußerst human, Mann.« Er sah wieder Ortega an. »Ich mag diesen Typen. Diese Angelhaken reißen einer Forelle das Maul auf, und deshalb drückt er die Widerhaken glatt. Nicht so gut wie Haken ganz ohne Widerhaken, aber nicht schlecht.« Er grinste Billy an und hielt dabei immer noch die Pistole auf ihn gerichtet. »Trotzdem hätte er meinen Namen für sich behalten sollen.«

Ortega hob beschwichtigend die Hand. »Du machst dir zu viel Sorgen, Duane. Billy Keene wird bald unser Freund sein.« Er sah Billy an. »Sie wissen natürlich, weshalb wir hier sind. Sie brauchen uns bloß das zurückzugeben, was uns gehört, uns darüber hinaus vielleicht mit Informationen über einen verschwundenen Freund versorgen, dann gehen wir, ohne Ihnen böse zu sein, dorthin zurück, wo wir hergekommen sind.« Er lächelte. »Schließlich haben Sie ja nur getan, was jeder vernünftige Mensch getan hätte. Geld ist Ihnen in den Schoß gefallen, und Sie haben es behalten. Leute haben auf Sie geschossen, und Sie haben zurückgeschossen. Wer würde nicht dasselbe tun?« Er nahm die Sonnenbrille ab und wischte sich mit dem roten Bandanna Stirn und Augen ab, ehe er die Brille wieder aufsetzte. »Aber das Geld ist für unsere langfristige Planung von Bedeutung, daher müssen wir es haben. Wenn das nicht absolut erforderlich wäre, glauben Sie mir, wäre ich nur zu glücklich, es bei Ihnen zu lassen.«

»Geld ist dem egal«, sagte Scales und deutete mit einer ruckartigen Bewegung seiner Pistole auf Ortega. »Aber mir nicht.«

Billy erwog, einfach den Sack mit dem Geld unter dem Bett hervorzuziehen. Aber selbst wenn er das tat, würden sie wissen wollen, wo der Rest war, und anschließend zu Wills Haus gehen.

Er sah Ortega an. »Sie werden mich töten, ganz gleich, was ich sage.«

Ortega schüttelte den Kopf. »Ich glaube nicht, daß das absolut notwendig sein wird. Allerdings ...« Er sah Scales an und nickte dann zu Mouse hinüber, der aufgestanden war und jetzt mit blutüberströmtem Gesicht am Kühlschrank lehnte.

Scales richtete die Pistole auf Mouse und feuerte zweimal; die Kugeln trafen Mouse in die Brust, so daß sein Körper einen Augenblick hin und her zuckte, ehe er auf den Boden sank. Dort bewegten sich die Beine von Mouse noch kurz, und seine kräftigen Arme versuchten, ihn wieder in die Höhe zu stemmen, als ihn ein dritter Schuß am Rücken traf.

Billy sprang vom Bett, seine linke Hand stieß Scales Arm mit der Waffe beiseite, und seine rechte Faust krachte gegen das Brustbein des Großen. Die Luft entwich ruckartig aus Scales Brust, und die Waffe fiel klirrend zu Boden; dann hatte Billy das Gefühl, als würde die Hinterseite seines Kopfes explodieren, ehe ihn Dunkelheit einhüllte.

Als er wieder sehen konnte, starrte er zur Decke des Trailers. Ein glühender Schmerz pulsierte in seinem Kopf, und er hörte, wie eine Stimme sagte: »Wie wäre es, wenn du Billy aufs Bett helfen würdest, Duane?«

Billy spürte, wie er hochgehoben und dann aufs Bett fallengelassen wurde, dann nahm der Raum um ihn herum wieder Konturen an. Der Mann mit der Sonnenbrille saß immer noch am Tisch, der andere stand da wie vorher, die Waffe auf Billy gerichtet. Mouse lag neben dem Tisch, zwischen der Leiche und der Tür begann bereits eine Pfütze Blut zu gerinnen. Zwei Löcher in der weißen Vorderseite des Kühlschranks hatten blutige Ränder.

»Sehr eindrucksvoller Versuch, Billy«, sagte Ortega. »Aber«, er zog einen langläufigen Revolver unter dem Tisch heraus und legte ihn vor sich auf die Tischplatte, »Sie sollten sich daran erinnern, daß jeder, der in diesem Geschäft ist, bewaffnet ist. Und Sie sollten dafür dankbar sein, daß es nur ein leichter Tapser war, ganz besonders, da ich mir inzwischen zusammengereimt habe, was hier läuft.« Er sah Duane an. »Hast du es gespürt, als wir hier hereingefahren sind, Duane? Unmittelbar bevor wir diesen Trailer erreicht haben? Es ist rings um uns.«

»Ich habe keine Ahnung, wovon du da redest«, antwortete Scales.

»Ganz sicher bin ich auch nicht, Duane, aber ich habe das Gefühl, daß wir beide es sehr bald wissen werden.« Er wandte seine Aufmerksamkeit wieder Billy zu. »Es ist seltsam«, sagte er, »aber ich glaube, ich habe etwas tatsächlich bereits im Norden gespürt, ehe Duane und ich die Fahrt hierher angetreten haben. Aber es ist ungewöhnlich, fremdartig.«

»'ne Ahnung, was der für einen Scheiß redet, Billyboy?« sagte Duane und bewegte dabei leicht seine Waffe.

Billy griff sich an den Hinterkopf und fand zu seiner Überraschung kein Blut. In seinen Ohren hallte es immer noch, und das Pulsieren erfaßte jetzt seinen ganzen Körper. Er schüttelte den Kopf.

»Sie machen mir nicht den Eindruck von jemandem, der etwas über Medizin weiß, Billy. Nehmen Sie es mir nicht übel. Deshalb frage ich mich, wer das wohl ist? Könnte es Ihr Freund sein, der, dessen Ranch an die Ihre angrenzt, oder vielleicht der alte Indianer, von dem ich gehört habe?«

Sein Blick wanderte von Billy zu Duane. »Sei wachsam und auf der Hut, Duane«, sagte er. »Hier ist etwas im Gange, das du wahrscheinlich nicht spürst, und von dem ich nicht sicher bin, ob ich es begreife. Aber hier ist eine Macht am Werk, mit der ich nicht gerechnet hatte. Bleib wachsam.«

Ortega wandte seine Aufmerksamkeit wieder Billy zu. »Ich glaube wirklich nicht, daß es notwendig ist, Sie zu töten, aber Mouse hier ist vielleicht ein Hinweis darauf, was möglich ist. Und jetzt werde ich, obwohl ich das schweren Herzens tue und mir Ihre Antworten bereits vorstellen kann, Ihnen zwei Fragen stellen. Die erste betrifft jemanden, der mir wichtig ist. Einen jungen Mann, der das verschwundene Geld begleitet hat. Die zweite betrifft naheliegenderweise den Ort, wo sich das Geld selbst befindet. Wenn Sie es vorziehen, keine der beiden Fragen zu beantworten, oder wenn Sie aus einem äußerst merkwürdigen Grund die Antwort darauf wirklich nicht kennen sollten, wird Duane Sie töten. Aber, mein Wort darauf, sobald wir das über meinen Neffen wissen und das Geld haben, werden wir einfach hier weggehen, und wenn dann alles gut geht, hören Sie nie wieder von uns. Es ist klar, daß Sie ein gewisses Maß an Macht auf Ihrer Seite haben. Und in mancher wichtigen Hinsicht stehen Sie und ich in diesem Krieg auf derselben Seite.«

»Macht?« sagte Duane und sah sich in dem Trailer um. »Wovon zum Teufel redest du da, Ortega?«

Ortega fuhr fort, als ob er nicht gehört hätte. »Sie werden sich um Mister Meléndez kümmern müssen, ohne die Behörden zu verständigen, aber das sollte für Sie kein zu großes Problem sein. Und glauben Sie mir, wenn ich sage, daß ich diese Begleitumstände zutiefst bedauere.«

Billy musterte den Mann einen Augenblick lang und wartete, bis die bisher verschwommenen Konturen des Gesichts schärfer geworden waren, ehe er antwortete. »Was wollen Sie von meinem Großvater?« fragte er ausdruckslos.

»Ihr Großvater, der alte Cherokee, von dem ich gehört habe?«

»Solange ich nicht weiß, wo er ist, erfahren Sie nicht, wo das Geld ist.«

Ortega wirkte jetzt echt verwirrt. »Weißt du etwas über seinen Großvater, Duane? Ich glaube, es läge in unserem Interesse, das zu wissen.«

»Keine Ahnung.«

Ortega zuckte die Achseln. »Ich würde Ihnen wirklich gern helfen. Ich habe den größten Respekt für die Alten, aber ich fürchte, wir wissen nichts über Ihren Großvater. Sie sagen, er sei verschwunden? So wie mein Neffe?«

Billy erinnerte sich an die schwarze Gestalt des vom Himmel fallenden Mannes, die Arme wie Flügel ausgestreckt, als der Körper sich in der Luft drehte und auf ihn heruntersank. Und dann sah er wieder den Baum mit der Leiche, so wie er ihn gesehen hatte, als er dort weggegangen war. Will hatte recht gehabt. Will hatte immer recht gehabt.

»Gehen Sie zum Teufel«, erwiderte Billy.

»Töte ihn«, sagte Ortega ausdruckslos, aber ehe der Befehl ganz über seine Lippen war, zersprang das kleine Küchenfenster, und Duane wurde gegen die Tür des Trailers geschleudert. Ortega sprang auf und konnte gerade noch nach der Pistole auf dem Tisch greifen, als ein zweiter Schuß durch den kleinen Raum peitschte. Es sah so aus, als würde Ortega zurückspringen, dabei den Stuhl umwerfen und gegen die Wand geschmettert werden.

Billy saß immer noch auf dem Bett, starrte auf die Leichen der beiden Männer und die blutbespritzte Wand, als die Tür aufging, was dazu führte, daß Scales Leiche halb aus dem Trailer fiel.

Die Dreißig-Null-Sechser in der Hand stieg Odessa über die Leiche und sah sich schnell in dem kleinen Raum um, musterte Ortega eine Weile, ehe sie sich Billy zuwandte.

»Ich habe alles durch das Fenster mit angesehen«, sagte sie atemlos. »Die hatten vor, dich umzubringen. Alles in Ordnung bei dir?«

Billy erhob sich steif von der Bettkante, die Augen geschlossen, das Gesicht vor Schmerz verzerrt. Er nickte fast unmerklich, als Odessa das Gewehr quer über den Tisch legte und dann vorsichtig die Arme um seine Schultern legte, das Gesicht an seine Brust gedrückt.

»Was sind das für Leute?« sagte sie.

»Rauschgiftschmuggler«, erwiderte er. »Ich hätte dir das schon früher sagen sollen. Unter dem Bett ist ein Sack. Sieh zu, ob du ihn herausziehen kannst.«

Odessa kniete neben dem Bett nieder und zog den Rupfensack hervor.

»Mach ihn auf«, sagte Billy.

Mit einem Ausdruck des Ekels hob Odessa den Sack an und kippte die Geldbündel auf den Boden. Ein paar Augenblicke lang sah sie das Geld an, dann richtete sie sich auf und trat einen Schritt zurück.

»Will und ich haben es gefunden«, sagte Billy. »Das ist eine lange Geschichte.«

Odessa griff nach dem Gewehr auf dem Tisch und richtete den Lauf auf Billy. »Ich kenne die Geschichte«, sagte sie. »Wo ist der Rest davon?«

Billy starrte sie an, und seine Augen wanderten von ihrem Gesicht auf den Gewehrlauf und dann zu ihren Augen zurück. »Was?« sagte er.

»Der Rest des Geldes, Billy. Was haben du und Will damit gemacht?«

»Du weißt...?«

»Es tut mir leid, Billy. Ich mag dich wirklich. Im Grunde genommen bist du ein netter Kerl, und im Bett bist du klasse. Aber das Geld gehört mir, und ich will alles haben.«

»Dir?« sagte er.

»Ja, mir. Ich war diejenige, die diesen Schwachkopf mit dem Geld aus dem Flugzeug gestoßen hat, und auch diejenige, die den Hubschrauber besorgt hat, um den Koffer zu holen, ehe diese beiden ihn holen konnten.« Sie schüttelte den Kopf. »Wer hätte schon damit gerechnet, daß zwei Leute aus der Umgebung zufällig dort draußen mitten im Niemandsland sind, als der Koffer landet? Und daß diese Einheimischen einen Hubschrauber abschießen können.«

Sie lächelte. »Ich muß zugeben, du und Will, ihr beiden gebt ein eindrucksvolles Paar ab. Und es hat sich ja ohnehin alles zum Guten entwickelt. Paco Ortega«, dabei deutete sie mit einer Kopfbewegung auf die Leiche, »war einer der größten Rauschgift-Importeure im Südwesten. Er war der einzige, vor dem ich je Angst hatte, weil ihn Geld nie interessiert hat. Geld macht die Leute unvernünftig. Es bringt sie dazu, wichtige Details zu übersehen, zu impulsiv zu handeln. Aber Paco hat nie die Kontrolle verloren. Er war immer cool.«

»Ich war in dich verliebt«, sagte Billy und sah von Odessa auf die Leiche von Paco Ortega, die neben dem umgekippten Stuhl auf den Boden gerutscht war.

»Ich wollte, daß du dich in mich verliebst, Billy. Liebe ist wie Geld; sie macht die Leute unvorsichtig. Und ebenso wie Geld kann Liebe ein ausgezeichnetes Werkzeug sein, wenn man sie klug einsetzt.« Ihr Mund verzog sich zu einem schmalen Lächeln. »Paco war auch in mich verliebt.«

»Er?«

»Richtig. Paco Ortega war vor dir mein Geliebter, Billy, und ich glaube, deshalb liegt er jetzt da unten. Paco hätte nie selbst versucht, dieses Problem in Ordnung zu bringen, wenn er nicht den Verdacht gehabt hätte, seine wahre Liebe könnte in das ganze Schlamassel verwickelt sein. Er hätte sofort Duane Scales hierher geschickt, und Duane ist brutal und rücksichtslos. Siehst du, ich bin etwa zur selben Zeit verschwunden, in der Pacos Koffer voll Geld eine halbe Stunde zu früh vom Himmel fiel. Ich hätte eigentlich Freunde in Kalifornien besuchen sollen, aber Paco hatte vermutlich Verdacht geschöpft und wollte Scales nichts sagen, weil er wußte, daß Scales gewalttätig werden würde. Wahrscheinlich dachte er, du würdest ihn zu mir führen, und er könnte mich dann dazu überreden, alles zurückzugeben, und dann wäre ja alles wieder in Ordnung gewesen. Paco war ein Idealist. Das war außer mir sein einziger Schwachpunkt. Aber das hat jetzt wirklich alles eine glückliche Wendung genommen, Billy, weil jetzt niemand mehr übrig ist, der auch nur ahnt, daß dieses Geld existiert. Nur du und ich und Will. Dank euch beiden gibt es überhaupt keine Spur, die zu dem Geld führt. Also, wo hat Will die andere Hälfte versteckt?«

Billys Hand schoß vor und packte den Lauf, riß das Gewehr in die Höhe. Die Explosion warf ihn auf das blutbespritzte Bett, wo er mit dem Gesicht nach unten liegenblieb.

Odessa ließ das Gewehr hinunterhängen, als sie auf seinen Rücken sah. Die Kugel war hoch zwischen seinen Schulterblättern ausgetreten und hatte ein ausgefranstes Loch in seiner Levisjacke hinterlassen, wo sich jetzt schnell ein roter Flecken ausbreitete. Sie legte das Gewehr auf den Tisch, beugte sich dann vor und zog mit einem Finger den Umriß von Billys Ohr nach. »Es tut mir wirklich leid«, sagte sie. »Es tut mir sehr, sehr leid.«

Dann stopfte sie das Geld schnell in den Sack zurück und ging hinaus, wobei sie vorsichtig über die Leiche von Duane Scales stieg. Gleich darauf kam sie zurück und holte Billys Pistole unter dem Kopfkissen hervor, ehe sie erneut aus dem Trailer ging.

Dreissig

Siquani lauschte, wie die Thunder Boys über die westlichen Berge zogen. Sie rannten, sprangen von Gipfel zu Gipfel, schlugen Feuer aus dem Granit, das in den schwärzer werdenden Himmel emporzuckte. Ihre Stimmen dröhnten, riefen ihm eine Warnung zu, und er spürte, wie sich die Knochen seiner Wirbelsäule verhärteten, und seine Schultern und sein Rücken sich streckten, bis er aufrecht und gerade wie eine hohe Fichte dastand. Wolken brausten aus allen vier Himmelsrichtungen heran, stießen zusammen, bildeten eine sich langsam heruntersinkende Wolkendecke, und dann fing der Blitz an, über den Himmel zu peitschen und auf die Erde einzuschlagen.

Der Regen kam zuerst in spärlichen, schweren Tropfen, die wie kleine Steine auf seinen Kopf und seine Schultern prallten; dann verdichtete er sich, bis die ganze Welt mit Wasserkugeln erfüllt schien, die auf die Erde herabschlugen und ein paar Zoll zurückschnellten, ehe sie in zahllosen winzigen Rinnsalen davonflossen. Siquani senkte den Kopf unter den auf ihn einprasselnden Schlägen, drückte die Arme an die Brust und spürte, wie das Wasser in unzähligen Bächen von den verschiedenen Ebenen seines Körpers herunterlief. Der Tod war aus dem Westen gekommen und hämmerte auf die nachgiebige Erde ein, und mit ihm waren auch die Thunder Boys gekommen, die neues Leben trugen. Aus der Erde begannen alte Knochen emporzusteigen, überspült vom schroffen Regen aus den Kanten und Seiten der Arroyos.

»Billy«, sagte Siquani, aber der Wolkenbruch verschluckte seine Worte. Langsam begann er, den Hügel hinunterzugehen, vorbei an dem Schubkarren, die Augen starr zu Boden gerichtet, wo sich in jeder Schrunde und jeder Spalte Wasser sammelte und aufwallte. Während er so dahinging, attakkierte der Regen mit doppelter Kraft, und die Oberfläche der Erde schien zu einer einzigen Flut zu werden, die ihn hob und mit sich trug, während sie auf die Gräser einschlug und die Wurzeln der Pinien und der Wacholder aus dem Boden herausbrach.

Einunddreissig

Odessa schob den Rupfensack hinter den Sitz ihres Pick-ups, sprang hinein und zog die Tür hinter sich zu, als der Wolkenbruch anfing, auf Windschutzscheibe und Motorhaube herunterzuprasseln. Sie legte das Gewehr auf den Sitz neben sich und schaltete die Scheibenwischer auf höchste Geschwindigkeit, ehe sie mit dem Truck zurücksetzte.

Auf dem Highway peitschte der Regen den Asphalt und sprang zum Himmel zurück. Sie mühte sich ab, durch die Flut auf der Windschutzscheibe zu sehen, und der ständig herunterprasselnde und wieder hoch spritzende Regen machte sie benommen und nahm ihr die Orientierung. Als sie in die lange Einfahrt zu Wills Ranchhaus bog, schleuderte der Dodge über die Viehsperre, ehe die Hinterräder wieder griffen und den Pick-up nach vorn schleuderten.

Sie hielt vor dem Adobebau an, schob die Pistole unter den Sitz, ehe sie heraussprang und zur Tür rannte. Sie klopfte zweimal und schob dann die Tür auf und rief: »Will? Ist jemand hier?«

Will kam aus der Küche, das Flanellhemd halb aus den Jeans hängend, die Wollsocken vergessen hinter ihm auf dem Holzboden.

»Odessa?« sagte er und sah sie an, als würde er sie nicht sicher erkennen.

»Will«, sagte sie, rannte auf ihn zu und warf die Arme um ihn.

Er stand steif und linkisch da, die Arme halb erhoben, während sie anfing, an seiner Brust zu schluchzen. »Was ist denn los?« sagte er schließlich.

Odessa löste sich von ihm, stieß halberstickt und mit angsterfüllter Stimme hervor: »Die haben Billy umgebracht.«

»Was? Billy?« Er ging die zwei Schritte zum Gewehrschrank, öffnete ihn und holte die Hirschbüchse heraus.

Als er zur Tür ging, sagte Odessa: »Nein, Will. Warten Sie. Ich denke, die könnten auch hierher kommen.«

Er blieb stehen und drehte sich zu ihr um, sah sie benommen an. »Wer?« sagte er.

»Zwei Männer sind zu dem Trailer gekommen und haben dort nach Geld gesucht, das Billy angeblich haben sollte. Sie haben Mouse gezwungen, ihnen zu zeigen, wo Billy wohnt. Als Billy ihnen nicht sagen wollte, wo die andere Hälfte von ihrem Geld war, haben sie Billy und Mouse getötet. Ich konnte fliehen, als sie Billy erschossen haben.«

Will setzte sich auf die Couch. »Siquani?« fragte er. »War Siquani dort?«

Odessa schüttelte den Kopf. »Ich habe ihn nicht gesehen.«

»Du großer Gott«, sagte Will leise. »Billy.«

Maggie erschien schwerfällig auf den Gipsverband gestützt in dem Durchgang zwischen Wohnzimmer und Küche und knurrte, die Nackenhaare gesträubt und die mächtigen Reißzähne entblößt. »Ich habe Angst«, sagte Odessa.

Will blickte zu ihr auf, als sähe er sie zum ersten Mal. »Sie denken, daß die Ihnen hierher gefolgt sind?«

Sie schüttelte den Kopf. »Nein. Ich hatte den Highway erreicht, ehe jemand den Trailer verlassen hat. Aber sie kennen Ihren Namen. Sie werden herausfinden, wo Sie wohnen.«

Er nickte und beobachtete dabei Maggie, die immer noch im Eingang knurrte. Hinter dem großen Hund sah er die gedrungene Silhouette von Molly, die zwischen Maggies Beinen durchspähte. Möglicherweise hatte der Regen das scheue Schwein ins Haus getrieben, dachte er abwesend. Die hintere Tür mußte offen stehen.

»Sie und Billy waren in irgend etwas verwickelt«, sagte Odessa.

Wieder nickte Will. Er stand auf und ging an den Gewehrschrank. Er holte eine Schachtel mit Patronen heraus und schob ein paar davon in das Magazin der Null-Sechser, ehe er die Waffe gegen die Wand lehnte. Dann holte er die Dreißig-dreißiger heraus und lud das Magazin ebenfalls, lehnte sie neben die schwerere Waffe. Schließlich holte er noch eine alte Schrotflinte aus dem Schrank, sah sie an und stellte sie wieder zurück.

»Ich bin hierher gekommen, weil ich Sie und Billy gesucht habe«, sagte Odessa von hinter ihm. »Ich bin Ihrer Frau begegnet.«

Er drehte sich um und sah sie an. »Meine Exfrau.«

»Sie hat gesagt, Sie wären immer noch verheiratet.«

Er nickte. »Formal gesehen.«

»Sie war nett. Ist sie noch hier?«

Er sah sie mit seltsamem Ausdruck an. »Sie ist nach Albuquerque zurückgefahren.« Ohne noch etwas zu sagen ging er in die Küche und den Flur hinunter, Hund und Schwein ständig hinter ihm. Hinten am Haus schloß er die Tür und schob eine schwere Eichenstange in eine Halterung quer über der massiven Tür, ehe er in das große Schlafzimmer ging.

Der Regen prallte vom Sims des offenen Fensters ab und spritzte ins Zimmer. Der Boden unter dem Fenster glänzte feucht. Die sommerliche Hitze und der Regen hatten im Raum ein Klima wie in einer Sauna entstehen lassen.

Er zog die schweren Läden zu, schob eine Eisenstange davor, schloß dann die beiden Fensterhälften und hakte sie ein. Als er das Schlafzimmer verließ, trottete Maggie hinter ihm her, aber das Schwein stahl sich davon, und ging zu dem kleineren Zimmer hinten.

Im Wohnzimmer stand Odessa noch an derselben Stelle,

wie es schien in unveränderter Haltung, und jetzt wurde ihm zum ersten Mal bewußt, daß sie völlig durchnäßt war, daß ihr die Haare gerade herunterhingen und ihre Kleider vom Wasser ganz dunkel waren.

»Sie müssen sich abtrocknen«, sagte er. »Ich denke, Sie könnten welche von Jace' Kleidern tragen. Ich zeige sie Ihnen.« Er drehte sich um und ging zum Schlafzimmer zurück. Odessa folgte dicht hinter ihm, während Maggie sich feindselig in einen Winkel in der Küche zurückzog.

Im Schlafzimmer deutete er auf die Kommode und ging dann an den Kleiderschrank, riß die Tür auf. »Nehmen Sie sich, was Sie wollen«, sagte er, machte dann kehrt und ging aus dem Zimmer.

Als er draußen war, sah sich Odessa um. Der Raum hatte sich verändert. Der Staub und die Spinnweben waren verschwunden, und das Bett, wenn auch nicht gemacht, war sauber. Sie streifte ihre nassen Kleider ab, stellte die Stiefel bedächtig neben das Bett und hängte Hosen, Hemd und Unterwäsche über einen einfachen Stuhl. Von den feuchten Kleidern befreit, dehnte sie sich wohlig und ging dann zur Tür, öffnete sie so weit, daß sie den Kopf hinausstrecken konnte.

»Will«, rief sie halblaut, und als er antwortete, sagte sie: »Haben Sie ein Handtuch, mit dem ich mich abtrocknen kann?«

Gleich darauf erschien er vor der Tür, sorgfältig bedacht, nicht durch den Spalt in der Tür zu sehen, aus dem ihre Hand nach dem Handtuch griff. »Danke«, sagte sie, als sie die Tür schloß und wieder in die feuchte Wärme des Raums zurückkehrte.

Sie rieb sich mit dem überraschend weichen Handtuch ab, trocknete mit den Waden beginnend sorgfältig ihren ganzen Körper und frottierte sich als letztes das Haar. Als sie dann das Handtuch über die untere Bettkante legte, fiel ihr etwas glänzendes Schwarzes auf; sie beugte sich vor und hob ein Bikinihöschen auf.

Sie hielt das Höschen gegen das Licht, das zum Fenster hereinfiel, lächelte und beugte sich dann vor, um es sich überzustreifen, zog es sich mit geschlossenen Augen über die Hüften, lächelte immer noch. Dann trat sie zu dem bodenlangen Spiegel und drehte sich davor. Das kleine Dreieck aus glänzendem Schwarz reichte in schmalen Bändern über ihre schlanken Hüften, und sie wandte sich um, um sich über die Schulter hinweg das schmale V hinten anzusehen. Sie fuhr mit dem Finger unter den Saum des Höschens, zog den Finger von vorn bis hinten durch, drückte die Schultern etwas zurück und lächelte. Ein durchsichtiger schwarzer BH lag auf einem Stuhl beim Bett, und sie sah ihn einen Augenblick an, ehe sie an den Schrank ging, um unter den Kleidern, Blusen und Röcken ihre Wahl zu treffen. Sie staunte, was Jace Striker alles zurückgelassen hatte. Entweder hatte Wills Frau ein völlig neues Leben anfangen wollen oder sichergestellt, daß ihre Ansprüche auf dieses Leben unangefochten blieben.

Odessa fand ein weites, mexikanisches Baumwollkleid, das vorn an der Knopfleiste mit roten Blumen bestickt war, und hielt es sich über die Brust. Als sie in das Kleid schlüpfte, rutschte es ihr halb über die Schenkel, und die aufgerollten Ärmel reichten ihr bis zu den Ellbogen. Sie knöpfte es fast bis oben zu, so daß nur ein wenig dunkles Fleisch sichtbar blieb, das einladend im Spiegel leuchtete. Ihr schwarzes Haar hing über die Schultern des weißen Kleides und hinterließ dort, wo es den Stoff berührte, einen feuchten Flecken. Das Baumwollkleid fühlte sich kühl und irgendwie aufregend an, strich sinnlich über ihre erigierten Brustwarzen, als sie zur Schlafzimmertür ging. Draußen hämmerte der Regen auf Dach und Wände, und das Haus machte den Eindruck, als würde es jeden Augenblick unter dem Donner zerbrechen, der immer wieder dicht darüber explodierte.

Will stand am Wohnzimmerfenster und sah auf die halb vom Regen verdeckte Straße hinaus, die zum Highway führte. Als sie ins Zimmer trat, sagte er, ohne sich umzudrehen:

»Türen und Fenster sind abgesperrt. Da kommt keiner ohne Gewaltanwendung herein, und das würden wir hören. Außerdem würde Maggie ...« Er drehte sich jetzt um, und sein Gesicht erstarrte.

»Hoffentlich ist das so recht«, sagte Odessa mit fragender Miene.

Sein Blick wanderte unwillkürlich von ihren nackten Füßen über ihre muskulösen Beine an dem bestickten Kleid empor zu ihrem Mund und den dunklen Augen, die ihr auffallend schwarzes Haar einrahmte. Er atmete tief. »Sicher«, sagte er schließlich. »Ist schon gut so.«

»Sie wollten gerade sagen, daß Maggie uns warnen wird, wenn jemand einzubrechen versucht.«

Will nickte.

»Die brauchen möglicherweise ein paar Tage, bis sie herausfinden, wo Sie wohnen«, fügte sie hinzu.

»Ich werde morgen den Sheriff holen. Billy und ich haben das zu weit gehen lassen.«

»Warum rufen Sie den Sheriff nicht gleich?«

»Das Telefon funktioniert nicht. Der Sturm. Bis morgen früh kommen wir hier schon zurecht. Können Sie mit einem Gewehr umgehen?«

Sie nickte. »Das hat mein Vater mir beigebracht.«

»In dem Schlafzimmer hinten ist eine Zwölfer, und diese Zwanziger dort funktioniert auch noch.« Er deutete auf den Gewehrschrank. »Und diese beiden. Möchten Sie etwas essen?«

»Ich bin nicht hungrig, aber ich würde gern etwas für Sie kochen. Sie sehen schrecklich aus, und vielleicht würde mich das von den schrecklichen Dingen ablenken, die passiert sind.«

»Nun ja«, erwiderte er, »im Garten ist etwas Mais, aber der ist noch nicht reif. Ich weiß nicht, was ...«

Sie drehte sich um, und er sah ihr nach, als sie in die Küche ging. Ihr Körper unter dem weißen Kleid hatte die fließende Bewegung eines Stromes oder auch etwas anderes, was er im Augenblick nicht benennen konnte.

Als er die kleinere Schrotflinte aus dem Schrank holte und Patronen ins Magazin schob, hörte er, wie in der Küche Schranktüren geöffnet wurden und Töpfe klapperten.

»Schlimm, daß es hier drinnen so warm ist. Ein Feuer wäre hübsch«, rief sie aus dem anderen Zimmer.

Er sah auf den offenen Kamin, in den er vor zehn Jahren einen Herdeinsatz eingebaut hatte, und auf den Stapel Pinien- und Wacholderscheite, die seit Monaten an der Wand daneben aufgeschichtet waren. Ohne zu antworten, fing er an, Feuer zu machen, zerknüllte Zeitungspapier und ordnete in einem bestimmten Schema Späne darüber, ehe er Wacholderscheite drauflegte. Ein paar Minuten später flackerte ein Feuer über den dickeren Kiefernscheiten, und der Duft der Wacholderspäne erfüllte die feuchte Luft.

Er stand am Fenster und sah hinaus, die Dreißig-dreißiger in der Armbeuge. Der Bach hatte sich bereits aus einer Rinne aus trockener Erde, Steinen und trockenem Unkraut in eine schimmernde braune Schlange verwandelt, die von Ufer zu Ufer peitschte und unter der zweihundert Meter entfernten Holzbrücke dahinströmte. Eine Blitzflut nannten die Leute so etwas. Er dachte an Billys Trailer und was dort sein mußte. Die Stelle in ihm, die immer Billy gehört hatte, war zu einem schwarzen Loch geworden, die ihn wie ein Wasserstrudel festhielt und nicht losließ. Hatten sie Grampa Siquani auch umgebracht? Vor seinem inneren Auge sah er ein Bild des alten Mannes, wie er sich dem schwarzen Regen beugte und entschlossen ausschritt. Das Bild erinnerte ihn an etwas Mächtiges, Vertrautes, an Leute, die er so hatte gehen sehen, oder sich selbst, oder vielleicht an etwas, das er vor Jahren einmal geträumt hatte. Aber er spürte, daß der alte Mann am Leben war und irgendwo dort draußen im Sturm unterwegs war.

Der Regen ließ den langen Tag schnell dunkel werden, prasselte ohne Unterlaß den ganzen Nachmittag und Abend über herunter, brach immer wieder unter jenem ungewöhnlichen Donner auseinander, der über dem Haus zu schweben schien, gegen die dicken Adobemauern schmetterte und wie Knochen über das flache Dach tanzte. Als Odessa ihn rief, ging er in die Küche und sah sie dort vor einem Tisch stehen, den er nicht wiedererkannte. Da war ein burgunderrotes Tischtuch, zwei Weingläser mit einer schimmernden schwarzen Flüssigkeit und vor jedem Glas weiße Teller mit goldenen und grünen Halbmonden.

»Ich hoffe, es macht Ihnen nichts aus«, sagte sie. »Ich habe die Teller und Gläser dort oben gefunden.« Sie blickte zu dem Schrank über dem Kühlschrank. »Den Wein auch. Und ich muß Ihnen gestehen, daß ich Ihre letzten Eier für die Omelettes gebraucht habe.« Sie setzte sich und hob das Weinglas, hielt es zwischen Daumen und Zeigefinger und blickte zu ihm auf.

Er lehnte das Gewehr an die Wand, starrte zuerst den Tisch und dann Odessa im Kleid seiner Frau an. Jace hatte das Kleid auf einer Reise nach Nogales gekauft, kurz nachdem sie geheiratet hatten. Sie hatte es ein- oder zweimal getragen und es dann im Schrank hängenlassen. Unter dem weißen Baumwollstoff des Kleides war Odessas Haut von leuchtendem Braun, als würde sie von innen heraus leuchten. Die Glühbirne an der Decke ließ durch ihr Weinglas einen schwachen blutroten Halbmond auf ihre Brust fallen.

»Den Wein hatte ich ganz vergessen«, sagte er. Sein Knie begann plötzlich zu schmerzen, als ob es gerade erst den

Regen draußen zur Kenntnis genommen hätte, und er zog den Stuhl ihr gegenüber heraus und setzte sich, streckte das steife Bein unter dem Tisch.

»Selbst wenn die Zeiten noch so schlimm sind, sollten wir auf das Leben und die Stärke trinken.« Sie lächelte, als sie das Glas in seine Richtung hob.

Will zögerte, die Finger am Stiel des Glases. Schließlich schüttelte er den Kopf. »Warten Sie«, sagte er. Er stand auf und ging ans Spülbecken, neigte das Glas etwas und goß die Hälfte in das sich dunkel färbende Becken, sah zu, wie die Flüssigkeit durch den Abfluß verschwand.

»Ich verstehe«, sagte sie, hob das Glas an den Mund und leerte es halb mit einem Schluck. »Für Billy.« Sie ging an einen Schrank und nahm eine halbe Gallone billigen Burgunder heraus. »Wein zum Kochen, nehme ich an?« sagte sie, als sie ihr Glas nachfüllte, dann um den Tisch herumging und sich neben ihn stellte.

Er spürte ihre Hüfte an seiner Schulter, als sie sich vorbeugte, um sein Glas zu füllen, und ihre Muskeln fühlten sich durch den weißen Baumwollstoff hart und warm an. Als sie wieder Platz genommen hatte, die große Weinflasche hinter sich auf der Arbeitstheke, hob er sein Glas und hielt es ihr entgegen, bis sie vorsichtig mit ihm anstieß.

Er nahm einen Schluck und spürte, wie sein Gesicht sich zusammenzog. »Das ist ziemlich schlechter Wein, nicht wahr?« sagte er.

Sie lächelte und nippte daran. »Scheußlich«, sagte sie. »Wirklich scheußlich.« Sie trank wieder einen Schluck und stellte das Glas hin.

»Ich weiß nicht, wie lange ich ihn schon habe.«

»Nun«, sagte sie, nahm eine Gabel voll von dem Omelette und führte sie halb zum Mund. »Noch einen Monat, und Sie hätten recht brauchbaren Essig gehabt.« Sie schluckte das Stück Omelette und hob das Weinglas, hielt das Glas lange an ihren Lippen, beobachtete ihn, ehe sie trank. Als sie es abstellte, war es halb geleert.

»Ich habe noch nie einen so einsamen Mann wie Sie gesehen«, sagte sie.

Will nahm einen Bissen Omelette in den Mund und kaute langsam eine Weile, ehe er antwortete. »Ich lebe allein.«

»Nein. Es ist mehr als das.« Sie schien sein Gesicht zu studieren. »Ich weiß, was es ist«, sagte sie schließlich. »Ich denke, Sie sind wie ich.«

Er schüttelte den Kopf und trank wieder einen Schluck.

»Es gibt da einen Kern, an den selbst Sie nicht herankommen, nicht wahr? Irgendeine Stelle in Ihnen, von der gelegentlich ein Echo ausgeht, so daß Sie wissen, daß etwas da ist, aber Sie wissen auch zugleich, daß Sie es nie sehen oder es wirklich spüren werden. Sie sehen in den Spiegel, und dann ist da nichts. Stimmt das?«

»Ich hätte nie gedacht, daß Sie eine Romantikerin sind, Odessa. Aber um Ihre Frage zu beantworten – nein. Falsch. Sie kriegen das, was Sie sehen. Nicht viel, wie? Ich bin schlicht und einfach. Billy war kompliziert.«

Sie leerte das zweite Glas Wein und drehte sich um, um die Flasche von der Theke zu nehmen und sich nachzugießen. Als sie ihm die Flasche hinhielt, schüttelte er den Kopf.

»Einer von uns sollte besser wach bleiben«, sagte er.

Sie stellte die Flasche auf den Tisch und hob ihr Glas, lächelte ihn über den Glasrand hinweg an. »Keine Sorge«, sagte sie. »Ich werde wach bleiben. Ich habe mein ganzes Leben lang versucht, betrunken zu werden, und es nie geschafft. Ich habe immer Leute beneidet, die das konnten.«

»Ich hoffe, Sie haben keinen empfindlichen Magen. Dieser Wein bleibt nicht ohne Folgen.«

»Wie ein Kojote«, erwiderte sie, und ihr Lächeln kehrte nach dem nächsten Schluck Wein zurück. »Manchmal habe ich das Gefühl, als gäbe es nichts auf der Welt, was ich nicht verschlingen könnte.«

»Den Kojoten trägt ihr Appetit manchmal eine Vergiftung ein. Manche Rancher hier legen immer noch Gift aus. Ich mag das nicht. Es ist mir wirklich zuwider.«

»Sie haben mir noch gar kein Kompliment zu meinen Kochkünsten gemacht.« Sie sah ihn gerade an, und ihre Haut schien von innen heraus zu leuchten, und er hörte, wie ein Holzscheit im Kamin in sich zusammensackte.

Er sah auf seinen Teller und stellte überrascht fest, daß er das ganze Omelette gegessen hatte. »Es muß köstlich gewesen sein«, sagte er.

»Sie müssen hungrig gewesen sein.« Sie nahm wieder einen Bissen. »Das Leben allein macht einen hungrig.« Sie lächelte. »Immer nur sein eigenes Zeug zu essen wird bald langweilig, nicht wahr?«

Er spülte das Geschirr ab, während sie am Tisch saß, einen Rest Wein im Glas kreisen ließ und ihn beobachtete. Als er die Teller weggestellt hatte, nahm er sein Gewehr. »Danke«, sagte er, und dann ging er wieder ans vordere Fenster und sah zu, wie der Abend sich allmählich vom Bach herauf ausbreitete, wie die Dunkelheit über die schweren Planken der alten Brücke schwappte und dann zum Haus heraufstieg, während immer noch der Regen heruntertrommelte. Der Donner war nach Osten gezogen und war jetzt nur noch als fernes Echo wahrzunehmen, so wie Wellblech, das vom Wind gepeitscht wird.

»Sie sollten sich nicht so ans Fenster stellen, wo Sie von hinten das Feuer anleuchtet«, sagte sie hinter ihm. »Vor diesen weißen Wänden sieht man Sie ganz deutlich.«

»Sie haben recht. Ich habe an Billy gedacht.« Er trat zur Seite, weg vom Fenster und wandte sich ihr zu. »Noch einmal, vielen Dank für das Essen. Ich lebe hier schon so lange allein, daß ich nicht einmal mehr weiß, wie man sich in der Gesellschaft anderer Menschen verhält.«

»Kocht Jace denn nie für Sie?«

Er schüttelte den Kopf. »Jace kommt nicht hierher.«

»Heute?«

»Heute war das erste Mal seit Monaten und wird wahrscheinlich das letzte Mal für ein Jahr sein.«

»Das klingt so, als würden Sie sie vermissen.«

Er setzte sich auf die Couch, das Gewehr ans Bein gelehnt, und rieb sich mit seiner Hand über das Kinn, ehe er antwortete. »Ja, wahrscheinlich schon. Und wie sehr ist mir, glaube ich, erst heute klar geworden. Und jetzt auch noch Billy.«

»Vielleicht kommt Jace früher zurück, als Sie glauben.«

Will schüttelte den Kopf, sagte nichts.

Sie setzte sich auf den Teppich vor der Couch, die Beine angezogen. »Ich habe wirklich Angst, Will«, sagte sie.

Er sah auf das dunkle Rechteck des Fensters und lauschte dem Wind, der jetzt den Regen gegen das Haus warf. »Maggie wird es hören, wenn jemand versucht hereinzukommen«, sagte er, »selbst wenn Sie und ich es nicht hören. Und Molly ist irgendwo hinten im Haus. Der entgeht nichts.« Er stand auf, faltete die schweren Holzläden auseinander und hakte sie oben und unten fest. Das dicke Holz ließ den Sturm zu einem dumpfen Pochen abschwellen.

»Molly, das Schwein?« sagte sie.

Er nickte und griff in dem dunklen Zimmer wieder nach dem Gewehr. »Sie hat Angst vor ihrem eigenen Schatten. Ein fremdes Geräusch im Haus, und sie quiekt wie ein Schwein.« Er lächelte.

»Sie klingen müde«, sagte sie.

»Ich werde mich jetzt dann wohl hinlegen. Sie können in dem großen Zimmer schlafen, dem, wo Sie sich umgezogen haben.«

»Und was machen Sie. Schlafen Sie auf der Couch da?«

»Nein, ich schlafe gewöhnlich in einem der Hinterzimmer.« Will sah sich um. »Die Türen sind verriegelt, und die Fenster versperrt. Dieser alte Adobebau hat eineinhalb Zoll dicke Läden. Für Indianerüberfälle gebaut, denke ich. Da kommt keiner herein. Nicht einmal weiße Menschen. Und hier.« Er hielt ihr das Gewehr hin. »Stellen Sie das neben das Bett. Ich habe eine Zwölfer im Hinterzimmer.«

Sie nahm das Gewehr und sah ihm nach, als er durch die Tür den Raum verließ, ehe sie selbst ins Schlafzimmer ging.

Ein Schrei, gefolgt von panikerfülltem Quieken, riß ihn aus einem Traum von Wasser. Ein Ozean aus Süßwasser stieg rings um ihn und seine Frau und seine Kinder auf, die auf einer Hügelkuppe saßen. Über das Wasser waren die Geräusche von Tanzen zu hören, und er strengte sich an, mehr zu hören, als der Schrei ihn aus dem Traum riß und ihn, nur mit Boxershorts bekleidet, aus dem Bett fahren ließ.

Molly war halb unter dem Bett eingekeilt und gab quiekende und grunzende Laute von sich, Maggie stand mit gespreizten Beinen in der Tür und sah knurrend hinaus.

Er griff nach der Schrotflinte, schob den Hund beiseite und rannte zu dem großen Schlafzimmer. Als er die Tür aufstieß und den Lichtschalter anknipste, sah er Odessa im Bett sitzen, die Decke mit beiden Händen bis zum Hals gezogen und ihn mit entsetzter Miene anstarren.

Als sie ihn erkannte, verschwand das Entsetzen aus ihrem Gesicht, und er konnte sehen, wie ihr die Tränen über die Wangen rannen. »Ich habe geträumt«, sagte sie. »Tut mir leid.«

»Sind Sie sicher, daß es bloß ein Traum war, der Ihnen Angst gemacht hat?« Er trat einen weiteren Schritt ins Zimmer und sah sich um. Hinter ihm knurrte Maggie immer noch.

»Ja. Es war schrecklich.«

»Ich bin gleich wieder da«, antwortete er.

Als er schnell das ganze Haus inspiziert und beide Türen und sämtliche Fenster überprüft hatte, kehrte er zurück und fand sie noch in derselben Haltung. Das Gewehr lehnte an der Kommode neben dem Bett, und Maggie stand vor dem Bett und knurrte mit entblößten Zähnen.

»Maggie«, sagte er, aber der Hund reagierte nicht.

»Sie mag mich nicht«, flüsterte Odessa.

Er packte Maggies Halsband und hob sie nach rückwärts weg, drehte sie behutsam um hundertachtzig Grad und führte sie zur Tür. An der Tür sagte er: »Geh schlafen, Mädchen«, und der Hund trottete langsam zum Hinterzimmer, wobei sein Gips auf dem Dielenboden splitternde Geräusche erzeugte.

»Maggie ist ein merkwürdiger Hund«, sagte er, als er sich wieder zu Odessa umdrehte. »Sie ist es gewöhnt, hier drinnen zu schlafen. Wahrscheinlich ist sie wütend auf Sie, weil Sie ihr ihr Bett weggenommen haben.«

»Ich habe Angst, Will«, erwiderte sie. Jetzt fing sie zu weinen an, kaum hörbare schluchzende Laute, und er lehnte die Schrotflinte an die Wand und setzte sich auf die Bettkante.

»Das kommt schon in Ordnung«, sagte er und strich mit den Fingerspitzen über ihren Arm. »Morgen früh fahren wir in die Ortschaft und gehen zum Sheriff. Es ist Drogengeld. Ich habe die andere Hälfte hinten draußen versteckt.«

»Würden Sie bitte hier bei mir bleiben«, sagte sie leise. »Bitte?« Sie beugte sich vor, ließ die Bettdecke mit einer Hand los und griff nach seinem Oberarm. Die Bettdecke fiel von ihrer Schulter herunter, so daß ihre eine Brust bloß war, aber sie schien das gar nicht zu bemerken, als sie die Stirn an seine Brust lehnte. »Ich habe Angst«, sagte sie dann wieder, und ihre brüchige Stimme ging in ein Schluchzen über, obwohl sie dagegen ankämpfte. »Die werden uns umbringen.«

Er strich ihr über den Kopf, ließ seine Hand über ihr Haar

herunterwandern. »Ist schon gut«, sagte er. Dann nahm er vorsichtig ihren Arm und löste sich aus ihrer Umarmung. »Ich werde hier drinnen bleiben.«

Er stand auf, hob die Schrotflinte auf und zog die Tür ein Stück zu, ehe er das Licht ausschaltete, dann zu dem Stuhl ging und sich mit der Schrotflinte auf dem Schoß darauf setzte.

»Warum legen Sie sich nicht hin?« In dem völlig dunklen Zimmer und dem geschlossenen Haus schien ihre Stimme richtungslos, schien aus allen vier Ecken heranzuschweben und in der Luft zu hängen.

Er saß ein paar Minuten da, ohne Antwort zu geben. Der Donner rollte weit im Osten, zwei Stimmen, die hin- und herflüsterten wie in einem eindringlichen Gespräch, und der Regen fegte in Wellen über das Dach, wurde mit jedem Mal schwächer. Der harte Stuhl schnitt in seine Schulterblätter und Hüften, schließlich stand er auf und tastete sich vorsichtig durch die Dunkelheit, fand mit den Beinen das Fußende des Bettes und tastete sich zur anderen Seite des Kopfteils herum. Als er die kühle Adobewand spürte, lehnte er die Schrotflinte zwischen die Wand und das geschnitzte Kopfbrett, tastete dann in der Dunkelheit herum, schlug die Steppdecke zurück und glitt zwischen die Laken.

Da lag er jetzt, und erst nach ein paar Minuten wurde ihm bewußt, daß seine Augen immer noch offen waren. Als er sich zwang, sie zu schließen, blieb die Dunkelheit dieselbe. Nur die Geräusche, die an sein Ohr drangen, änderten sich; Regen, gedämpfter Donner und von der anderen Bettseite halb ersticktes und nur schwach zu hörendes Schluchzen, das Odessa zu unterdrücken versuchte.

Er dachte an Billy und dann an Grampa Siquani. Diesmal sah er die beiden Seite an Seite, die Gesichter im schwarzen Regen gebeugt, mit entschlossenen Schritten ostwärts gehend. Die Sonne ging über dem ebenen Land auf und schickte den beiden Wanderern durch den strömenden Regen einen roten Pfad entgegen.

Er bemerkte, daß er träumte, als seine rechte Seite warm wurde, und er erwachte und spürte, wie Odessas Körper den seinen berührte. Ihr Arm lag über seiner Brust.

»Ich habe so schreckliche Angst, Will«, flüsterte sie. »Ich fühlte mich dort drüben in der Dunkelheit so allein. Ich hatte nicht gedacht, daß ich Sie wecken würde.«

Er ließ lautlos seinen Atem entweichen. Ihre nackte Haut fühlte sich an seinem Arm und seinem Bein heiß an, ein beinahe schmerzhafter elektrischer Strom, der von ihr in ihn hineinströmte. »Er war immer hier«, flüsterte er zurück. »Solange ich mich erinnern kann, war Billy da.«

Sie schob sich enger an ihn. »Vielleicht mußte ich Sie deshalb berühren, Will. Es ist, als ob Billy noch in Ihnen leben würde.« Die Stimme stockte ihr, und er spürte die Feuchtigkeit, wo ihr Gesicht seinen nackten Arm berührte.

»Es wird alles gut«, sagte er und bewegte den Arm, auf den sie sich lehnte, drehte sich zur Seite, so daß sein Arm jetzt unter ihr lag, und ihr Kopf auf seiner Brust ruhte. Wie von selbst strich seine andere Hand über ihre Schulter und ihren Arm, dabei wurde ihm plötzlich die Wärme ihrer Brust bewußt, die sich an ihn drückte.

»Vielleicht sollten wir noch heute nacht zum Sheriff gehen«, sagte sie.

»Bei dem Sturm kann keiner sagen, in welchem Zustand die Straßen sind. Wir könnten steckenbleiben und dort draußen in der Dunkelheit eine Zielscheibe abgeben. Bis morgen ist der Regen vorbei, denke ich.«

Seine Sinne waren von ihr erfüllt, ein scharfer moschusartiger Duft, der selbst die Luft, die er atmete, zu erwärmen schien. Die Brustwarze, die sich gegen seinen Oberarm drückte, war hart geworden.

Ihre Hand glitt wie Feuer über seinen Bauch. Und dann,

wie von selbst, war sie über ihm, und ihr Mund bewegte sich behutsam über seine Stirn, strich an seinen Wangen hinunter. Als ihre Lippen über die seinen glitten, atmete er ihren benommen machenden Duft ein, eine Mischung aus warmer Erde, Wacholder und etwas Undefinierbarem. Ihre Hand griff nach unten, und er hatte das Gefühl, in die feuchte Erde selbst hineingezogen zu werden.

Als sie sich über ihm bewegte, hörte er den weichen Wellenschlag des Regens auf dem Haus und fühlte die dunklen Bewegungen des Himmels, der sich wie eine Flut aus dem Westen auf die Erde ergoß. Er malte sich Blitze aus, die voller Gewalt über das Land wanderten. Zum ersten Mal wurde ihm bewußt, daß die scharfen Klingen, mit denen die Blitze herunterstachen, nicht bei Felsen und Bäumen aufhörten, sondern sich tief ins Fleisch der Erde bohren und dort ein Muster erzeugen mußten. Seine Hände griffen nach ihren Schultern und glitten über die angespannten Muskeln an ihrem Rücken, zogen sie näher heran. Als sie sich heftig gegen ihn aufbäumte, so hoch, daß er ihr beinahe entschlüpft wäre, und ihn dann noch tiefer hineinstieß, spürte er plötzlich, daß er einen Kampf mit einer Art Feind ausfocht. Sie haßt mich, dachte er, als er spürte, wie die Flüssigkeit seines Körpers sich sammelte und nach oben schoß. Ihre Zähne gruben sich in seine Schultern, und er hörte seinen eigenen Schrei, als er sich in sie ergoß, und ihre Hüften klammerten sich um die seinen, als fürchte sie, etwas könne ihr entgehen.

Als es vorbei war, fühlte er sie über sich, ihre Muskeln angespannt, ihr Gesicht in der Dunkelheit über ihm schwebend, um ihn zu beobachten. Seine Leistengegend und seine Beine waren feucht, als ob heißes Salzwasser über sie gespritzt worden wäre, und seine Schulter brannte vor Schmerz.

In einer fließenden Bewegung hob sie sich von ihm, so daß

er sich kalt und verletzlich fühlte, während er hörte, wie sie sich in der Dunkelheit bewegte. Er lag reglos da, die Arme an den Seiten, lauschte dem Flüstern ihrer Füße auf dem Boden, bis der Raum plötzlich von Licht überflutet war.

Odessa stand am Fußende des Bettes, die Dreißig-dreißiger in der Hand, und ihr Körper glänzte im Licht der Dekkenbeleuchtung. Als seine Augen sich langsam an das Licht gewöhnt hatten und sie erfaßten, konnte er Wassertröpfchen auf ihren Brüsten und ihrem flachen Bauch sehen, ihr Schamhaar und ihre Schenkel waren dunkel und mit perlender Flüssigkeit bedeckt.

»Wo ist das restliche Geld?« sagte sie. »Billys Hälfte habe ich. Jetzt will ich den Rest.«

Er sah sie stumm an, bemerkte, wie ihr dunkles Haar über ihren Schultern lag und die Außenseiten ihrer Brüste berührte, sah die erstaunlichen Muskelstränge an ihren Schultern und Armen. Ihre Augen waren schwarz, ihre offenen Lippen zu einem schmalen Lächeln verzogen. Seine Schulter pochte, und er dachte an ihren Mund auf dem seinen, die weißen Zähne, die sich in sein Fleisch gebohrt hatten. Vor dem Haus war der Regen jetzt verstummt und der Donner zu einem anderen Ort weitergezogen.

»Sie haben Billy getötet«, sagte er.

»Richtig«, antwortete sie. »Es war nur das Geld. Ich habe Billy gemocht, und Sie mag ich auch. Aber ich habe viel Zeit damit verbracht, all das zu planen, und Sie und Billy haben das verpatzt. Wollen Sie mir sagen, wo genau Sie es versteckt haben? Ich bin sicher, ich kann es selbst auch finden, aber Sie könnten es mir leichter machen. Ich weiß allerdings nicht, warum Sie das tun sollten, weil Sie ja wissen, daß ich Sie ebenfalls töten werde.«

Will sah sie an, sagte nichts.

»Sie haben das alles verdient, was jetzt mit Ihnen passiert, wissen Sie. Dieses Land war die Heimat meiner Vorfahren.

Die haben nie so getan, als würde es ihnen gehören. Aber ihre Gebeine liegen in der Erde, die Sie die Ihre nennen. Sie und Billy haben hier nichts zu suchen. Sie sind nicht besser als die Weißen. Sie haben sich von denen aus Ihrem eigenen Land im Osten vertreiben lassen, und dann hat man Sie in die Heimat anderer Indianer getrieben, in das sogenannte Territorium, und dann sind Sie so geworden wie die Weißen. Sie haben zugelassen, daß die Ihre Frauen ficken und Halbblutkinder bekommen, so wie Sie. ›Westering‹ haben die weißen Geschichtsschreiber das genannt. Das ist es, was Ihre Familien getan haben. Sie sind hierhergekommen und haben sich angepaßt. Und jetzt leben Sie auf den Gebeinen meines Volkes.«

»Also ist es nicht nur das Geld«, erwiderte er.

»Ich habe einen Doktor in Völkermord«, sagte sie. »Als ich jung und unschuldig war, dachte ich, ich könnte mir eine weiße Ausbildung besorgen und mich dann wehren. Aber ich war dumm. Jetzt«, als sie das sagte, hob sie das Gewehr ein wenig an, »jetzt werde ich den amerikanischen Traum wahrmachen. Fast eine Million Dollar. So viel ist das eigentlich gar nicht, aber ich gehe damit in den Süden. In Südamerika kann man mit einer Million Dollar ganz gut leben. Ich werde eine reiche braunhäutige Yankee inmitten all der armen Indianer sein.«

»Sie werden es sich selbst suchen müssen«, sagte er. »Vielleicht graben Sie dabei ein paar Knochen Ihrer Vorfahren aus.«

»Ich habe Sie lieber gemocht als Billy«, sagte sie. »Sie sind stärker als er. Und ich muß gestehen, es wird mir Spaß machen, wegzufahren und eine Million Dollar bei mir zu haben und ein Stück von Ihnen in mir. Eine erstaunliche Menge übrigens. Zu schade, daß Männer nie wissen werden, wie das ist.«

Maggie kam mit einem lauten Knurren in den Raum

geschossen, stemmte die Füße in den Boden und baute sich mit entblößten Fängen vor Odessa auf. Das Gewehr entlud sich, und Will spürte Schläge auf seinen Körper einhämmern, als er seitwärts aus dem Bett geworfen wurde. Er landete auf dem Rücken und griff nach der Schrotflinte neben dem Bett, riß die Waffe mit einer Hand zu sich heran und feuerte. Der Schuß traf Odessa in die Brust, als sie den Abzug des immer noch auf ihn gerichteten Gewehrs drückte.

Will hörte, wie Maggie versuchte, sich zu erheben und dann klappernd das Zimmer verließ. Er lauschte den Geräuschen des sich entfernenden Gipsverbandes, und in seinen Ohren dröhnte immer noch die Detonation der Zwölfer. Dann ließ er die Schrotflinte auf den Boden fallen und zog sich auf das Bett. Seine ganze linke Seite brannte, als ob sie in Flammen stünde, und das Blut floß in Strömen aus seiner Seite und über sein Bein hinunter. Als er Odessas feuchtes, weißes T-Shirt am Fußende des Bettes hängen sah, knüllte er es zusammen und preßte es sich mit einem Arm an die Seite. Er trat einen Schritt auf Odessa zu und verlor das Bewußtsein.

Zweiunddreissig

Will erwachte bei Tageslicht. Es strömte durch das offene Fenster und überflutete den Raum von dem hohen Spiegel aus. Er schloß die Augen wieder und öffnete sie allmählich, bis die Gegenstände im Raum Form und Gestalt annahmen. Einen Augenblick lang fragte er sich, wo er war, und mühte sich ab, die Vorgänge zu ordnen. Das Zimmer im Krankenhaus war dunkel gewesen, also war er nicht mehr dort. Sein linker Arm lag schwerfällig neben dem Verband über seinen Rippen, aber der Schmerz an seiner Seite war nur mehr ein Bruchteil von dem, was er in Erinnerung hatte. Er war zu Hause.

Die Tür des Zimmers schob sich langsam auf, aber da war niemand. Dann sah er, wie Kopf und Schultern von Maggie sich auf das Bett zubewegten.

»Hey, Mädchen«, sagte er, als sie an seinem Arm schnupperte. »Kein Gips mehr.«

»Den habe ich ihr heute morgen abnehmen lassen, während du geschlafen hast.« Jace stand in der offenen Tür und lächelte ihm zu. »Harrison hat gesagt, daß sie eine Weile ein wenig empfindlich sein wird.« Sie kam ans Bett. »Wie fühlst du dich?«

Er setzte sich auf und fühlte sich, als ob man eine Seite seines Körpers zusammengepreßt hätte. »Großartig«, sagte er und erinnerte sich dabei daran, wie er das erste Mal im Krankenhaus aufgewacht war und Jace' Gesicht vor sich gesehen hatte.

»Die haben gesagt, du seist erstaunlich schnell genesen. Die Infektion an deiner Schulter war fast schlimmer als die Schußverletzung.«

»Infektion?«

Sie musterte ihn einen Augenblick lang stumm. »Die Ärzte haben gesagt, es habe wie ein Biß ausgesehen. Eine kleine Narbe wird zurückbleiben, aber das wird ja nicht deine erste sein, oder? Bereit zu frühstücken?«

Er nickte. »Klingt hervorragend. Ich glaube, ich habe Hunger.«

»Gut. Nate hat heute morgen angerufen und gefragt, ob du ins Sheriffsbüro kommen könntest, wenn dir danach ist. Vielleicht in ein paar Tagen, weil die dir dort ein paar Fragen stellen wollen. Er hat gesagt, sie hätten Odessas Fingerabdrücke auf dem Gewehr gefunden, mit dem Billy und die anderen erschossen worden sind. Ich glaube nicht, daß er mir soviel sagen sollte – ich meine, vom juristischen Standpunkt aus.«

Will beobachtete ihre grauen Augen, während sie sprach, und erinnerte sich an Odessa in der Sturmnacht. Sie saß auf der Bettkante, und ihre Hand lag auf seinem Bein.

»Er hat gesagt, sie und Billy müssen in irgendeine Rauschgiftsache verwickelt gewesen sein. Sie haben einen Sack mit fast einer halben Million Dollar in Billys Pick-up gefunden, und sie meinen, der Mann in dem Hubschrauber und zwei von den anderen in Billys Trailer seien mit Billys Gewehr erschossen worden. Dann haben sie auch Billys Landcruiser in der Scheune gefunden, mit Einschüssen, und sie sagen, die stammen aus der Waffe, die sie an dem Absturzort gefunden haben. Ich glaube das einfach nicht«, fügte sie hinzu. »Du etwa? Billy hätte doch keiner Fliege etwas zuleide getan.«

Er schüttelte den Kopf. »Nein«, sagte er. »Was ist mit Grampa Siquani?«

»Dem geht es gut. Grampa hat Billy entdeckt und den Sheriff gerufen. Deshalb haben sie dich so schnell gefunden.«

Sie hielt inne, als sei sie im Begriff, noch mehr zu sagen, und er wartete. Als sie nicht fortfuhr, sagte er: »Was ist?«

»Siquani hat mir gesagt, daß er vielleicht nach Hause gehen würde.«

»Was meint er damit ›nach Hause gehen‹?«

»Das weiß ich nicht; vielleicht sagt er es dir. Aber er überschreibt dir die andere Hälfte der Ranch. Er hat mich gebeten, die entsprechenden Formulare auszufüllen.«

Sie griff nach seiner Hand. »Übrigens, ich habe meine Stellung gekündigt. Während du so hilflos warst, bin ich nach Hause gezogen.«

»Was ist mit...?«

Ehe er zu Ende sprechen konnte, schüttelte sie den Kopf. »Ich wollte nach Hause kommen. Im Büro des Pflichtverteidigers in Socorro war eine Stelle frei, und in meiner Firma gibt es jemanden, der ein wenig Einfluß hat. Er war mir einen Gefallen schuldig, und ich habe den Job bekommen.«

»Das ist eine weite Fahrt«, sagte er.

»Vierzig Minuten. Nicht mehr als ein schlimmer Tag im Verkehr von Albuquerque. Ich werde heute morgen hinfahren, um die Papiere zu unterschreiben. Es ist gut, daß ich den Job so schnell bekommen habe, wenn ich an die Hypothekenzahlungen für Billys Ranch denke, die uns bevorstehen.«

»Hast du nicht gedacht, daß wir vielleicht darüber reden sollten?«

Sie schüttelte den Kopf. »Ich meinte, das hätten wir das letzte Mal entschieden, als ich hier war.«

»Na ja, ich mußte das nie entscheiden.« Er zögerte. »Aber da ist etwas, das ich dir sagen muß.«

Sie legte die Hand auf seine Lippen und sagte: »Nein. Die Welt ist kompliziert, Will. Wir müssen mit unseren Geheimnissen leben.«

Sie beugte sich über ihn und küßte ihn behutsam. »Für alle Zeit, und ich meine das genauso. Ich bringe dir jetzt dein Frühstück.«

»Nein. Ich würde lieber in der Küche essen. Ich will jetzt aufstehen.«

»Si und Holly kommen heute abend. Sie kommen zusammen aus El Paso. Sie waren beide da, als du im Krankenhaus warst, aber du warst nicht wach. Und übrigens, Holly ist schwanger. Du wirst bald Großvater sein.«

»Noch etwas«, sagte er, als sie schon im Begriff war, durch die Tür zu verschwinden. »Verkaufe diesen verdammten Cherokee-Jeep.«

Sie blieb stehen und sah ihn über die Schulter an. »Ich will es nicht wissen, Will. Warum sie auf dich geschossen hat, oder was sie dort zu suchen hatte. Nate ist der Ansicht, daß sie einfach niemanden dort zurücklassen wollte, der sie möglicherweise identifizieren könnte. Er ist zu sehr Gentleman, um den Rest zu erwähnen. Ich glaube, er ist der Ansicht, daß er mit der Story durchkommen wird.«

Er schloß die Augen und schlug sie dann langsam wieder auf. »Was denkst du?«

Sie sah ihn gerade an. »Ich denke, daß er recht hat. Die haben die Verbrecher, die Waffe und das Geld. Sie werden zufrieden sein.«

»Und was haben wir?«

Sie lächelte. »Den Rest unseres Lebens.«

Dreiunddreissig

Will stand vor der Haustür mit Maggie hinter sich und blickte Jace nach, wie die zum Highway fuhr. Der Tag war einzigartig und wirkte im Licht des Frühherbstes irgendwie spröde, der Himmel von New Mexico leuchtete in einem durchscheinenden Blau. Der Bach floß zwei Fuß tief und klar unter der kleinen Brücke, in der fast unbewegten Luft war sein sanftes Plätschern deutlich zu hören.

»Die Quelle muß fließen«, sagte er laut, und dann sah er den alten Mann aus dem Wacholdergestrüpp neben dem Korral herauskommen. Ein Dutzend Krähen stoben über ihm auseinander und landeten auf dem Scheunendach.

Siquani ging langsam auf das Haus zu, den Hut tief über seine Zöpfe gezogen, die Hände tief in den Hosentaschen vergraben.

»Dir geht es besser, Enkel«, sagte der alte Mann, als er näher gekommen war. Er legte die Hand auf Wills gute Schulter.

»Ich habe mir Sorgen um dich gemacht, Grampa«, antwortete Will. »Ich mache mir immer noch Sorgen.«

»Ich mußte Billy helfen, den Pfad zu finden. Er ist sehr jung, und ganz besonders für die Jungen kann das eine Zeit der Verwirrung sein. Sie haben all die Jahre Dinge aufgetürmt, um sie zu verstecken. Aber unsere Welt ist immer noch hier, Willum. Manchmal vergessen wir das, weil wir unsere Augen so anstrengen müssen, um sie zu sehen, und die Leute werden müde und vergessen, wie sie hinschauen sollen. Aber die Tiere wissen es; sie vergessen nicht. Wir müssen gut zuhören. Ich denke, es ist vielleicht Zeit, nach Hause zu gehen, Willum.«

»Zurück nach Oklahoma?«

Siquani schüttelte verneinend den Kopf. »Hast du dieses Hausschwein immer noch?«

Will nickte. »Jace hat es in die Scheune verbannt. Es ist jetzt gerade dort hinten, denke ich, und versucht einen Weg zu finden, um an den Mais heranzukommen. Jace und ich würden es gern sehen, wenn du bei uns leben würdest, hier auf der Ranch.«

Der alte Mann blickte ein paar Augenblicke nach Osten und sah dann wieder Will an, schüttelte leicht den Kopf. »Ich weiß nicht. Ich war lange weg; vielleicht habe ich genug gesehen. Dies ist ein komischer Ort, um zu enden.«

»Wir würden es gern sehen, wenn du hier bei uns wohnen würdest.« Will sah zu Boden. »Weißt du, ich habe das Gefühl, ich muß ganz von neuem lernen, wie man lebt. Billy war immer da. Es war nie eine Zeit – «

Siquani sah Will tief in die Augen. »Du hast hier eine Menge Arbeit, Enkel. Billy ist jetzt okay. Und diese Erde ist voll von Tod. Aber du kannst auch das Leben spüren. Das Wasser ist zurückgekommen.« Er sah zum Bach hinüber. »Arturo ist jetzt oben bei der Quelle begraben.«

»Arturo?«

»Der im Baum.«

»Wie hast du – «

»Wir haben den Baum umgesägt. Es war Zeit für ihn zu gehen. Ich denke, er und Billy sind vielleicht zusammen aufgebrochen und haben das Wasser wieder nach Hause geholt. Ich wollte heute morgen auch weggehen, aber diese Kojoten haben die ganze Zeit gesungen. Die Kojoten und die Krähen haben die ganze Nacht eine große Feier abgehalten und mich richtig fertiggemacht. Hast du starken Kaffee?«

Will nickte. »Stärkeren wirst du keinen finden, Grampa. Und der Mais ist reif. Es gibt heute welchen zum Abendessen. Die größten Kolben, die du je gesehen hast.«

Der alte Mann grinste breit und legte wieder Will die Hand auf die Schulter.

Eine Stunde später blickte Will auf den alten Mann hinab, der auf der Pritsche im Hinterzimmer schlief. Die blaue Wolldecke hob und senkte sich bei jedem Atemzug leicht. Nach einer Weile verließ er das Zimmer und ging zur hinteren Tür des Hauses hinaus.

Über den Spitzen der Magdalenas im Westen hingen weiße Wolkenfäden. Hundert Meter vom Haus floß der Bach in einem seichten, stetigen Strom. Offensichtlich hatte irgend etwas die Quelle wieder zum Leben erweckt. Vielleicht hatte der Regen den Grundwasserpegel steigen lassen, oder vielleicht hatte sich irgendwo in den Tiefen der Erde eine Schicht verschoben und Wasser freigegeben, das lange Zeit eingesperrt gewesen war. Man würde das wahrscheinlich nie erfahren, aber der Bach, der jetzt hundert Jahre lang kaum Wasser geführt hatte, floß wieder munter und klar nach Südosten. Er schloß die Augen und lauschte dem Wasser, das dem fernen Rio Grande entgegenstrebte. Die Erde um ihn herum fühlte sich schwer und dunkel an, bevölkert von Toten, den Pinien und den Grassamen, die herunterfielen, sich in ihr Fleisch bohrten und dort aufgingen; Baumwurzeln, die durch die Augen der Toten tasteten und sie in der ewigen Erde festhielten. Wie konnte jemand auf solcher Erde gehen und leben, fragte er sich. Er verspürte den Drang zu fliehen, einen Ort zu finden, wo nichts begraben war, wo die Oberfläche der Erde alle Geheimnisse freiwillig preisgab.

Er ging zum Korral, stemmte einen Stiefel gegen die zersplitterten Planken und lehnte sich mit verschränkten Armen auf das oberste Brett. Wo eine Spur Schatten über das Scheunendach herüberschwappte, standen die zwei alten Bullen Schulter an Schulter. Die Köpfe tief auf die schlammige Erde gesenkt und die eingefallenen Flanken vom Regen gezeichnet, schienen die Bullen bereits Teil des Landes zu sein. Was die jungen Kühe draußen auf der Weide anging, so sollten die ruhig weiter frei laufen, bis ihre Zeit um war. Ohne einen Bullen würde die kleine Herde in einer Generation verschwinden und in den Magdalenas Kojoten und Füchsen als Nahrung dienen. Den D-6 würde er Nates Schwiegervater verkaufen.

Als er auf den Brunnen zuging, beobachtete er die Quellwolken im Westen, wo ein feines, graues Netz aus Regen auf die Berge zustrebte, die Art von Regen, die sich verflüchtigen würde, ehe sie den Boden berührte. Er dachte daran, wie die höhergelegenen Canyons unter solchen Wolken aussehen würden, wie Schatten über den Felsvorsprüngen liegen und der Duft von Kiefern und Wacholder die feuchte Luft erfüllen würde. Die Wolken fingen bereits an, sich auszubreiten und dichter zu werden; bis Mittag würde dort oben in den Bergen der Donner herrschen, und die Blitze würden vom Bergkamm zur Ranch heruntertasten.

Die Bretter des Deckels waren schwarz vom Regen, und Wasser quoll durch die spärlichen Gräser rings um den Brunnen. Mit der Hand seines guten Armes packte er den Deckel an einer Seite, um ihn hochzuheben, und das Holz begann nachzugeben. Als er um den Brunnen herumging, um die festeren Enden der Bretter zu packen, war er verblüfft, wie wenig Widerstand sie ihm leisteten.

Er kippte den Deckel nach hinten, und er klatschte ohne eine Spur von dem Matchsack in das zolltiefe Wasser. Die Nägel waren aus dem feuchten Holz gezogen worden und hatten das Seil freigegeben. Sein Blick wanderte von dem Deckel zu dem Brunnenschacht selbst. Wasser quoll aus dem Loch, klares Wasser. Er schob sich näher an den Rand und spähte in den Schacht. Das Wasser, das jetzt von der Sonne im Osten beleuchtet wurde, schien bis zum Mittelpunkt der

Erde zu reichen und wurde in der Tiefe immer dunkler, ging von blau in schwarz über.

Eine Brise wehte durch das niedrige Gras und über das Wasser, trug den Duft von Salbei und Wacholder von den Hügeln herunter. Der Donner murmelte in den Bergen hinter ihm, als er sich vorbeugte, und aus dem Augenwinkel sah er, wie ein dünner, verästelter Blitz vom Himmel niederging. Als er ins Wasser starrte, zeigte sich das Abbild eines Mannes, schwebte dicht unter der gekräuselten Oberfläche, zuckte und brach auseinander, ehe es sich erneut zusammenfügte. Er kniete im kalten Wasser, und plötzlich kam ihm eine Unzahl von Gesichtern entgegen; dann zersprang das Bild, flatterte wieder nach unten und stieg erneut auf, so wie Blätter im Herbstwind.

ENDE

Econ & List

Lia Matera
Dunkle Gesänge
Thriller
376 Seiten
TB 27327-2
Deutsche Erstausgabe

Der Mythologe Arthur Kenna, ein alter Freund von Anwältin Willa Jansson, wird des Mordes an seinem Assistenten verdächtigt. Von Arthurs Unschuld überzeugt macht sich Willa auf die Suche nach dem wahren Täter und gerät in ein gefährliches Abenteuer mit einem geheimnisvollen Schamanen.

Lia Matera
Mörderische Kanzlei
Thriller
240 Seiten
TB 27315-9
Deutsche Erstausgabe

Ihr neuer Job in einer renommierten Kanzlei hat es wirklich in sich. Nicht nur, daß kurz nach Willa Janssons Einstellung zwei Kollegen vergiftet werden, sie steht plötzlich sogar unter Mordverdacht. Als Willa dann auch noch Opfer eines Anschlags wird, nimmt sie den Fall selbst in die Hand.

Econ & List

Rankin Davis
Gegen das Gesetz
Thriller
544 Seiten
TB 27375-2
Deutsche Erstausgabe

Seit Monaten beschäftigt sich die Sensationspresse mit dem geheimnisvollen Serienmörder »König Artus«. Jetzt ist der undurchsichtige Trevor Speakman angeklagt, sieben Mädchen grausam getötet zu haben. Alle Indizien sprechen gegen ihn, doch für die junge Anwältin Leone Stern wirkt der Fall zu perfekt. Als sie herausfinden will, wer der Polizei den Tip gegeben hat, der zu Speakmans Verhaftung führte, stößt sie auf eine Mauer des Schweigens. Offenbar hat keiner ein Interesse, die tiefere Wahrheit über »König Artus« zu offenbaren. Ein mörderisches Spiel beginnt – und die Anwältin muß erkennen, daß ihre gefährlichsten Gegner in den eigenen Reihen zu suchen sind.

Ein neuer, packender Thriller von Rankin Davis, der in England als zweiter Grisham gefeiert wird.

003

Econ & List

Murray Smith
Steintänzer
Thriller
432 Seiten
TB 27364-7

Als sich die Fronten zwischen CIA, KGB und den Kollegen aus Fernost wieder einmal verhärten, hält der degradierte Topspion David Jardine seine Stunde für gekommen. Einer muß sich schließlich um die tickende Zeitbombe kümmern, die das gesamte westliche Finanzsystem zu vernichten droht.

»Im Mittelpunkt dieses atemberaubenden Thrillers steht David Jardine: smart, rücksichtslos und charmant. Genauso wie 007 immer sein wollte.«
Publishers Weekly

Econ & List

Elizabeth Peters
Kreuzfahrt ins Ungewisse
Roman
408 Seiten
TB 27226-8
Deutsche Erstausgabe

Vicky Bliss, stellvertretende Direktorin am Bayerischen Nationalmuseum, wird mit einem ungewöhnlichen Auftrag betraut. Ein alter Bekannter der Münchner Polizei bittet sie um Hilfe bei der Überführung eines Kunstdiebes. Der Mann, dessen Identität unbekannt ist, soll an einer Kreuzfahrt auf dem Nil teilnehmen. Ohne zu zögern, macht sich Vicky Bliss zu der Traumreise nach Ägypten auf. Doch schon bald ahn sie, daß sie sich auf ein höchst gefährliches Abenteuer eingelassen hat. Ein Mitglied der Schiffscrew wird brutal ermordet, und der Mann, den die Polizei verdächtigt, scheint ein berühmt-berüchtigter Meisterdieb zu sein – mit dem Vicky vor langer Zei einmal eine Affäre hatte.

Econ & List

James Patterson

... denn zum Küssen sind sie da

Thriller

352 Seiten

TB 27383-3

Den abgebrühten Detektiv und Psychologen Alex Cross kann eigentlich nichts mehr erschüttern. Doch das ändert sich schneller als ihm lieb ist: Ausgesprochen hübsche Frauen sind die Opfer eines gemeingefährlichen Serientäters, der seinen Opfern erst eine betäubende Injektion gibt, bevor er sie vergewaltigt und tötet. Nur die Medizinstudentin Kate kann sich in letzter Minute aus seinen Klauen befreien. Für Alex Cross beginnt ein Wettlauf mit der Zeit, denn plötzlich verschwindet auch seine Nichte ...

Ein Thriller der Extraklasse für Leser mit starken Nerven. Jetzt aufwendig verfilmt mit Morgan Freeman als Alex Cross.

007